中国书籍文学馆·小说林

香格里拉118号

常君——著

中国书籍出版社
China Book Press

图书在版编目（CIP）数据

香格里拉118号 / 常君著 . —北京 : 中国书籍出版社 , 2018.5
ISBN 978-7-5068-6863-1

Ⅰ . ①香… Ⅱ . ①常… Ⅲ . ①中篇小说－小说集－中国－当代
②短篇小说－小说集－中国－当代 Ⅳ . ① I247.7

中国版本图书馆 CIP 数据核字（2018）第 097306 号

香格里拉 118 号

常君　著

图书策划　牛　超　崔付建
责任编辑　刘文利　成晓春
责任印制　孙马飞　马　芝
出版发行　中国书籍出版社
地　　址　北京市丰台区三路居路 97 号（邮编：100073）
电　　话　（010）52257143（总编室）（010）52257140（发行部）
电子邮箱　eo@chinabp.com.cn
经　　销　全国新华书店
印　　刷　三河市华东印刷有限公司
开　　本　650 毫米 ×940 毫米　1/16
字　　数　240 千字
印　　张　18.25
版　　次　2018 年 7 月第 1 版　　2021 年 1 月第 2 次印刷
书　　号　ISBN 978-7-5068-6863-1
定　　价　40.00 元

目录

香格里拉118号

当时，林染正抱着双臂站在落地窗前看雨。窗子很大，从上到下，一整扇一览无余的大玻璃。林染很喜欢这种无遮无挡的通透的一览无余。

确切地说，林染没看见雨，只看见框在窗子里的那些不变的风景在颜色上的改变。雨不曾改变它们的形态，却改变了它们的颜色。对面楼群的灰色外墙变得更深了。还有那些草坪，凝重地伏在那里。林染经历了它们的枯荣，从衰败、萌发到葳蕤，也经历了颜色上的过渡，枯黄、鹅黄、碧绿，以至于今天的墨绿——时令已是暮春。

这时，丁一的电话打了进来。

“干什么呢？”丁一略带磁性的男中音从听筒传来。

准确地说，和林染通话的这个男子不叫丁一，林染与他素昧平生，从没见过面，他真实的名字、年龄、工作单位、家庭住址，林染统统不知，只知道他姓丁，一个丁姓的男子，仅此而已。

“看雨呢。你呢？”

“和你一样。”

林染听见咔的一声，是打火机的声音。林染想象，一个中年男人手指间燃着一支香烟，站在窗前凝视着微濛的远方，只是五官模糊不清。

他们不再说话了，好像彼此都在看雨，便不打扰对方了。他们之间的通话常常这样，比如散步呢，想心事呢。过了一会儿，好像彼此的事情都结束了，或者告一段落了，通话才会继续下去。今天也是如此。

“今天周六，昨晚你应该值夜班。你比平时回来晚了。”丁一说。

“我步行回的家，在雨中散散步。”林染说。

“接下来应该进行的是洗澡。这是你的习惯。”

“你很了解我的习惯。”林染的嘴角无声地上扬了一下。

又是一阵沉默。

“雨天很适合倾诉。我想……，我们……到西城故事坐坐，好吗？”丁一的语速忽然变得不流畅起来。

林染一下子愕然了，慌乱中找了一个不太高明的借口：“我还没洗澡呢。”

“对不起，我忘记了你的习惯。过一会儿我打给你。”

电话里没了声音。林染看看手机，对方已结束了通话。

去年深秋的一个早晨，林染刚要下夜班，忽然大呼小叫地住进来一个孕妇，羊水已经破了。每天看女人如何把男人生出来，如何把女人生出来，林染已经练就得遇事不惊了，和白班医生立即进入了产房。有时林染竟有几分喜欢产房内特有的环境。产妇那种本真的叫喊，在她听来竟有几分悦耳。

回到家，打开门，满屋子的空寂迎面向她包围过来。女儿住校，丈夫楚扬又出去写生了。每次出去写生，楚扬都会例行公事地告诉林染一声。林染不去注视楚扬的眼睛，她不想从他的眼里看见让自己的心抽搐的东西。最近一年来，楚扬出去写生的次数明显多起来，有时一走就是半个月，回来后接电话时神色诡秘，总要关上书房的门。林染心中隐隐约约有了一种预感。

一天早晨下夜班，林染刚走出住院部大门，一个面容清秀的女孩站在了她的面前，“林医生，您好！”

林染看了看女孩，“我好像不认识你。”

女孩很坦然地说：“我见过您的照片，楚扬带我去过你们家。”

林染的心倏地一沉，向一个深不见底的深渊下沉。她怒视着女孩那张饱含着水分的脸，刚想张嘴，却又下意识地看了看四周，不断有熟识的面孔与她打着招呼。她僵硬着一张脸，机械地点着头，然后看了女孩一眼，头也不回地径直在前面走着。

林染把女孩带到了住院部后面的花园内，这里人迹稀少，只有零星几个患者穿着病号服在慢慢走动。

林染没有注视女孩那张稚嫩的脸，她把视线转到了别处，许久，才问了一句：“你找我什么事？”

女孩沉吟了一下，说：“我怀孕了。在一个私人诊所做了药流，可能没流彻底，已经二十多天了，身上还一直不干净。我想请您帮帮我，我很害怕。”

林染猛地回转身，“你……”

女孩深深地垂下了头。

距离林染她们几步之遥的是医院爬着青藤的透视墙，透过斑驳的空隙，可以看见外面马路上疾驰而过的车辆，然而林染只看见转动的车轮，却听不见它们发出的声音。

林染把女孩带到了妇科门诊，对值班的罗医生说女孩是她的一个亲戚。罗医生把女孩带进了手术室。隔着白色的门帘，罗医生说：“林医生，你不进来吗？”林染脸色惨白着说：“我有点不舒服。”

当负压吸引器的嗡嗡声响起的时候，林染听见了女孩狼一般凄惨的嗥叫：“楚扬，你这个混蛋！”林染一下子瘫坐在了椅子上。

林染换上家居服，把长发盘起，尽量把接下来的时间和空间，用声音填充得满满的。放水的哗哗声，洗衣机的轰鸣声，吸尘器的嗡嗡声，声音真是个不折不扣的好东西，它可以使林染整个人变得活泛起来。而当她把洁白的床单平展展地晾在衣架上，当她躺在洁净的地毯上，一切重新归于沉寂时，她才感到那种生命不能承受之轻的重量，一种难以承受的压榨似的重量。

忽然，身旁的手机震动起来。林染打开一看，是一个陌生号码。以往遇到这种情况，林染总是置之不理。这一次，不知怎么了，林染一下子按了接听键。

“您好！”一个很低沉很陌生的声音。

“您是……？”林染从声音里没辨别出对方的身份。

“一个陌生人，我们从没见过面。我同自己打赌，随便按一个号码，结果就按到您这里来了。小说里好像经常出现这样的情节，是不是很俗气？”

林染无语。

“通常异性听到我这样的解释，总是送我两个字：无聊！您是个例外。”

“因为在某些时候，人或许都有过这样的想法，只不过您比别人捷足先登。”这一次，林染开口说话了。

“哦，是吗？比如您？”男人的声音陡然变得明亮起来。

林染的身体先前是缩在地毯上的，此刻，她舒展开四肢，一副很放松的样子。“您贵姓？”

“免贵姓丁，人丁的丁。您呢？”

“林。”林染把左臂舒适地枕在了头下。

除此之外，那一次，和他们自身有关的诸如年龄、工作单位、家庭住址等等私人的东西，他们都没有涉及。他们只是有一搭没一搭地随便聊着，从地球变暖，南极的冰川正在以什么样的速度融化，到最近的三环安装的尾气排放自动检测仪，尾气超标的车辆禁止上路行驶，等等。有时话题断了，林染竟能绞尽脑汁想出热点话题，以填充出现的短暂空白。

那一次，他们聊了将近一个小时。最后，林染的手机没电了。

林染凝视着黑屏的手机，将它轻轻地丢在地毯上。

以后，隔上一两天，他们就会通一次电话，短信更是频繁，到如今他们聊了已经半年多了，谁也没提出见面。不知丁一觉得如何，反正林染觉得保持这种状态很好，一个熟悉的陌生人。

接下来是洗澡。

一切和往常一样，林染走进浴室，打开冷热水管，在浴缸里放上水，伸手试了试水温，温度正好，又放了几滴薰衣草精油在里面，然后开始脱衣服。当束缚身体的棉质纤维被掀去后，林染还是表现出这次洗澡与往日的不同。镜子里的她双手缓缓地从面颊、脖颈向下滑去。有多长时间，林染没有如此欣赏自己的身体。生女儿时，林染的奶水不足，几乎没怎么哺乳，所以乳房保持得还算饱满。小腹也还平坦，妊娠纹看上去不太明显，不仔细看，看不出来。但是总体来说肌肤已明显呈向下趋势。人类唯一不能战胜的就是时光啊！林染想起每天她都能见到的女人的身体，腹部膨出，像倒扣了一口锅，愈发显得双腿比例的不协调，圆规似的。脸上遍布黄褐斑，乳房硕大惊人，乳晕几乎占据了乳房的三分之一。书上说，怀孕中的女人是世界上最美丽的女人，林染看了淡然一笑，那只不过是从孕育了人类的某种意义上自圆其说的，当不得真的。女人的身体从怀孕开始，就已经走下坡路了。

那个当今社会很流行的话题：离婚，就像芒刺一样，深深地刺向了林染。当年，楚扬是个靠在街头画画为生的穷画家，父母对他们的结合持反对意见。而林染却一意孤行，大有置亲情不顾同楚扬远走天涯的豪迈之情。如今，在父母眼里，他们经过不懈努力争取来的爱情堪称是完美的典范。休息日回去，林染几次张嘴，想把自己心中的想法告诉父母，然而她又闭上了嘴。她不想让孱弱的父母再为自己的事情而忧心忡忡。

对于这件事起到关键作用的还有女儿。女儿上小学三年级，周末回来，林染和楚扬都异乎寻常地善于言谈，女儿的归来让冷清的家中荡起一丝久违的温馨。晚上，女儿发现了问题，妈妈的被褥赫然放在自己的床上。那天从医院回来，林染就搬到了北卧室睡。女儿一脸严肃地问："你们吵架啦？"林染摇摇头。事实上他们真的没吵，林染甚至都没有去质问楚扬，他们之间只是沉默了，无话可谈了。"那你的被子怎么在我的床上？"女儿穷追不舍。林染掩饰说："是早晨搬过来的，想和我的宝贝女儿好好亲热亲热啊！"女儿笑了。母女俩钻进被窝，林染搂过女儿，问起她的学习情况。女儿说，这次月考她得了第一。林染知道，班级的第一名通常是一个叫吴涵的女孩占据着，女儿总是排在吴涵的后面。女儿曾发誓一定要超过吴涵，这次终于如愿以偿了。但是林染发现，对于这次夺冠，女儿没有表现出太大的欣喜，林染问："考了第一怎么还不高兴？"女儿说："吴涵的爸爸妈妈离婚了，她根本没心思上课听讲。要不然第一的位置轮不到我！"林染的身体一哆嗦，女儿感觉到了，问林染："怎么了？"林染拉灭了台灯，说："没什么，好好学习。睡吧。"这一夜，林染失眠了。

林染听着从南卧室传来的楚扬闪烁其词的接电话声和嘀嘀的短信提示音，喉咙里像塞了一块破抹布，欲吐不能。她只有拼命地值夜班，将自己置身于那种挣扎在生与死边缘的淋漓尽致的呐喊声中，她的呼吸才能畅通一些。

林染和高中时的同学顾萍交情甚密，经常一起逛街、购物、做美容。顾萍有一个最大的特点，就是喜欢煲电话粥，拿起电话没个半小时不放下，聊的无非是老公、孩子一类的话题。顾萍的老公是搞房地产的，算是成功人士。顾萍在家做专职太太，有的是时间。在林染听来，顾萍式的对老公的奚落，实际是对老公的变相褒奖。那些不疼不痒的缺点，实际看来都是优点。对于老公的话题，林染常常是缄默不语，或者偶尔用“嗯、是”这样的单词响应，以此证明自己还在倾听。

有一天，林染在家休息，顾萍的电话来了。这一次，顾萍没有煲电话粥，而是干净利落，让林染马上到卓展购物中心来。林染赶到卓展，看见顾萍的进口手袋旁已经放了两个鼓鼓的购物袋，而手上拎的裙子还在让跟在身后的营业小姐包上。顾萍虽说有钱，但平时从不如此大手大脚，那天的确反常。买衣服不试穿，也不翻价签，好像免费似的。最后，又不由分说给林染买了一套。林染百般阻止，顾萍用力推开林染，把银行卡塞进收银窗口，咬牙切齿地说：“钱是什么东西？钱他妈的就是王八蛋！”看得林染呆呆的。

购物出来，顾萍又加大油门，白色的跑车像一粒出膛的子弹，向西城故事射去。

在靠窗的座位上，顾萍累了似的安静地瘫坐在那里，右手的小银勺机械地搅动着杯子里的咖啡，目光空洞而迷离。隔着桌子，林染握住了顾萍的左手，顾萍的右手脱离开勺子，覆盖在了林染的手上。林染感到了一种力量，由顾萍的指尖直深入到她的肌肤。顾萍脸色绯红，嘴唇翕动着。那一刻，林染真想冲过去紧紧地将顾萍抱住，把憋在心里的话像天河决口般倾倒出来，让两个人的泪水流成一条河。然而，林染忽然感到手背上的力量在一点一点减弱，顾萍的右手拿开了。转瞬之间，顾萍又眉开眼笑起来了，高声说着一些她们曾经说过的司空见惯的话题。

林染高涨的情绪，也像泄了气的皮球，萎了下来。

顾萍点燃了一支香烟。隔着一张桌子的距离，林染忽然看不清顾萍脸上的笑容了。

从那以后，好长一段时间，也不见顾萍打来电话。林染拿起手机，想给顾萍打过去，又撂下了。

一天晚上值夜班，十点多钟，难得的清静，暂时没有产妇生产。林染让与她一起值夜班的护士长赵姐先去里间眯一会儿，有事叫她。林染对着夜色出了会儿神，扭头发现赵姐像个幽灵似的站在她的身后，吓了她一跳。林染问她怎么不去睡。赵姐说睡不着，然后是一副欲言又止的样子。过了一会儿，终于满脸涨红地说："不行，再不和你说说，我就要憋死了！"接着一股脑儿地向她诉说了白天的事。一段时间以来，她就怀疑她老公在外面有情况，但是一时抓不到证据，上午她去了电信局，想查查她老公的短信和通话情况，电信小姐拒绝服务，说必须持有本人身份证才能办理此项业务，没办法只好回来了。赵姐咬牙切齿地说："哪天我非把他的身份证偷出来不可！看他还有什么话说！"说完，叹了口气，拉着林染的手，推心置腹地说："你说我的命咋这么苦呢？年轻时和小的操心，老了老了又和老的操心。也不知得操到什么时候？真羡慕你，你家楚扬有才华，又不用你操心。"赵姐把林染的手放在自己的手心里摩挲着。这种零距离的肌肤相亲，让林染的心头涌起一种翻江倒海般的冲动，林染怔怔地望着赵姐那张诚挚的脸，张了张嘴，又猛地闭上了。以后，林染尽量避免和赵姐一个夜班。

林染的洗浴过程既缓慢又潦草。她缓缓走进浴缸，将身体浸泡在弥漫着薰衣草气息的水中，双手在她的肌肤上一寸寸缓慢地滑过，神情庄重得像要迎接什么异乎寻常的重大事情，然而又是心不在焉的，她的目光总是涣散地逡巡在梳妆台上，放在上面的手机无声无息。

披上浴巾走出浴缸时，手机发出了震动声。丁一发来了一个大大的“？”。林染一下子变得慌乱起来，脚下一滑，险些摔倒。她的手在化妆包里上下翻找着，末了，还是两手空空。她长出一口气，找出了两枚珍珠耳钉。这两枚耳钉好久未戴了，不知耳洞还是否能穿得进去。林染把耳钉拿在手里，心里说，如果一下子穿进去，就去；否则，就不去。她照着镜子，对着耳洞一用力，耳钉服服帖帖地吻在了她的耳垂上。

林染打开手机，翻到一个“！”，她迟疑地伸出了手指，待她定睛看去，那个“！”已经插上翅膀飞了出去。林染怔怔地望着手机发呆。

在选择要穿的衣服时，林染颇费了一番心思。拿起一件，总能找出一到两条不能穿的理由。最后，林染选择了一条湖水蓝的棉质长裙，一件同样质地的白色上衣。她看了看镜中的自己，脸色惨白寡淡。林染拿起唇彩，在嘴唇上刷了一层淡淡的粉色，然后，才出了门。

是那种不用打伞的雨，和暴雨、雷阵雨一类的相比，林染还是比较喜欢这种雨，无声无息，却可以润到人的心里。林染决定步行去西城故事。

林染走得很慢。走到市府广场时，林染拐了进去。几何形的绿地，经过雨的滋润，愈发绿得欲滴。紫丁香一簇簇，一丛丛，在雨中缄默着。白天这里的人很少，华灯初上，这里才成了人的海洋。不值夜班的傍晚，林染总要到这里走走。有时，喧嚣的声浪反而能使人安静下来。

林染想起她和丁一认识大约一个月吧，一天晚上，她又来到了这里，独自徜徉在花径上，忍不住给丁一发了一条短信：忙什么呢？过了十多分钟，丁一也没有回复。以往丁一总是在第一时间回复林染。口袋里的手机一直没有震动。林染有几分失望地走上了回家的路。回到家，关上封闭性很好的防盗门，林染就处于一种无所事事的状态，不知干什么好。她打开酒柜，拿出一瓶干红，对着夜色独自喝起来。将近九点，丁一的电话打了进来，解释说刚才陪他老婆在散步，不便回复。晚饭后，他老婆都要他陪着在小区内遛上几圈，这是他家十几年如一日的习惯。林染有几分醉意地说："你们夫妻很恩爱啊！"丁一在电话里苦笑了一声，然后说："一个小时前，她把我们家的电视开到了最大音量，以掩盖她泼妇一般的叫嚣声。"林染端着酒杯，一时无语了。丁一似乎很激动，接着说："在她眼里，我一直是个很失败的男人。在部里熬了快十年了，还一直未坐上副部长的交椅。"从一个月来的交谈中，林染隐约感觉丁一好像在政府机关的某个部里上班，至于具体哪个部门，丁一没说，林染也不问。职业对于他们两个人的聊天，好像没多大关系，就像丁一也知道林染是名妇产科医生，至于在哪个医院的妇产科，也不重要。丁一继续说："而这把交椅对于她来说，是至关重要的。它关系到她的脸面。脸面对她胜过生命。有时候，我在心里暗暗怜惜，我老婆作为一个街道居委会主任，实在是太可惜了。她完全可以成为一个演技不错的演员，几分钟前还是暴风骤雨的，而一旦踏出家门，挽上我的胳膊，走在小区内，她的脸上马上晴空万里阳光普照。我们家是小区内公认的五好家庭，恩爱楷模。小区内夫妻吵架，我老婆总是以模范的形象去言传身教。"丁一滔滔不绝。林染忽然问："你喝酒了？"丁一回答说："正在喝。我老婆回娘家住了。"林染哈哈大笑起来，"我也在喝酒。来……咱们干一杯！"林染举起了酒杯。丁一说："好，干……杯，酒真是好东西啊！"林染说："你说得……不准确，酒是最忠诚的……好东西！"那天晚上，林染把楚扬的事向丁一和盘托出，说完，林染抑制不住地哭了起来。电话里没有声音。过了好一会儿，林染的啜泣声渐渐平息了，电话里才传来丁一轻声的问候："好些了吗？"林染说："谢谢！"

林染重新走回马路上，速度依然很慢。

快到林染工作的医院时，丁一发来了短信：有点事，可能会晚到。

林染合上手机。她的心里没有对丁一的晚到有丝毫的不悦，相反觉得丁一的短信来得很是时候，她今天很愿意在这雾一般的雨中走走。林染觉得她今天的思维有时出现短路，或者说和她的行动有些脱节，没有保持步调一致。她需要调整一下。

林染毕业于正规的医学院，在医院工作了十多年，又有医学论文在杂志上发表，所有这些硬件，让林染对上次评副主任医师职称抱有很大信心。考试那天，丁一一大早就发来了短信，祝她考试顺利，心想事成。那次考试，林染自认考得不错，走出考场，林染给丁一发了一个眉飞色舞的笑脸。

一天中午休息时间，院长把电话打到了科里，让林染到他办公室来一趟。林染一向不善交际，见到领导只限于点头微笑。院长找她会有什么事呢？是不是评职称的事有消息了？林染的心里有点沾沾自喜。

院长很热情，绕过阔大的老板台，将林染按坐在沙发上，并且亲自泡了一杯茶，塞到林染的手里。不知是有意还是无意，院长厚实的手掌在林染的手上拂了一下，随即拿开了。

院长将虚掩的门关上，转回身说："小林啊，你是我们院里很有潜力的医生。你的那些硬件我都看了，你的技术我们也是有目共睹的。但是，这个职称不在我管辖的范围，是上面的事。今天我找你来，就是想告诉你，我在上面有些关系，必要的时候我可以为你疏通一下。"

林染激动地站起来说："院长，那太感谢您了。"

院长走到林染面前，说："不用谢。作为院长，我也非常希望我们院里有更多德才兼备的医生被评上。小林啊，我一直很赏识你。"说完，在林染的肩上拍了两下。最后一下，林染分明感到那只手用了力。

这件事，林染没说给丁一听。那几天，丁一正处于一种焦头烂额的状态中。丁一的老婆私自做主买了高档烟酒，逼着丁一给领导送去。丁一不去，两个人闹得不可开交。一天晚上，丁一给林染发来了短信，说他正在主管领导家楼下徘徊呢。后来，又打来电话说，领导夫人说领导不在家，可他分明看见领导的皮鞋就放在进门的鞋架上。领导夫人对他爱理不理的，让他站也不是，坐也不是，没待上两分钟，就告辞了。

之后，林染星期天又收到了院长发来的短信，邀她去郊外游玩。林染看后删了短信。第二天上班后，院长打来电话，问她怎么不回他的短信？林染镇静了一下，回答说，没有收到他的短信。那边院长啪地撂了电话。

林染心里暗暗对职称的评定有了几分担忧。

那天下午，林染在家休息。院长直接把电话打到了她的手机上，说请她到万城酒店1809房间来一趟，上面掌握职称评定大权的一个领导正在那里。这关系到她的职称评定，请她务必来。

合上手机，林染犹豫了好久，才硬着头皮去了万城酒店。

酒店走廊内安静极了，猩红的地毯很厚实，双脚踏上去无声无息，可林染分明听到了一个擂鼓般的声音在她的心底响起。

林染在1809号的房门前迟疑地抬起右手，门便开了。院长身着宽大的浴袍，一把将她拉了进去。

林染惊慌失措，"院长，上面的领导呢？"

院长嘿嘿一笑："不那么说你能来吗？给你发短信，你说没收到，骗鬼去吧。我还就喜欢这样的性格。如果把那些黄毛小护士比作乍开的青杏，你就是恣意怒放的花朵。来吧，今天好好为我怒放一次！”说完，肥厚的嘴唇凑向了林染。

林染用尽全力，向那颗肥硕的脑袋撞去，然后，夺门而出。

林染一口气跑回家，死死地关上了房门，好像后面有人追击似的。林染将身体靠在房门上，止不住泪水滂沱。然后，迫不及待地按下了一串号码。电话响了好几声，丁一也没有接。林染刚想再打过去，丁一的短信进来了：我在郊区陪领导钓鱼。林染合上手机，泪水顺着双颊滑落。

晚上，丁一打来了电话，问林染什么事。本来经过一下午的时间，林染已经恢复得差不多了。丁一这么一提起，林染的泪又来了，她啜泣着将自己受到的屈辱向丁一倾诉了一遍。

听完林染的哭诉，丁一说：“你让我很钦佩！真的！我不如你！”然后说下午他陪领导钓鱼。他了解了很久，才知道领导有钓鱼的嗜好，为此他为领导买了高档的进口钓竿。最后，沉默了一会儿说，“我觉得现在我就是一条鱼！”林染听见长长的一声叹息。

最终的结果是，科里各方面都不如林染的陈卫卫评上了副主任医师。而且，在医院评选的十佳医生名单上，林染也是榜上无名。

西城故事的欧式建筑冷不防矗立在林染的面前，她一下子收住了脚步，以往感觉到西城故事这段路挺远的，今天怎么这么快就到了呢？

林染打量着从身边经过的一个个男人的面孔，在心里不止一次地虚构着丁一的形象，他应该长着一张很忧郁的面孔，鼻梁上还应该架一副近视镜，手指细长，还有点发黄，他吸烟很频，脸色也应该有些暗黄。哪一个是呢？或许丁一已经到了，正坐在临窗的位置上向外张望呢。

那一次，他们在电话里聊到各自的兴趣与爱好，丁一说他喜欢看书，闲暇时间逛图书城是他最大的享受。林染说她也比较喜欢图书城那份浓浓的书香氛围。丁一说，说不定我们哪天可以碰到一起呢。以后，林染去图书城的次数频繁起来，休息日双腿常常不自觉地迈向那里。望着那些沉思的面孔，林染想，或许他们当中的一个就是与自己聊天的那个熟悉的陌生人吧？有时候，林染已经在手机上按到那个熟稔于心的号码的最后一位数字了，她又合上了手机。

林染站在“西城故事”厚重的玻璃门前，忽然觉得心中没有了从前那么多的渴望，那些渴望在关键时刻临阵脱逃了。

这时，丁一来了电话。

丁一问：“你到了吗？”

林染不知怎么，竟回答说：“还没有。”

电话那边沉吟了好一会儿，才传来丁一吞吞吐吐的声音：“我们……换个地方，好吗？”

林染马上回答：“好！”

丁一顿了一下，说：“到香格里拉大街吧。”

林染回答：“好。”

香格里拉大街的方向与林染刚才行进的方向正好相反，但是奇怪的是，林染心里竟然没有一丝对丁一换地点所表现出的抱怨，反倒觉得这似乎正是她所期待的。

上衣的袖子已经有些潮湿了，林染看了看，依然决定步行。今天她特别喜欢这种最原始的交通方式。

其实，有一个问题，在丁一换地点时，林染就想到了，只是她没有问，那就是：具体的见面地点。香格里拉大街南北长达几公里，具体哪个位置呢？林染没有问，好像这个问题与她没有任何关系似的。

去年冬天有一段时间，林染接到的丁一发来的短信总是：累！心累！丁一在电话里说，他老婆这段时间不再阴沉着像要下雨的脸，嘴里还哼着跑调的歌曲。老婆的一反常态让他觉得很反常。但是他懒得去问。后来老婆憋不住了，颇有几分得意地告诉他说，她拿重量级的东西把他们领导拿下了，然后用手指做了个点钞的动作。丁一说：“你这是行贿，你知不知道？！”老婆反唇相讥道：“你真是迂腐到家了，当今社会，金钱就是润滑剂！就是推动力！只要他收了咱的钱，就好办！物质都是通过金钱转换过来的，你说钱和东西在本质上有什么区别？”最后一句话，让丁一失去了反驳的能力。

这件事过去没几天，林染的手机忽然间无声无息起来了，或者准确地说，林染的手机上不见了丁一的短信，电话更是没有了。林染给丁一发短信，不见回复。打电话总是关机。林染像丢了什么，心里没着没落的。

一天深夜，林染的手机忽然震动起来了。林染心里一喜，一把抓过手机，显示的却是一个陌生的号码，林染没接。手机平静了一会儿，又疯狂地震动起来。林染按下了接听键，丁一深沉的声音传了过来：“是我。但愿没打扰你休息。”

林染忽然鼻子一酸，感觉心里很委屈，委屈得想大声质问大声呐喊。然而，她最终还是闭上了嘴巴，同时，她还听见心里有个什么东西落地的声音。她长长地出了一口气，轻声问：“事情进行得怎么样了？”

丁一说：“老样子。”然后又陷入了常有的沉闷状态。

过了好一会儿，丁一才又开始说话。他的脖子好像被什么东西卡住了，很干涩，很不通畅。他说：“我……我不行了。”

林染心里一惊，手机险些掉到地上：“你说什么？”

丁一说：“我指的是那方面，我不行了。我和她好了两三年了，在那方面非常和谐。前天去她家，我忽然就不行了。她倒没表现出什么，安慰我说是刚喝了酒的缘故吧。可我从心里感到，我真的不行了。压在我心里的东西抑制住了它。”

林染一时不知如何安慰丁一。

丁一又说：“所以我换了新号，我不想让她知道我不行的原因。”

林染想说，如果需要治疗的话，可以来医院找我。话到嘴边，又咽了回去。

香格里拉大街是条老街，两旁的灰色建筑似乎都镌刻着时光的沧桑，有行人撑了黑布雨伞在林荫路上慢慢走着，徐驰的车辆悄无声息，仿佛声音都被茂盛的法国梧桐吸进去了。这样的街道很适合思考，林染认为。

林染还是流露出了她的心不在焉，那个实质性的问题终究困扰住了她。她的脚步变得迟缓——建筑物上的门牌号上，已经排到了45号。她按下了一串号码，电话兀自响着，无人接听。

80的数字出现在林染眼里时，她的手机震动了。

丁一欲言又止的声音：“到……118号吧。”

目的地确定下来了，林染的双脚却滞住似的钉在了原地。她茫然四顾，像迷失了方向，在寻求帮助。

林染发现建筑物上的号码在一点一点向后移动，缓慢却坚定不移。

一幢灰色的两层建筑伫立在雨中，林染抬起头，看见墙壁上赫然标注着：117号。这是这条街上的最后一家建筑，它的右侧是一条宽阔的马路。

惊异过后的林染，两只肩膀像被卸掉了似的垂下去，她长长地出了一口气，一副如释重负的样子。

包场电影

听见没老太婆？刚才门口那个姑娘给咱鞠躬，祝咱观影愉快呢。嘿嘿，今个儿咱也得好好当一把上帝！走！跟俺来！

对对对！就是这个屋，六号厅。俺事先来看过了。

来，老太婆，俺领你好好参观参观。怎么样？这屋够气派的吧？比前儿个俺看电影那间大老鼻子了！你看看这间量儿，有三间房大小了！这么多座儿，坐满估摸能坐个百八十人的吧？一会儿让你好好开开眼，见识见识啥叫3D电影！啥叫3D电影？不懂了吧？3D电影就是戴眼镜看的电影！戴眼镜看的电影就叫3D电影！才刚儿门口那姑娘不是给咱两个眼镜嘛，一会儿电影开演了啊咱把眼镜戴上，完了你再看，就跟真的一样！那子弹，在你眼皮底下带着风声嗖嗖直飞！那老虎，张着大爪子迎面向你忽地扑过来，要多吓人有多吓人！

你问这么宽敞的地方咋就咱老两口子？没人还不好啊！没人清净！今个儿咱老两口子愿意咋说话咋说话，可着嗓门儿造，把棚顶震个窟窿，也没人管咱！今个儿这六号厅谁也不敢进来！对，今个儿俺就这么霸道！你说啥？吹牛？不信咱尬（ga 四声）点儿啥的，从现在开始到电影演完事儿，准保豆大个人儿也不敢进来！嘿嘿，老太婆，实话跟你说吧。今个儿咱包场！这间屋咱自个儿说了算，你愿意坐哪儿就坐哪儿！哪儿看着眼亮儿咱就坐哪儿！电视里常说那句话咋说来着？等一会儿让俺想想，咋说来着？就在嘴边上，咋想不起来了呢？这脑袋！噢，想起来了想起来了！叫俺的地盘俺做主！

啥？你问这么大的地方包场得跟咱要多钱？没几个钱，仨瓜俩枣的价儿！哎，老太婆，你说咱坐在哪儿好？依俺看，今个儿咱就坐在第一排！第一排敞亮儿，没遮没挡的，看得真亮儿！不中不中，俺听说看 3D 电影坐第一排迷糊，往中间儿排坐效果最好。要不这么办，反正还没开演，咱先在第一排坐着。等一会儿开演了，咱换着地方坐，哪儿看着真亮儿咱就坐在哪儿！咱的地盘今个儿咱自个儿说了算！

哎呀！才刚俺不是说了嘛，没几个钱。来来来老太婆，你先坐下试验试验。你看看，这凳子，一坐一个坑！比咱年轻时在人民电影院看电影坐的硬板凳暄乎多了。

你咋还没完没了了？你这好打听的老毛病咋又犯了？老娘们儿家家的，不该打听的事就别瞎打听！

咋了？不乐意啦？俺这么打马虎眼都没蒙过去，俺就知道你会打破砂锅问到底，俺不是怕告诉你你跟着上火嘛。你这一辈子仔细惯了，捡块豆腐都要合计合计，俺怕你心疼钱。俺可跟你说好了，俺告诉你你不兴上火，听见没？

俺跟你从头儿说吧。前几天下河塆闺女婆婆一大早起来抱柴火不是卡了个仰八叉嘛，俺跟你叨咕过，你知道的。这一卡坏菜了，一条腿粉碎性骨折，住院了。儿子媳妇听说了连夜从城里往回赶。俺听说闺女要回来，乐得一宿宿睡不着觉，掐着指头算他们啥时候到家。他们半夜下的火车，直接去了县医院。第二天一早，天还没大亮，俺就骑上洋车子直奔县医院。亲家母住院的第二天俺就去医院瞧了，那天也是骑洋车子去的，老胳膊老腿累得够呛。可那次去两腿嗖嗖生风，一点也没感觉累。两三年没看着闺女，人比在家时可老了，脸上的褶子也多了。姑爷还在工地上干泥瓦工，闺女不在澡堂子给人搓澡了，澡堂子整天水来水去的，落得胳膊腿疼，现在在饭店卫生间当保洁，就是收拾卫生的。他娘的，一个茅房还得专人收拾。俩人伺候不了几天就得回城里去。亲家懊糟得耷拉着脑袋。俗话说，伤筋动骨一百天，亲家母那岁数，一百天也好不利索，就亲家那病秧子的身子骨儿，伺候完亲家母再伺候秀儿上学，还有那几亩地，以后家里外头喂猪打狗的，真够他呛。俺陪着叹了一会儿气，问闺女建军两口子咋样。闺女说建军不和他姐夫在工地干泥瓦工了，嫌太累。俺说你弟从小就奸懒馋滑占全了，那两口子还在城里干啥？等着喝西北风啊！闺女说两口子买了一辆破洋车子，走街串巷吆喝给人擦洗油烟机。俺问活儿咋样？有人擦吗？闺女说，猫一天狗一天的。有时一天能擦一个，有时候好几天没一个活儿。闺女从包里拿出一个坎肩让俺试试合身儿不。俺一听就急眼了，说你没看见柜里你妈给俺做的好几套棉衣裳，连棉裤带棉猴儿的，穿到死都穿不完。闺女说那坎肩是羽绒的，穿着轻巧又暖和，说完又给递给俺几盒治腰腿疼的保健品。俺说尽瞎整！买这玩意干啥！这玩意就是糊弄人的，啥用也没有。闺女说城里人都吃。让俺也吃吃看。末了又给俺一张纸片片。俺问这是啥？闺女说是《智取威虎山》的电影票，说她去商场给婆婆买纸尿裤，看见正在上映《智取威虎山》，就给俺买了一张票，说俺们这一辈都有《智取威虎山》情结。俺低头一看，你猜多钱？50 元！俺急眼了，让她麻溜儿把票退了。俺说爹知道你孝敬，可也不能花这大头钱啊！前些年俺和你妈起个大早推了一手推车白菜到集上才卖 50 元钱。再说《智取威虎山》又不是没看过，俺和你妈年轻时就看这个样板戏，戏词俺和你妈都能倒背如流！闺女说，这个不是从前的样板戏，是新拍的3D电影，听说跟真的一样。俺说几D也不去，这不是拿钱砸鸭脑袋嘛。闺女让俺好一顿数落。姑爷蔫了咕叽地来了一句，不去看票就瞎了。这下俺蚂蚱眼睛长长了。俺没咒念了，只好去了。俺藏了个心眼儿，想把票退了。凭啥不给俺退，俺又没看。早些年站前那个人民电影院还记得吧？早扒了，现如今就在原来的地方盖了五层楼的商场，一到四层卖啥的都有，五层是饭馆子和电影院。来到卖票的地方，俺掏出电影票，对卖票的小姑娘说，俺要退票。卖票的小姑娘说的跟姑爷说的一样，电影票售出不退。俺好说歹说了一大堆，那个卖票的一点也不开面儿，死活不给退。不给退俺也有招儿。活人还能让尿憋死了？俺便宜点儿卖给来看电影的！俺踅摸了一圈，问了好几个人，都把脑袋摇得跟拨浪鼓似的，便宜点儿也没人要。他娘的，真是邪门儿了！眼瞅着电影就快开演了，俺没辙只好进了放映厅。没看上多大工夫，俺腾地一下站起来，掉头往外走。到了门口跟把门儿的说，退票，俺先不看了。把门儿的小伙冲俺直笑，还是那套嗑儿，电影票卖了不给退。俺好说歹说也不行。俺一寻思，俺这时候不看了，那50块钱就是打水漂了，连点儿响儿都听不见。没招儿又回来接着看。

你又说俺驴脾气犯了，虎了吧唧地退什么票？俺是想回家带你来一起看！一看开头一眼望不到边的林海雪原，俺就像回到了年轻的时候，在你老家第一次看见你！俺按不住性子了。这电影，咱老两口子非一起看一回不可！

从县城回来俺就寻思好了，明天带你一起去，咱老两口子好好看一回《智取威虎山》！

第二天，俺起了个大早骑上洋车子直奔县城。到了电影院看都没看掏出一百元钱，啪的一声拍在柜台上，对卖票的小丫头说，来两张《智取威虎山》的票！卖票的小丫头说，对不起，《智取威虎山》已经下映了。这下把俺整迷糊了，俺问，下映了？啥叫下映？小丫头说，就是不让演了。俺一听就急眼了，说昨个儿还演得好好的，虎了吧唧地咋就不让演了？小丫头说不让演了就是不让演了。俺一听来劲儿了，把你们领导叫来，凭啥不让演了？一个戴眼镜的小伙儿露面儿了，说他是电影院的经理，有什么事可以跟他说。俺说俺要看《智取威虎山》，为啥不演了？那个经理说影片确实下映了，不过您老要是想看可以点映。俺问啥叫点映？那个经理说，就是包场，不过就是费用贵点儿。俺问多钱？那个经理跟几个人凑在一起，嘀咕了一会儿，回来跟俺说要一千八。俺一听气就不打一处来，啥？一千八？俺都土埋半截子了，啥不明白，跟俺扯哩哏儿楞，当俺是土老帽，忽悠谁呀？那个经理说，您老这可是包场，俺一个人也不会放进去，等于整个放映厅都是您老的了，您愿意几个人看几个人看，坐着看，躺着看，您老说了算！没人管得着。您老看看俺们影院的环境和设备…….接着跟俺吹了一遍他们电影院，采用什么尖端设备，一大串名词，俺没记住。俺说，那也不能那么贵！那个经理说，您老点映的可是 3D 片啊！3D 片您老没看见过吧？那画面那效果……俺没好气地堵了他一句，俺昨个儿刚看的！那个经理顺杆儿往上爬，说一看就知道您是个见过世面的，那更好了！俺就不用费口舌跟您老掰开细说了。3D 包场，这个价儿，值！完了又告诉俺说，过一段时间想包场点映都不可能了，他们的什么东西叫什么贝的，就是片子吧，要上交到上头去。俺一听傻眼了，说，俺回家寻思寻思行吧？那个经理说，您老要看可得麻溜点儿，最好最近几天。过了这个村可就没这个店了。

俺回到家，歪在炕头上寻思着。你说包场吧，一千八，那可是去年俺一秋带半夏的收成啊！咱家那二亩地统共打了两千来斤苞米，一块钱一斤，卖了不到两千块钱。要是别的啥武打搞对象的片子，俺就不带你看了，可那《智取威虎山》不一样啊！想当初，就是那个样板戏给俺俩牵的线搭的媒。俺思前想后，一骨碌从炕头爬了起来，那3D电影，不就是戴上个眼镜。俺比量过，把眼镜摘下来啥也不是，跟平常看电影一个样。那俺还花那个大头钱干啥？干脆买副眼镜，再让孙子到县城租个《智取威虎山》的碟，咱老两口乐乐呵呵坐在炕头上看，那多美气！想到这儿，俺来了精神，喊了孙子一嗓子。孙子没搭理俺。俺又喊了一嗓子，孙子才搭茬儿，问俺干哈。这小子还记恨俺呢。你说那小瘪犊子都念初二了，一点也不知道用功。前儿个学校让去开家长会，俺去了一看，来开会的一个个都老天扒地老眉咔哧眼的，看样子不是爷爷奶奶就是姥爷姥姥。老师见了俺就跟俺告状，说张铁上课玩游戏机，老师批评也不改。俺这个来气啊！这小瘪犊子这是要欠揍！为了玩游戏机挨老师尅，真出息个暴！俺气得寻思回家摁倒削他一顿。你猜他咋地？还没等俺动手，那小兔崽子竟然跟俺拉梗，小脖颈梗得老直，根本不愤你。唉，现在一家一家爹妈都出去打工，把孩子扔给老的，一点也不服辖管。说轻了他把你的话当成耳旁风，说重了，指不定给你作出啥祸来。广顺那孙子去年不就甩剂子离家出走了嘛。爹妈从城里跑回来，工也不打了，撒开网大找了好几天才找到，吓得广顺打那以后大气不敢出。你说这小子不好好念书，长大了咋整？跟他爹妈一样到城里打工去？如今转山营子十五六岁的半大孩子没几个在家的，都去城里找爹妈打工去了。一年到头苦巴苦业的，能有个啥出息！

这扯哪去了？刚才俺说到哪了？噢，对对对，说到俺问孙子坐在炕头儿上咋能看3D电影的事。俺问孙子，孙子头也不抬地说，好办，很容易的事。俺一听心急火燎地问，咋整？是不是买个3D眼镜？孙子说，买副3D眼镜是小事，爷你还得办件大事。俺问啥大事。孙子说置办一套家庭影院。俺不明白啥叫家庭影院，不过俺寻思便宜不了。你寻思寻思，家庭影院，在家看电影，那还能便宜？

俺问得多钱。孙子说，不贵，一般便宜点儿的要四千五千的，顶级的要百八十万。俺冲孙子一瞪眼，滚犊子！孙子冲俺一伸舌头，说，那俺也没辙了。在家看 3D 电影这条道行不通了。俺睡不着，翻来覆去烙了大半宿的饼，天傍亮儿时，俺一咬牙一跺脚豁出去了，包场！

俺就知道你得心疼钱。俺不想告诉你，你偏要打听。好了好了，别合计了。钱已经给人家了，想要是要不回来了。一千八是贵了点儿，俺教你个招儿，你这么想，你就当去年年景不好，遇上了大旱，百年不遇啊，一粒粮也没打回家来；再不就当是俺吃五谷杂粮有病住院了。这俩钱儿还不够住两天院的呢。亲家母住了三天院，五千多元打水漂儿了。呸呸呸，俺这臭嘴，该打！俺这不是打比方，让你心里舒坦好受些嘛。俺有招儿把钱挣回来你信不？不信？俺告诉你吧，明年俺包几亩地这钱不就回来了嘛。现如今咱转山营子有一多半人家种地困难，青壮劳力都跑到城里打工去了，剩下老的老小的小，哪个是种地的料。后山头刘四家在转山楼子有四亩来的山地，儿子媳妇不是常年出去打工嘛，剩下刘四一个人在家，走道都齁喽气喘的，哪还能下了地。去年过年刘四儿子看见俺还问俺包不包呢。价钱仨瓜俩枣的，够给他爸买药就成。你不用担心俺，俺这把老骨头还能扛一阵子。干不动俺少干，慢点干，你一天种一亩地，俺种五分儿，你三天完活儿，俺豁上五天，没个种不完的。好了好了，不上火了啊，听话。

你看看，看看，俺还给你带来了啥？你最爱吃的倭瓜子。如今的小年轻们看电影都爱买爆米花啥的嘎嗒牙，前儿个俺看电影旁边就有两个搞对象的，捧了个纸袋子咔嚓咔嚓吃个没完，闻着就腻歪歪的，那玩意能有咱这倭瓜子有营养？你看俺都炒熟了，香着呢。来，俺给你剥，你尝尝。俺记得你怀大闺女那年冬天，害口，想吃点啥也没有。那时候家里困难呐。你就让俺给你炒倭瓜子吃。俺把房前屋后种的倭瓜都用刀砍开，给你炒了小半洗脸盆。你吃得那个香啊！后来怀建军时条件比怀大闺女时好些，但手头也没多少余富钱儿。俺问你想吃啥，你说啥也不想，就是想吃炒倭瓜子。俺知道你是在宽俺的心呢。老太婆，这辈子俺对不住你啊！你跟着俺苦没少吃，罪没少遭，就是没享过福。来世吧，来世咱俩要是还做夫妻，俺一定让你好好享享福。

哎，灯灭了，要开演了。来，快把眼镜戴上，戴眼镜看真亮儿。你看看，这一眼望不到边儿的林海雪原，跟你老家差不多。老太婆，你还记得咱俩是咋认识的吗？那年，俺听说有人上黑龙江倒腾土豆栽子，那儿的土豆比咱们这边的好，不光个大产量高，而且又面又起沙。俺听说后就活心儿了。那个年代斗私批修狠斗私字一闪念，哪敢明目张胆的呀！俺撒谎说走亲戚，偷摸买了一张火车票，来到了你老家。你说俺俩有缘不？俺觉得就是老天爷安排好了的，早把红线给俺俩牵好了。俺还记得那天下着大雪，俺一进你们屯子正四外撒目时就看见了你。你穿着花棉袄，围着红围脖，一双水汪汪的大眼睛，圆脸盘红是红白是白的，让身后的雪一衬，那叫一个俊！俺当时都看呆了，心说俺的那个娘哟，这不是仙女下凡了吧。半晌俺才缓过神儿来。俺向你打听谁家有土豆。你说你们家就有。俺就跟着你往你家走。你在前面走，俺在后面跟着。那时候你梳着两条又黑又粗的大辫子，一直齐到腰，走起道来一甩一甩的。俺就又有点愣神儿。那天买完土豆天儿眼瞅着就擦黑儿了，你爹俺老丈人热心肠，说黑灯瞎火的往哪走，非留俺住一宿。那天晚上正赶上你们屯子演样板戏《智取威虎山》，俺一听嗓子眼儿就跟着痒痒了。俺一嗓子穿林海，跨雪原，气冲霄汉，俺看见你的眼睛就亮了。那年刚入秋，你就跟俺来到了转山营子，两千多里地啊！俺们这儿的人都冲俺竖大拇哥，说老张家二小就是有能耐，不光倒腾来了土豆，还倒腾来一个天仙似的媳妇！

啥？你让俺再给你来一段？杨子荣《打虎上山》那场？中！多少年没唱了，俺今个儿就卖卖力，给你比划比划！

穿林海跨雪原气冲霄汉！
抒豪情寄壮志面对群山。
愿红旗五洲四海齐招展，
哪怕是火海刀山也扑上前。
俺恨不得急令飞雪化春水，
迎来春色换人间！
党给俺智慧给俺胆，
千难万险只等闲，
为剿匪先把土匪扮，
似尖刀插进威虎山，
誓把座山雕埋葬在山涧，
壮志撼山岳，雄心震深渊，
待等到与战友会师百鸡宴，
捣匪巢定叫它地覆天翻！

咳，咳。不行不行了，老了，现如今这腰也塌了，嘴也瓢了，牙也没剩下几个，也往外漏风了，底气也没当年足了。咋的？跟当年你第一回听时一样？跟童祥苓差不离儿？哈哈哈！那可差到天上地下喽！

哎，这股节儿俺咋没看见？噢，这时候俺出去跟他们掰扯退票呢。这小栓子还挺各色不好摆弄。知道他妈哪去了吗？他妈叫青莲，被座山雕抢去做压寨夫人了。这和样板戏里可不一样，尽瞎编！你说现在电视里演的电视剧尽瞎编，孙悟空和白骨精还拉咕上了，搞上对象了，你说这不是驴唇不对马嘴，闹笑话嘛。

演到哪儿了？杨子荣单枪匹马上山。等会儿老虎就来了！那段才叫惊险呢，把俺看得，大气不敢出，心都提溜到嗓子眼儿了。瞧见没，瞧见没，马先感觉出来了，耳朵竖起来蹄子乱踢。老虎走道一阵风，牲口感觉灵验着呢。来了来了，老虎来了！这节骨眼儿上枪还冻上了！你说这扯不扯！老太婆，你别跟着着急。一会儿你看老虎打马虎眼。杨子荣寻思老虎走了，靠在树上喘口气，那畜生爬上了旁边的一棵树，抽冷子从那棵树上扑了过来。看看，俺说得对吧？这畜生还他娘的挺有道眼呢。看见没？这畜生奔杨子荣那匹马去了！缰绳还套在了树杈上！这匹马不要成老虎的大餐了吗？没事，没事，老太婆，你别着急，看见没？那匹马自己挣开了。这回枪好使了，啥畜生都怕子弹！老太婆，你猜猜看，老虎这回被杨子荣打死没？你瞧着，瞧着。一会儿老虎抽冷子，一个饿虎扑食扑了过来，说时迟那时快，杨子荣一扣扳机打在了老虎的身上！看看俺说得对吧？你再快还能有子弹快？这家伙还想垂死挣扎呢。接下来该杨子荣跟着进山了。

天王盖地虎
宝塔镇河妖
默哈默哈
正晌午说话
谁也没有家
脸怎么红了
精神焕发
怎么又黄了
防冷涂的蜡

哈哈哈，这几句台词还跟以前一样！哎，老太婆你记没记住那年公社宣传队排样板戏。演杨子荣那个演员不知吃了啥，临上场时坏了肚，蹿稀，连跑了好几趟茅房。座山雕问怎么又黄了时，那个演员咬着牙说，防冷涂的蜡。大家伙都笑开了。电影里也是这几句台词。俺们这个年纪的，这几句台词没几个背不上来的。

哎，老太婆你还记得那时候都有啥电影吗？俺记得呢。俺给你数数，有啥《地道战》啦，《地雷战》啦，《小兵张嘎》啦，后来还有个外国片《佐罗》。你记得不？大哥家三小子看完《小兵张嘎》后跟老武家庆国打架没打过人家，回来后爬上庆国家房顶堵人家烟囱，害得庆国妈一烧火从灶坑往外呼呼倒烟。还有建军，看完《佐罗》回来学习人家佐罗蒙面，没东西把咱家八成新的被面子绞成一块块的，让俺好一顿胖揍。这帮败家孩子真能作！你说，那时候也没啥新片子，就是那几个老掉牙的片子翻来覆去地放。今个儿晚上在这个堡子放，明个儿晚上在那个堡子放，台词差不多都背得滚瓜烂熟。可一听说晚上大队放映电影，明明干了一天活累得浑身都散架子了恨不得扯猫尾巴上炕，立马不累也不乏了，借两条腿往大队撩。

那时你比这个小白鸽俊多了。两条大辫子也比她的长，都耷拉到腰上了。一到晚上大队放映电影，只要你在大队门前一冒头儿，转山营子那些跟俺班对班一起长大的犊蛋子们的眼睛就直了。俺就喜欢带你去看电影，就稀罕让他们眼馋！公社放映队的大老宋那个人还行，老实巴交的，就知道放映电影。今年开春俺还在集上看见过他，跟几个老头儿靠墙根儿晒日阳儿呢。老喽，罗锅巴象的，人也堆睢了。跟他跑片的那个长得奔儿楼巴相的愣头青，姓啥来着？挺隔路个姓，想不起来了。那家伙不是个物儿，有点洗脸盆里扎猛子——不知深浅，没事就往你跟前凑搭，还没话找话地跟你套近乎。有天晚上，那家伙骑着个破洋车子从下河湾跑片出来，俺抽冷子从高粱地里蹿了出来，把那家伙吓得差点从洋车子上掉下来。打那以后再来转山营子跑片，也不往你跟前转悠了。你寻思俺削他了，其实那天晚上俺真的一声没吭，那家伙就自己蔫了茄子了。嘿嘿，也不称上二两棉花纺一纺（访一访），敢在太岁头上动土！

花儿，你记没记住，那年俺俩去公社看《庐山恋》。听说里面有亲嘴的镜头，俺就活心儿了。那时俺在小队当会计，俺撒谎说去公社办事，骑上洋车子，前面带着建军，后面带着你劲儿劲儿地直奔公社。那时建军几岁？能有三四岁？估摸就那么大，俺记得还穿着活裆裤呢嘛，扔在家里没人带，小孩又不要票，俺就把他带去了。俺花了两毛钱买了两张电影票。你说那时候电影票多便宜，才一毛钱，现在可倒好，动不动嘎嘎新的半张大票就没了。话说回来，那时候钱可也真实，一个好劳力一年到头不舍得耽误一天工满工分，才能挣个七八十块钱，这还是不错的生产队，赖一点的生产队挣个三十二十就不错了。又扯远了，俺刚才说到哪了？噢，对对对，说俺带你去看《庐山恋》。俺俩像做贼似的溜进了电影院。到了电影院没看多大会儿，建军不是渴了就是饿了，再不就是粑粑尿，没个消停劲儿。还算对得起俺，到了男女主角亲嘴的镜头时，那小子还算消停。俺刚要看，你一只手捂住了俺的眼睛，一只手捂住了孩子的眼睛，说啥，怕闹眼睛！俩人亲嘴的镜头俺愣是没看见，白瞎两毛钱了。从电影院出来，俺凑到你跟前，悄声说，晚上俺要亲自演练一番。你瞪了俺一眼，说，没出息。哎哟，一眨眼，三十多年过去喽！

哎，演到哪儿了？百鸡宴了啊！一会儿203就带人打进来了，杨子荣在里面接应。你看吧，老激烈了，坦克大炮都上来了。看看，是吧？

唉，还有两天闺女就要回城里打工去了。前个儿在医院，俺问闺女过年你和你弟回不回来。闺女说建军不知道，她尽量回来。老太婆，你说俺这是咋地了？俺是既想让他们回来又不想让他们回来，这心里老矛盾了。你说回来吧，一趟千程百里的，车脚路费再加上买东西，没个三千两千的根本下不来。你记没记住，闺女第一年到城里打工，傍年根儿了回来过年，火车票金贵得啥似的，姑爷大半夜就去排队，还是没买着。末了还是花高价从票贩子手里买了两张票，大年三十过晌了才到家，别提火车上那个挤法，人挨人的；不让他们回来吧，俺这老的老小的小过年真没意思，冷冷清清的。过年过个啥劲儿，不就是过个人气儿嘛。去年快到年根儿了，建军打电话说过年回来，俺一听乐得差点蹦个高。第二天一大早，俺就去集上办年货，俺从姜老三那儿约（yao）了一个后丘，又买了两条鳙刀鱼，一万响的大地红来了两挂，糖块毛嗑花生样样都来了个全和。回来俺又去小豆倌那儿留了半板豆腐，大年三十早上鱼炖豆腐，富裕有余。俺还打算把家里的老母鸡宰一只。平常不管咋仔细，过年了就要有个过年的样儿，儿子回来了，该花就得花！年货办完了，俺就带着大黄狗一趟趟到村口张望，盼着两口子背包罗散、连跑带颠地站在俺面前。一直盼到大年三十，也没见人影。不光建军没回来，转山营子十有八九在外面打工的都没回来过年。三十晚上，满转山营子没听见几声鞭炮响，一点儿过年的气氛也没有。正月十五俺去祖坟上送灯。你知道咱这旮旯儿的规矩，你就是大年三十不回家过年，正月十五也得回来给祖坟送灯。谁家祖坟不亮灯是要被人笑话的，你家绝户了没后人啦？不光送灯，讲究人家还有放鞭炮和大礼花的呢。俺和孙子去了一看，满山坡只有鬼火似的几处亮儿，哪像头几年漫山遍野都是送灯的。俺给左邻右舍都送了灯，老五爷子，吉顺他爸，还有后院她三婶子，不送亮儿，黑灯瞎火的回家咋能看见道儿？

坐着老太婆，先别急着走，稳当儿的，灯还没亮呢。电影演完了灯就亮了。告诉你吧，还有一场呢。座山雕带着栓子妈打算开飞机从暗道逃走，杨子荣拼死去救栓子妈。看看，对吧？这家伙，飞机膀子跟地面磨得“嗤嗤”直冒火星子，跟真的一样。完了，飞机掉山涧里去了！没事儿，骗你玩的，老太婆。没掉下去，卡在两山中间了。一会儿你看座山雕说了最后一句话：一个字，啥也不说了。哈哈哈，这老家伙到死还是不识数！

灯亮了，偌大的放映厅内如同白昼。老头的胸前捧着一张照片。照片上是一个浓眉大眼的姑娘，两条黝黑的辫子搭在胸前，辫稍儿还扎着葱绿色的蝴蝶结。圆圆的脸蛋上红是红白是白的。照片明显是黑白照片后来经过上色的。

散场了，咱们回家吧。老头慢慢从座位上站起身。

来，老太婆，外面小北风嗖嗖地贼拉冷，别冻着。老头慢声细语地说道，然后撩开衣襟，把照片放到了怀里。

何处是归宿

天气好得出奇，阳光洒在身上暖洋洋的。德昌老汉敞着怀靠在一丘隆起的土堆上，惬意地眯着眼睛，旁边卧着与他形影不离的看家狗大黄。

身后的土堆高大结实，像一座小金字塔，躺在里面的是他的老婆子，老婆子撇下他走了整整四年了。这个地方是老婆子和他一起定下的。有一年的秋天，地里的庄稼都收完了，闲来无事他和老婆子一起到盘龙岭上来搂树叶。老婆子打量了一下四周，说："这个地方挺眼亮，有朝一日咱俩就到这儿来吧。"老婆子走了，德昌老汉遵照老婆子的遗愿，把她葬在了这里。

这个地方有个规矩，新坟三年之内不许动土，也就是说三年之内不能添坟。今年是老婆子故去的第四个年头，清明节的前两天，德昌老汉率领儿子孙子上了山来，为老婆子添坟。添坟取土也是有讲究的，不能就近取土，添坟的土要到一百步之外去取，否则不吉利。儿子大顺没表现出什么，孙子志强听了却是一咧嘴。要知道，这可是个不小的工程，没个三十担五十担的土别想把坟添得像模像样。德昌老汉到百步之外选了一块土质肥沃的地儿，儿子孙子轮番挑了担子取来了土，德昌老汉一锹一锹把土添在坟上，然后用铁锹背儿一下一下把松散的土拍严实。开始，德昌老汉上身还穿着他的灰色外衣，后来，灰色外衣从他的身上移到了树枝上。最后一项是挖坟茔头，这挖坟茔头可是项技术活儿，首先必须选草根密实的土，其次挖的时候还要注意锹的角度和力度，否则就散搂儿。德昌老汉走了好几处地方，才挑了一处比较理想的，先在四周散开一个盘儿，然后才一点一点转圈挖起来。那两块挖好的坟茔头是儿子和孙子搬走的，脸盆大小足有二三十斤的两块土盘儿，德昌老汉搬起来实在有些吃力。

坟茔的后面是一行槐树，西边的几棵是普通的洋槐，开白色的花；东边的是新品种，开的是粉色的花，一串串，一挂挂，白的像雪，粉的像霞。风儿吹拂过来，一阵阵甜丝丝的清香直往德昌老汉的鼻孔里钻。

老婆子活着的时候喜欢花，房前屋后巴掌大的地方也要见缝插针种上一株花。到了这里后，德昌老汉怕老婆子嫌冷清，就从别处刨来了几棵槐树苗，又从山脚下的小河里担来了几挑水，栽了下去。几年下来，竟然枝繁叶茂，挂了满树的花。

清明节那天，德昌老汉在这儿遇到了北沟给人看风水的宗先生。一户人家要给父母立碑，请宗先生过来给度方向。宗先生忙完走了过来，巡视了一番，捻着胡须说："两山夹一岗，辈辈出皇上。后代子孙大富贵，科甲连登及第来。龙脉啊！不错！不错！"德昌老汉没想到老婆子只是随口那么一说的地方，竟是块风水宝地，忙向宗先生问周详。宗先生便向德昌老汉细细道来，"左右一边一道山梁，像椅子两边的扶手，后面横一道山梁，状如龙椅靠背。这样的风水宝地，日后定会荫及后代子孙，大福大贵。"德昌老汉在心里盘算，这龙脉的福祉恐怕没荫及儿子。他快三十了才得了大顺，以后老婆子就再没开怀儿。如今大顺已人到中年，和自己一样，老实巴交的一个农民，土里刨食，哪来的富贵当官命？倒是孙子志强那小子挺争气，今年大学毕业后刚考上了县里环保局的公务员，难不成日后会有发展，当个一官半职的？

听宗先生这么一说后，德昌老汉重新打量起这个地方，背靠青山，面临小河，山清水秀，视野开阔，倒是个眼亮的地方。没想到老婆子还有看风水的本事呢，他把宗先生的一番话对老婆子学了一遍。

俗话说，七十三,八十四，阎王不叫自己去。德昌老汉今年七十有三了，有人问起高寿，和他同龄的老哥们儿不是说自己七十二，就是说七十四，都忌讳说那个七十三，只有德昌老汉坦坦然然地承认。德昌老汉来这里的次数增加了，隔个十天半月的就会背着手弓着腰走上一趟。村里和他年纪相仿的几个老哥们儿都忌讳这种地方，更别提到这种地方来了。德昌老汉不在乎，人这一辈子最后的归宿都是这种地方，你忌讳，难不成那个期限就会停住了脚步，不向你迈近了？

德昌老汉对这个以后的家满意的原因还有一条，那就是这儿的邻居。左前方不远的地方葬着德泰，比他小了两岁，去年快入冬的时候走的，坟上的花圈还没褪色呢。德泰的性格和他差不多，闷葫芦一个。但是闷葫芦归闷葫芦，那要看对什么人。两个人到了一起，春种秋收，家长里短，拉起家常来就是大半天。西北角是大翠他妈，活着的时候和老婆子好得恨不得两个人穿一条裤子，包个菜饺子也要颠颠给对方端过去一碗。不用说，在那边一定还和活着的时候一样你来我往，走动得热热闹闹的。他和老婆子在这儿都有各自对事说话的，以后串个门唠个嗑也方便。

今天上了山来，德昌老汉把院子平整了一下。春天来了，新发出来不少的野山枣刺儿，这东西没脸没皮的，今年刨了明年又发了出来。德昌挥起尖镐，把它们连根刨了出来，然后把坑洼的都填平踩实了。老婆子活着的时候爱干净，院子里经常扫得光溜溜的，一点戈能（东北方言：垃圾的意思）草刺儿也看不见。这里和自家的院子一样，不让动土的三年间，德昌老汉尊奉着不填土的原则，却每年都挥着镰刀，把坟上收拾得利利整整的，不像别的人家，坟上的草齐腰深。

不服老不行喽！德昌老汉扔下尖镐在心里慨叹，这才多少活儿，就腰酸腿乏，出了一身的汗，搁在年轻的时候，还不像玩似的。

德昌老汉靠在了老婆子的坟前，从怀里掏出一个豆腐块大小的铁盒，上面的漆已经掉得斑斑驳驳的了。德昌老汉打开盒盖，里面是一行排列整齐的烟卷，不过不是市面上卖的那种带过滤嘴的香烟，而是农村常见的那种手卷的喇叭筒。每年的春天，老婆子都要在房前屋后安排种两垄烟，移栽、浇水、打叉、晒烟，都由老婆子一手打理。收了烟后，老婆子把金黄的烟叶放在纸糊的笸箩里一点点揉碎，再把平时攒的孙子志强上学时的作业本裁成两指宽的长方形纸条，捏一点烟末放在上面，然后一点一点在一端用手卷成喇叭筒状，最后伸出舌头在喇叭筒的边缘舔了舔，把纸条捻紧实了，一支喇叭筒就算卷好了。老婆子边卷边对他说，下地干活现卷费事，事先卷好了带着，掏出来就抽，方便。后期，老婆子的身子骨越来越差了，地里的活儿不能帮着忙活了，就坐在炕上给他卷烟。德昌老汉不知道老婆子为他卷了多少喇叭筒，老婆子过世后收拾东西时，在北地的纸盒箱内，德昌老汉发现了满满一塑料袋的喇叭筒烟。德昌老汉颤抖着伸出手，在那些粗细一致的喇叭筒上抚摸着。

德昌老汉从铁盒里拿出一支喇叭筒，揪掉前端的拧着的纸阄儿，掏出火柴点燃，深吸一口，微眯着眼睛，表情显得很是舒服受用。

“老婆子，我有个打算，说来你听听？我想在咱这院子的四个角各栽上一棵松树，宗先生说松树一年到头长青，能绵延子孙多福多寿；再一个，我还想在四周栽上一圈矮棵的灌木，修剪成篱笆当作围墙，居家过日子没个围墙算怎么回事；通往山下的土台阶被山水冲得有些平了，我想重新修出一级一级的，上山下山走起来也方便……”

德昌老汉靠在那儿，絮絮叨叨说着心中的规划。大黄好像听懂了似的，趴在旁边，嘴里哼哼唧唧地应着。

“老婆子你看怎么样？不错吧？到时候咱这地方要多美气有多美气！让那些老哥们儿眼热去吧！”

德昌老汉筋骨舒泰地沐浴在阳光下，下垂的嘴角向上牵扯出一道陶醉的弧线。

阳光温热，岁月静好。德昌老汉眯着眼睛畅想着，竟然睡着了。

德昌老汉寻遍了盘龙岭的沟沟岔岔、坡坡岭岭，千挑万选才选中了四棵松树苗。这四棵松树苗高矮适中，冠形周正，最主要的是根系发达，须子都有小手指头粗，一尺多长。德昌老汉很是满意，翻山越岭把四棵松树苗背了回来。挖树坑时，德昌老汉把树坑挖得很大，任何人见了都会说没那个必要，德昌老汉自有他的想法。他从远处背来了树根底下的浮叶土，这种浮叶土经过枯枝落叶腐殖发酵过，黑油油的，肥得很。德昌老汉把它们回填到树坑内，然后才把松树苗栽了进去，用脚踩实了，再在树苗四周垒上土堰，最后去山下河里挑来了水，小心地倒在土堰内，饱饱地把它们灌透，栽树的过程才算结束。功夫不负有心人，四棵松树苗全活了。

接下来，德昌老汉修的是通往山下的阶梯。阶梯一定要先码上石子，然后再垫上土，否则到了雨季山水一冲又白忙活了。德昌老汉拎了篮筐，从山路两旁捡来不大不小的石子，码放整齐了，再铲些土铺在上面，然后用脚踩实。

这一工程，德昌老汉用了将近半个月的时间。

这一天，最后一级台阶修完了。德昌老汉沿着阶梯上下检查了一遍，大黄跟在后面上蹿下跳。德昌老汉数了数，整整108级，德昌老汉只是按照步子的距离约莫修的，没想到应了个正着。宗先生说，佛家有一说，说人生有108种烦恼，所以一般寺庙的台阶都会修成108级。108级台阶代表着108个法门，每上一级台阶，就意味着跨入一个法门，解脱一种烦恼。德昌老汉沿着阶梯来到老婆子坟前，把自己这个惊人的发现告诉了老婆子。他说，以后咱们就一点烦恼都没有了。

最后，德昌老汉要做的是修篱笆围墙。农村讲究这个，再困难的家庭，就是用高粱秸，用砖头瓦块，也要垒上围墙。围墙可以挡住外面的煞气，没有围墙就不是过日子的人家，是要被人耻笑的。德昌老汉考察了一番，觉得做篱笆最好用榆树。榆树抗旱，耐寒，成活率高，枝条绵软，利于修剪。再一个就是可以因地制宜就地取材，山下小河边的榆树毛子有的是。

这天，德昌老汉吃过早饭，拿过一个塑料袋装了两个早晨吃剩的馒头，又灌了一瓶子水，这段时间以来，德昌老汉的午饭一直都是在山上解决。准备完毕，德昌老汉扛了锹镐出了家门，大黄雷打不动地跟在后面。

几个老哥们儿坐在大柳树下歇凉闲聊。以往，德昌老汉也是这个队伍中的一员，唠唠家常，聊聊收成，这是他们这个年龄段最主要的任务。几个人见他走了过来，同他打着招呼："德昌啊，还去呀？"这段时间早出晚归的，几个老哥们儿都知道了他的大规划。"是啊，再有个一两天就完了。"一个就说："我听说盘龙岭被人买去了，准备把山劈了，把山上的石头拉走填海。那片地方恐怕保不住了啊！""真的？"德昌老汉心里一紧。另一个说："都这么呛呛，谁知道真假。"这时，村里的扩音喇叭响了，村长杨二壮大声小气地公布了这件事。德昌老汉扛着锹镐，登时就杵在了那儿。

对于这件事，村里人议论纷纷。有的说："好好的一座山，不能让他们说劈了就劈了，总得给子孙后代留点什么吧。"另有消息灵通的就说："来这开山的是县里的一个企业家，政协委员，听说根基实力都强着呢。村里几个能说会道的联合起来去了村委会，回来说，这是镇里的决定。村主任杨二壮也说了不算。"

这两天，德昌老汉整天蹲在大柳树下打探着事情的发展情况，他真希望这件事能黄了。这天，扩音喇叭又响了。村主任杨二壮宣读了迁坟公告，要求在一个月内把在盘龙岭上的坟墓迁出，否则按无主坟处理。还当场宣布，每户迁坟的，除了享受镇里的一千元补助外，县里的企业家还将额外补助两千元。德昌老汉像树桩子一样呆呆地站在太阳地里。

大势已定，盘龙岭上有坟的，去了村委会签了协议，领了补助。

德昌老汉躺倒在了炕上。儿子大顺谨小慎微，见众人都去签了协议，回来同德昌老汉商量。德昌老汉面朝墙壁躺在炕上，隔了好一会儿，大顺才听见德昌老汉轻声说："去吧。"

领了补助后，接下来就是迁坟了。大翠从县城回来，把她妈的骨灰盒挖出来带走了，说准备寄存在殡仪馆。德泰住在省城的大儿子也回来给他爹迁坟。德昌问他如何安置他爹，德泰大儿子满脸愁容地说，他每月就那几个退休金，老婆有病常年吃药，买墓地他实在承受不起，只能将他爹的骨灰海撒，说是一种文明节俭的殡葬方式，国家提倡，费用也不是很大。

德昌老汉知道，德泰大儿子说的海撒就是把骨灰撒到大海里，周总理、邓小平等国家领导人的骨灰就是实行海撒的。不过，德昌老汉闻听还是一哆嗦，好像要海撒的不是德泰，而是他自己。

其余的几家都是坐地户，在村里都有或多或少的土地，所以都选择葬在自家的地里。德昌老汉没有办法，也只好选择把老婆子安葬在他家耕种的责任田里。

德昌老汉是最后一个从盘龙岭上迁坟的。山脚下，开山的工程队已经进驻了，凿岩机轰隆隆整天响个不停。十二轮的翻斗卡车二十四小时不间断地向外拉着石方，巨大的车轮碾轧着地面，轰隆隆作响，像地震一样。不搬走，老婆子的日子过得也不安生。

迁坟那天，儿子孙子都到场了。德昌老汉从墓穴内颤颤巍巍捧出老婆子的骨灰盒，无比心酸地说："老婆子，你看好的这个地方不让待了，咱走吧。"

孙子志强接过蒙着红布的骨灰盒，祖孙三人沿着阶梯向山下走去，德昌老汉走在最后面。他回过头，四棵小松树苍翠葱郁，槐树枝叶茂密，在风中不舍地摇曳着。德昌老汉禁不住老泪纵横，大黄也回过头呜咽着。

玉米地的地头隆起了一个褐色的潮湿的小土丘。

德昌老汉家只有一亩责任田，在南平洼。以前是块水田，栽的都是水稻。后来因为连年干旱缺水，村里号召水田改旱田，就都种了玉米。玉米已经快一人来高了，大顺在地头割了半铺炕大的地方，将老娘安置下来。

摇曳的青纱帐渐渐掩住了儿子和孙子的身影，剩下德昌老汉独自站在土丘前。

"老婆子，以后这就是咱的家了。唉，没办法呀！大翠她妈的骨灰盒被寄存在殡仪馆内，一人一个小格子，挤得很，左右一个也不认识；德泰更别提了，听说海撒了。老话说入土为安，唉，咋就到水里了呢？这两天我总是梦见德泰，浑身上下湿漉漉的，冷得直打哆嗦……

"这个地方没山上眼亮，可这里是咱家的地，咱自个说了算。这轮土地承包期延长到 30 年，这才过去 7 年，还有 23 年才能到期呢。

这回你就安安稳稳地在这儿待着吧，以后我一边侍弄庄稼，一边陪你说话……”

德昌老汉站在土丘前叨念着，大黄立在一旁。

从此以后，人们常常看见德昌老汉背着手弓着腰，向南平洼走去。大黄跟在后面，东闻闻，西嗅嗅，见德昌老汉走远了，箭一般撵了过去。

玉米该追肥了。天气预报说明天有小雨，这时候追肥正是好时候，明天小雨下来，尿素融化了，正好吸收，一点也不会糟践。儿媳桂香要来，被德昌老汉挡下了。一个人推了独轮车，驮着尿素，追肥来了。

德昌老汉弓着腰从刀剑相错的玉米地里钻了出来，布满沟壑的脸上淌着汗，灰色的外衣后背上已经溻了，现出一圈圈白色的汗渍。追肥这种农活儿，人们一般都会选在早晨或者傍晚进行，阳光不是很强，相对来说比较凉爽。这个时候太阳已经很毒了，实在不是追肥的时候。大黄趴在玉米叶子垂下的阴凉里，伸着猩红的舌头，呼呼喘着气。

德昌老汉一屁股坐在停在地头的独轮车旁，拿起旁边装了井拔凉水的瓶子，仰头喝了一气。水顺着敞开的干瘪的胸膛淌下来，德昌老汉撩起衣襟抹了一把脸，掏出装烟的铁盒，从里面拿出一支喇叭筒，点燃后吧嗒吧嗒抽了起来。

往年，追肥的活儿都是儿子儿媳一起上阵，用不上两个小时就干完了。今天虽然自己一个人干，德昌老汉并没着急，干得不紧不慢，不急不忙。他准备在日头落山前把这片玉米地追完肥，准备在这块地上干上一整天。

一缕缕青烟在耀眼的阳光里升腾起来，笼罩了一张沟壑纵横的脸。德昌老汉眯着眼睛打量着老婆子的新坟，虽说没有在盘龙岭上的大，但是很圆很周正。老婆子刚埋在这里那两天，德昌老汉没事就扛了锹来到这儿。南平洼的土质不错，更没有树根野枣刺儿之类的东西。德昌老汉一边修一边左右端详着，像在完成一幅杰作。

老婆子活着的时候，两个人经常一起到这地里来干活。你刨埯儿，我撒种；你掰棒子，我挣口袋，老两口配合得很默契。后来老婆子的身子骨不行了，地里的活儿也干不动了，但还是经常到地里来，坐在一旁看着德昌老汉干，时不时跟德昌老汉说上几句话。

“老婆子，除了德泰和大翠她妈，剩下的都埋在自家的田里了。其实这地方也挺好，春种秋收，你都能看在眼里，就是没有花呀草的，可有的是咱的庄稼，也不比花呀草的差多少……你看咱这苞米叶子，黑油油的。你再看那边邓老四家的，比咱家的早种好几天，瞧那叶子那杆儿，跟吃二两粮时的人一样，黄皮拉瘦的。咱这块地我足足上了两车猪粪。庄稼一枝花，全靠肥当家，老话说得没错。等下上一场透雨，你就听苞米杆子咔嚓咔嚓拔节吧……”

一丝风也没有，阳光静谧地普照下来。德昌老汉雕塑一样靠在那里，和这岁月一样宁静。

秋风起，发黄的玉米叶子在秋风中哗啦哗啦唱起了歌，看不见人影，却不时会听见从发黄的田野深处传来的嘎巴嘎巴掰玉米棒子的脆响。

德昌老汉挎着篮子从玉米地里钻出来，篮子内是金黄饱满的玉米棒子。大黄从老婆子的坟前直起身，摇着尾巴迎接着满载而归的德昌老汉。

往年收玉米，都是儿子儿媳一起参战，三个人把玉米棒子连皮从玉米秆上掰下来，运到家里。德昌老汉坐在小板凳上不慌不忙地扒，然后将金黄的玉米棒子摆在窗台上，或吊在屋檐下，暗淡的农家院子里便多了一道金色悦目的风景线。今年德昌老汉谁也不用，说他自己一个人就行，让儿子儿媳忙自己的。秋收是一年中最忙碌的季节，人手不够的人家都要雇人，一亩地一百块钱，儿子儿媳每年这个时候都会在这上面有所进项。儿子大顺说："一亩来地呢，你一个人什么时候能掰完？"德昌老汉说："掰一棒少一棒，总有掰完的时候，总不会越掰越多吧。"最后爷俩达成一致协议，德昌老汉先一个人掰着，晚上儿子两口子收工，再把玉米棒子拉回家。德昌老汉点头答应，挎着篮子就来了。

老婆子的坟前放着一卷用麻绳捆好的编织袋。德昌老汉拿起一个，撑开袋子嘴儿，把玉米一棒一棒放进袋子内。

"老婆子，今年风调雨顺，家家户户的苞米都大丰收。你看这棒，足有一尺多长。你再看这粗细，赶上大人胳膊了。你再掂量掂量，沉甸甸的压手，没有一斤也有八两。这棒也一样，我看这亩地亩产达不到两千也得到一千八……"

德昌老汉把篮子里的最后一棒玉米放进袋子里，然后坐在那卷袋子上，掏出铁盒，拿出一支喇叭筒点燃抽起来。几乎每次从玉米地里钻出来，德昌老汉都要在老婆子的坟前坐上一会儿，抽上一支喇叭筒，一边抽着，一边把有关丰收的新发现第一时间对老婆子诉说一遍。

"老婆子你看见没？好端端的盘龙岭像被狗啃了一样，凿岩机成天轰隆隆地响着，大车小辆成宿隔夜地往外拉着石头，用不了多久就会成为平地了。宗先生说，石是龙的骨，龙脉被挖断了，不吉啊！"

德昌老汉凝视着盘龙岭，忍不住咳嗽起来。老婆子走的头一年，德昌老汉的气管开始不好起来，动不动就会咳嗽上一阵。老婆子劝着德昌老汉："准是那些烟闹的，戒了吧。"德昌老汉笑着说："那你给我卷的那些喇叭筒咋办？"老婆子说："扔了呗。"德昌老汉说："扔了多可惜，你一支支卷的。这样，等我把你给我卷的那些烟都抽了，我就戒了。”以前德昌老汉的烟量不是很大，一天三支两支的就够了。现在德昌老汉的烟瘾大起来了，每天都得十支八支的，眼瞅着塑料袋里的喇叭筒渐少。

“老婆子，我进里面掰去了啊！一会儿出来再和你说话。”德昌老汉止住咳嗽，手脚并用挣扎着从地上爬起来，挎起篮子，蹒跚着向玉米地里走去。渐渐地，那个灰色微驼的身影便被那片黄色的海洋淹没了。

土地的颜色看不见了，只有收割后的玉米秸茬尖利的上端还突兀地暴露在寒风中——冬日里的第一场雪严严实实地覆盖了南平洼。

一行蹒跚的脚印直通向南平洼，后面是两行梅花脚印。

德昌老汉挥着扫帚，一下一下扫着坟上的雪，动作很轻柔，像怕惊醒里边人的梦似的。

“下雪啦老婆子！俗话说瑞雪兆丰年，这雪下得好啊！明年准又是一个好年景！你猜今年咱家打了多少斤苞米？差几斤两千斤！昨天来人收走了，一块一一斤。大顺说明年再多上一车粪，收成还差不了。咱这块地是块宝地啊！”

雪后的阳光金针一样逼人的眼，德昌老汉拄着扫帚眯起了眼睛，大黄也郑重地坐在雪地上眯着眼睛。

出了正月十五，看了舞狮子，吃过了元宵，年也就算过完了，因过年而松散下来的心思也回到了一年中的重中之重筹备春种上。这几天德昌老汉就在琢磨，自家的一亩来地，自然还是种苞米。苞米好管理，水肥跟上，看住病虫害，就能大丰收。去年的玉米种子是在镇种子站买的，棒大，高产，抗倒伏。今年是接着种呢还是选新品种？老汉决定改天去种子站看看，好好比较比较再做决定。村东老吴家养鸡，和大顺商量商量，买两车鸡粪，不能靠二铵，还是粪养庄稼。至于在老婆子坟前种点什么，德昌老汉思虑了再三。栽树不行，树根在下面串根，影响庄稼生长，长高了还瞎庄稼。要不种几棵向日葵吧，既能看了金灿灿的葵花，到秋熟了敲打下来，还能收几盘毛嗑，一举两得。老婆子也一定会同意的。

就在德昌老汉为他的一亩三分地做新一年的筹划时，一个消息再次把他击懵了：南平洼被征用了，准备建工业园。

不是签了 30 年的土地承包期了吗？这才几年，怎么说变就变了？德昌老汉的心跟油煎了似的。村里极少上了岁数的也和德昌老汉一样，持反对态度，山被铲平了，地再没了，让老百姓怎么活？

镇长和企业家开着小车来到了盘龙岭。财大气粗的企业家叉着腰在村民大会上郑重宣布：只要乡亲们愿意，工业园可以无条件地招收你们为工人，到时候你们就可以像城里人一样，每天穿着整齐的工作服，骑着铮明瓦亮的自行车，到点上班，到点下班。到了月底，嘎棱棱的票子就到手了，再也不用面朝黄土背朝天汗珠子摔八瓣儿了。这可是千载难逢的好事啊！何况我们还会给大家一定数额的土地补偿金，何乐而不为啊！

在企业家的一番鼓动下，年纪轻的就有几分跃跃欲试。和德昌老汉一起开始持反对意见的，在家人无限憧憬的熏染下，反对的声音也渐渐弱了下去，就连大顺的眉宇间也有了一分向往。

事到如今，德昌老汉只有再一次安排老婆子的住处了。

盘龙岭被夷为了平地，不久的将来，南平洼也将矗立起一片车间厂房，德昌老汉真的不知道将老婆子安置在何处。

这天，儿子大顺风风火火地从外面回来了，对德昌老汉说：“我听说二姨夫的老爷庙村山上有地方，给人家村里 5000 块钱，就可以埋。”

“那么多钱？”德昌老汉一惊。

大顺说：“爹，钱的事你不用管，村里不是给了迁坟补偿款了吗？我去二姨夫那儿问问。”随后叫媳妇桂香，“你从补偿款里拿5000块钱，老爷庙那边吐口，我就把钱交上。”说完把头扭了过去，不接媳妇的目光。

媳妇桂香在原地站了一会儿，进了里屋，隔了好一会儿，才面沉似水地走了出来，把一个团成一团的塑料袋扔在了炕上。

大顺没看媳妇的脸色，拿起钱塞进里怀兜里，大步流星向外走去。

德昌老汉想制止，张了张干瘪的嘴，把话又咽了回去。

儿子走后，儿媳桂香把锅碗瓢盆摔得叮当响，还踹了大黄一脚。大黄呜咽着，夹着尾巴躲到了一旁。

德昌老汉看出来了，儿媳妇摔摔打打的，是在心疼钱。5000块呀，他一想起来心也疼，他一点儿也没有怪罪儿媳妇的意思。孙子在县上处了个对象，正准备贷款买房子，说好了儿子给付首付，剩下的由孙子自己每月还贷。首付的10万元，儿子到现在还没凑齐呢。

德昌老汉低眉顺目地出了院子，大黄紧跑几步跟了上去。

德昌老汉又来到了南平洼。

“老婆子，儿子去老爷庙他二姨夫那儿问去了，要5000元，太贵了！话都到了嘴边又让我咽了回去，山被劈平了，地也被征用了，现在实在是没地方可去啦！桂香是在心疼钱，那么多钱，搁谁不心疼啊！”

这一次，德昌老汉没能在南平洼逗留太长时间，工夫不大，便往回赶，“老婆子，我回去看看，大顺去了一头晌了，也快回来了。”

德昌老汉没有回家，而是径直来到了村子西头，站在一处高岗上，一边抽着烟，一边注视着通向村外的路。

大黄仰头叫了一声，大顺骑着自行车的身影出现在德昌老汉浑浊的视线中，德昌老汉急忙迎上前去。

大顺一脸的愁云，二姨夫他们村村主任因为这件事被撸了……

德昌老汉再一次将老婆子的骨灰盒从墓穴中取了出来。

“老婆子，这里也不让咱呆了，咱回家吧。”

接近正午的阳光在德昌老汉眼前炫白一片。

如今，老婆子的骨灰盒就摆放在北地的柜盖上。老婆子的骨灰盒严格意义上来说不能算作骨灰盒，它比一般的骨灰盒要大，看上去形状像棺材，只不过没棺材大。五年前的那个春天，当把老婆子穿戴整齐脸上蒙着黄表纸安顿在堂屋的门板上，灵前长明灯的灯花开始摇曳时，德昌老汉就不见了。他一声不响地躲在房西的偏房内，施展出年轻时的木匠手艺，锯子、刨子、凿子轮番上阵，为老婆子打造老房，不大的骨灰盒，德昌老汉却足足用了两天时间。骨灰盒呈棺材形状，棺头刻着“寿”字，可以说就是一个浓缩版的棺材。虽说用的是普通的杨木板子，却很厚实，足有两三指厚。在大翠她妈坐在蒲团上拍着大腿如泣如诉数叨着老婆子生前的种种节俭和不易声中，德昌老汉挥着刷子，为骨灰盒涂上了最后一遍朱红色的油漆。

现在，老婆子这个与众不同的老房只能暂时寄居在此，与自己同居一室。

村里那几个和老婆子一样葬在自家责任田里的，大部分都选择把骨灰盒送进殡仪馆寄存，还有两家干脆抱着骨灰盒去了 100 华里外的海边，进行了海撒。

孙子志强从县城回来了，带回来的消息是，城郊一处陵园墓地，0.8 平方米，价格 3 万……

儿媳桂香打断志强，“什么？屁股大点儿的地方要三万块？”

孙子志强坐在椅子上点着头，“而且产权 20 年。”

德昌老汉被烟呛得咳嗽起来，好半天才好不容易止住咳嗽。

儿子大顺坐在炕沿边上，“那 20 年之后呢？该不会收回去吧？”

“不想收回只有续费。如果不交，墓园有权收回墓地使用权。如果家属不及时领取骨灰和其他物品，墓园将有权利进行处理。”孙子志强解释说。

大顺说：“交那么多钱就管 20 年啊？”

孙子志强说：“现在哪儿都这样。我们这儿还算好的呢。省城一平方米墓地的价格都在八万以上，大理石围起来的绿地小院的，高达好几十万。”

儿媳桂香嘟囔着，“够买一套房了。”

孙子志强接着说：“现在的墓价超过房价，而且大多是‘期墓’。”

“啥叫期墓？”儿子大顺插话问。

“就像现在买房的期房一样，暂时还未开盘，要等到新墓建成才可入葬使用。”孙子解释说，“我打听的城郊大青山墓园就是期墓，要到明年上半年才能投入使用。”

屋子内一时沉寂下来。

大顺唉声叹气起来。

儿媳桂香站起身，“让你爷歇着吧。”说完向爷俩递了个眼色。爷俩跟在桂香身后向外屋走去。

屋子内剩下德昌老汉一个人。

大黄悄无声息地钻了进来，仰头冲坐在炕上的德昌老汉摇了摇尾巴。见德昌老汉没理它，径直走到炕沿下，蜷了身子趴了下去。

外屋传来了说话声。

“要不咱也海撒算了。”儿媳桂香的声音。

“爹跟我说他总梦见德泰叔浑身水淋淋的……”儿子大顺低低的

声音。

“爷这是迷信，人死如灯灭，什么也不知道了。要不树葬吧。移风易俗，国家现在正提倡。”孙子志强的声音。

“没听说吗，咱这盘龙岭村马上就整体迁出，镇北头已经开始码地基准备盖楼了。往后连棵树都没有了，咋树葬？”大顺说。

“那就只有送殡仪馆存上了，每年交一百多块钱保管费，费用不算高，还能承受得起。”孙子志强说。

大顺说：“老话讲入土为安……”

“什么老话新话？这也不行那也不行，你说现在咋办？总不能就那么明晃晃地摆在家里吧？看着我就瘆得慌！”儿媳桂香不耐烦的声音。

没听见大顺说话。

外屋没了声音。

德昌老汉靠在炕脚的铺盖卷上，从腰间掏出铁盒子，打开盖子，见里面只有一支喇叭筒孤零零地躺在那里，这是最后一支喇叭筒了。德昌老汉拿了出来，在手里摩挲了一会儿，擦着火柴点燃，默默抽了起来。

灯光昏黄，德昌老汉把目光落在柜盖上那个蒙着红布的骨灰盒上。因了灯光的原因，红布看上去颜色也不那么鲜红，旧旧的，像蒙了一层灰。

这一次，德昌老汉没有和老婆子说话，他相信老婆子一定也听见了一家三口的讨论。他伸手拉灭了灯。一时间，他忽然感到很累，浑身散了架子似的，上眼皮和下眼皮在不住地打架。恍惚间，德昌老汉做了一个梦，梦见前面有一个身影背对着他，从后面看很像老婆子，他紧追几步，却始终追不上，那个身影还在他的前面。于是他又向前追去。前方出现一个黑洞，从旁边经过时，黑洞像有一股巨大的引力，吸着德昌老汉飘飘忽忽向里面沉下去……

德昌老汉顺着铺盖卷萎了下去……

大黄从炕沿下方探出头来，向炕上望了望。炕上无声无息，一片黑暗。大黄咕唧了一声，复又缩了回去，将头俯在两只前爪上，沉沉睡去。

这是一个静谧的春夜，旷野像进入了远古蛮荒时代一样沉寂，大自然中的万物都沉浸在酣睡中。

屋子内，除了大黄睡梦中偶尔发出的一声梦呓，一片阒静。

夜行车

“吱扭”一声，客车车门刚被打开，早已等在车门口的女人便跟头把式地跳了下去。

男人背后背着硕大的帆布包，从车门处挤下来时，见女人撒开两条腿，小跑着直奔售票处而去，圆鼓鼓的双肩包在后面左一下右一下撞着女人的后背。售票处门前的台阶有那么七八级，女人往上上时也没见她减慢速度，几乎是一步两级台阶。忽然女人脚下一崴，男人的心跟着一紧。女人的身子向前扑了一下，随后用手支住了上面的台阶。很快，女人瘦小的身影一阵风似的消失在售票处门口。

在老家时，女人是出了名的慢性子，不光走路慢，干活慢，连吃饭也慢。男人和女人一起下地，走一段路男人就要停下来等女人一会儿；同样一人一条垄铲地，男人都到地中央了，回头望见女人刚铲了个地头儿；吃饭时同样一起上桌，男人一盅老白干加上一碗饭都已经下肚了，女人碗里刚削了个尖儿。可是自从到了铜城后，女人突然间变了。从他们租的地方到劳务市场有七八站地，常常是女人甩开大步走在前面，男人紧赶慢赶跟在后面，女人成了飞毛腿；干活时更是没比的，男人半面墙没刷完，女人那边一面墙的乳胶漆已经完毕；吃饭更是三分钟两分钟搞定，男人感觉女人嘴里的东西根本就没经过咀嚼，而是直接倒进肚子里去的。还有更为严重的是在马路市场抢活儿，男人不知该怎样形容女人抢活儿时的情景，不管女人站在什么方位，只要找活儿的目标一出现，眨眼间女人就窜到了找活儿人的跟前。男人同样不知该怎么形容女人说话的语速，反正以说话快而著称的河南女人都插不进话，直冲女人翻白眼。女人对以不同交通工具来找活儿的人不同对待，假如是走着来的，女人便会亲热地拉住对方的胳膊，不管同性或者异性，嘴里亲昵地称呼着，把对方拉到旁边；假如是开车来的，这样大致分为两种，一种是比较大的车，扭头冲男人喊一嗓子，与此同时手里的工具就被扔上了车厢，顷刻间人也居高临下站在了车厢内；遇到开小车来的就更好办了，不管三七二十一，一把拉开车门钻进去再说，动作之神速把一帮等活儿的家伙看得一愣一愣的。铜城把女人整个改变了。

男人走进售票处时，见售票窗口前聚集了一群人，女人手里举着钱和身份证，站在一群人身后，跳着脚向上蹿着。老家的这个火车站属于三级车站，人们还没具备排队买票的素质。男人把手里的塑料酒桶靠在售票室的圆柱子旁，然后把肩头上的帆布包也卸了下来，堆在了一处。男人一边喘息着，一边仰头在电子列车时刻表上寻找着他们所要乘坐的车次，红色的字幕，排在第一行上，十八点二十开。男人又急忙把目光投向上方的大钟，时针已快指向“6”了。回老家这几天他们几乎一刻也没闲着，天刚蒙蒙亮，他们就奔向自家的田地，挥舞着镰刀收获着一年的希望。爹妈的身子骨越来越不赶从前了，他们要在有限的这几天里把该收的都收回家。好不容易回来一趟，再回来恐怕就得明年了。过年他们不打算回来，一个原因是因为车票难买，第一年春节他们从黄牛党手里买了两张车票，多花了 100 块钱，至今想起来还肉疼；另一个原因是春节前是他们最忙碌的时候。在那个离家两千多里的城市，年味儿不是从人们购买穿的用的体现出来的，而是从他们身上体现出来的。他们用不着像往常一样缩着手站在马路边等活儿了，他们成了供不应求的香饽饽。刮大白、擦玻璃、收拾室内卫生，干不完的活儿在等着他们，尤其是腊月二十八九那两天，他们忙得简直连饭都吃不上，恨不得太阳永远高挂不落，自己变成长着千只手的观音才好呢。

唉，都是想和爹妈还有两个孩子多待一会儿，从家里出来晚了，男人重新把目光投向女人那边。

女人的个子刚一米五冒点头儿，在前面那些人墙的衬托下，愈发显得矮。女人退了下来，把背在后面的双肩包移到了胸前，然后俯下脑袋，铆足了劲儿向人群里扎去。眨眼间，男人便看不见女人的身影了。

按理说，挤票应该是男人分内的事，一个大老爷们让自己老婆去挤票总有点说不过去，可自从去了城里，挤火车票、挤公交车抢座儿、街头劳务市场抢活儿，这样的事都成了女人的事了。男人搞不懂，女人瘦瘦的身体内究竟聚集了怎样强大的能量，在老家地里干农活时，也没见女人怎么能干，出来了怎么就爆发了？

女人从人们的胳肢窝下挤了出来，梳在脑后的马尾歪到了一边，嘴里叼着车票，一边向这边奔过来，一边往双肩包内塞着剩下的零钱，一不留神与一个矮胖子撞在了一起。

矮胖子吼道：“奔丧呐！”

女人毫不示弱，回敬了一句：“你才奔丧呢！”

女人脸色涨红着回到圆柱子旁，哈腰拎起地上的塑料酒桶，对男人说了一声：“走！”

男人抓住帆布包的袋子，一边往背上背，一边问：“有座儿吧？”

女人边大步流星地向前走边说：“你也不看看多暂了，还有座儿！”

男人忙跟了上去，“不是还有一趟下半夜的火车吗？”

“我还不知道有一趟下半夜的火车？”女人炮弹一般扔出来一句。

男人不吭声了。男人明白女人的意思，坐下半夜那趟火车明天下午才能到他们打工的铜城，而这趟火车属于那种夕发朝至的，早晨六点就可以到达。这样他们明天就能站在马路市场上等活儿，一点也不耽误事儿。可是十二个小时的车程，有座儿的都受不了，更何况没座儿的了呢。第一次去铜城时，他们买到了座号，十二个小时下来，两条腿好像都不是自己的了，站十二个小时会咋样？

“麻溜儿的！”女人扭头喊道。

男人快走几步，向女人追去。

木质的天桥出口处，呼啦啦涌出肩扛手提的一群人。女人是第一个出来的，过了好一会儿，男人背着帆布包才露头儿。

男人站在站台上，东张西望地在人群中踅摸着，发现女人正步履铿锵地一直向南走去。男人知道，他们即将乘的这趟列车是长途车，前面几节都是卧铺车厢，硬座车厢都在后面。男人紧走几步，向那个身影追去。

肩上的帆布包有些硌得慌，男人移动了一下位置，里面多半袋子是自家产的各种小杂粮和土特产。第一年回老家过春节，吃完十五的元宵回去时，也像这次一样大包小裹的，一包包一袋袋，都是有主儿的。这包大豆给在一起等活儿的浙江老丁，那袋绿豆送给河南那小两口，那二斤核桃是送给房东的，那一桶酒，是当地特产，纯粮酿的，给大老齐的，那家伙好这口儿。回去在马路边一露头，大家伙就围了上来，七嘴八舌地问啥时候回来的，女人便把带回来的东西分给大家。男人们聚在一起抽着烟，询问着地里的收成；女人们拿着东西，嘴里一个劲地说着谢了，询问着家里老人孩子的情况。大老齐当胸给了男人一拳，说："大老远的，拎这个干啥？"嘴上说着，手上却拧开盖子吱喽来了一口，咂摸着说："嗯，好酒。纯粮酿的，一喝就喝出来了。"带土特产的事是相互的，我回老家带，你回老家也带，那一年，他们把天南地北彼此老家的土特产都吃了个遍。

可是从第二年开始，情形就发生了变化。他们带回去的土特产没人要了，给人家都说家里有，你们自己留着吧，而大家伙儿从老家带回来的也不再送给他们了。男人找来找去找到了原因，都是因为女人抢活儿抢的。男人把找到的根源跟女人说了，女人冲男人一瞪眼睛，不抢喝西北风去啊？随后女人就竹筒倒豆子似的给男人倒了一遍房租水电吃喝拉撒一系列的开销，最后，女人的总结是：谦让在这城里你就得饿死！谁有能耐谁抢，又没人拦着他们！

男人不知道女人带回去这半袋子土特产有何用，还有这桶十斤装的酒。昨天晚上女人往袋子里装时，男人曾问了一句，女人的手停顿了一下，直通通地扔过来一句"自己吃"！倘若这时候再问，定是自讨没趣。如今男人越来越摸不透女人的脾气了，在老家时温柔得跟水似的，到了城里这两年变了，稍有不顺就噌噌直冒火星子。

女人在站台遮雨棚的边缘处站住了，把手里的塑料桶放在了地上，回头向站台上望了望，把背在后面的双肩包移到了胸前，对走过来的男人说："把包给我。"说着转身去解男人后背上的帆布包。

男人扭头冲女人说："我背着吧，挺沉的。"

"让你给我你就给我，废什么话！"女人用力拽了一下帆布包的带子。

男人顺从地把帆布包从背上卸下来，给女人背上。

两根手指宽的带子深深地勒进女人的肩膀内，硕大的帆布包把女人衬得愈发小了。男人有些不忍心，在后面托着帆布包的底部，以减轻女人背上的重量。

女人抻着脖子，向着列车驶来的方向眺望着。

站台上传来了一阵刺耳的铃声，女人像听到命令一般抓紧了帆布包的带子。

列车冲出浓重的暮色，携带着一股飓风从远处呼啸着驶进站来。

女人甩开男人，向逐渐减速下来的火车奔去。男人急忙哈腰去拎地上的塑料桶，待男人直起腰，已寻不见女人的身影了。男人有些慌了，透过那些急促奔走的身影寻找着女人，猛然在人群的脑袋上方看见了那个黑色的帆布包，男人急忙奔了过去。

女人站在车厢门口左侧的地方，踮着脚仰着头，透过一个个走下来的旅客，向里面望去。当确定没有旅客下车后，女人猛地伸出右脚，与此同时右手抓住了车门把手，黑色的帆布包像一座小山似的杵在了车门处。身后的人想超过女人上车，只有一条路，那就是从女人的头顶上方飞过去。

男人紧盯着那个黑色的帆布包，看见它的高度在一点一点艰难地逐渐上升，终于登上了制高点。男人在下面松了一口气。

男人登上火车，刚站稳当，就听身后咣当一声，车门关上了。男人正不知往哪边走，猛然听见女人在急吼吼地喊着自己的名字。自从到了城里后，女人的嗓门儿大得出奇，隔多老远就能听着。男人看见女人在右边车厢的洗脸池那里向自己招着手，便向右拐去。

黑色的帆布包安安稳稳地堆在洗脸池前面。女人接过男人手里的塑料桶，放在了靠里面的地方，然后拍拍帆布包，喜滋滋地对男人说："这不是座儿吗？还是个软座儿呢。"说着坐在帆布包上，还翘起两只脚，屁股故意向下墩了墩，样子有些像占了便宜的孩子。

男人不由得笑了。

女人站起身，一抬屁股坐在了洗脸池边上，对男人说："我坐在这儿，那是你的座儿。"

正说着，一个身穿铁路制服的列车员从旁边经过，见状对女人说："洗脸池不能坐人，赶紧下来。"

女人乜斜了列车员一眼，扭身从洗脸池边上下来，坐在了帆布包上。

男人站在厕所门一侧，放眼望去，车厢内座无虚席，连过道上都站着人，乱糟糟的，像一锅粥。

售货员推着售货车从前一节车厢过来，嘴里吆喝着矿泉水方便面火腿肠之类的各种食品，另外还有盒饭，十五块钱一份。女人从不在火车上买东西，她说那哪是卖东西，简直就是砸人！双肩包里有临走时妈给煮的鸡蛋，还在里面装了半兜邻居二嫂送的苹果，足够他们两个坚持到站了。至于喝的嘛，茶炉里有的是免费的开水，还用得着花钱买？

临走前，妈又是割肉又是炖鸡，做了好几个菜，一个劲儿地让两个人吃。男人吃得肚圆，这个时候男人一点也没饿，倒是有些渴了。

女人像懂得男人心思似的，拉开双肩包的拉链，从里面拿出一个大号的白搪瓷缸子，然后把双肩包往男人怀里一塞，端着搪瓷缸子向车厢内走去，开水炉在车厢的另一头儿。

男人看见女人手里端着搪瓷缸子，在人群的缝隙间一点一点向前移动着。

以前在火车上男人很少喝水，他实在不愿在那些矗立在过道上的人群中挤来挤去地上厕所，有时候不小心踩了别人的脚，还要遭上一顿白眼。今天厕所就在眼皮底下，可是打点开水也不比上厕所容易。

男人向后走了两步，来到车厢吸烟处，几个男的正在那里喷云吐雾。男人从兜里掏出一盒烟，抽出一根点上，深深地吸了一口。从家里出来到现在一直没工夫抽，憋了半天了。

火车“铿铿锵锵”地向前走着，窗外偶尔闪过几盏灯光。

男人把烟头按灭在烟灰盒内，女人才回来，把搪瓷缸子往洗脸池上一墩，脸色阴得像要下雨。

男人迎上前问：“咋啦？”

女人没好气地回道：“喝你的水！”

男人看了女人一眼，端起缸子闷头喝水。

在铜城时女人就这样，刚才脸上还晴空万里的，转眼间就阴了天。不过回到老家这一个来礼拜，女人的脸上却一直没阴天，总是晴朗朗的。那天他们的活儿是往屋檐下挂玉米棒子，爹妈坐在小板凳上负责拴缨子，他站在梯子上负责往上挂，女人负责把拴好缨子的玉米棒子成双成对地拎过来递给他。女人仰着头，高举着手里的玉米棒子，漾在眉眼间的笑意和金黄的玉米一样灿烂。大丫和二丫也跑来帮女人的忙，女人双手拎着拴了缨子的玉米棒子走在二丫身旁，学着二丫走路的样子，身子夸张地扭呀扭的。娘仨儿的笑声呼啦啦惊飞了树上的一群鸟。

男人掏出手机，刚要看看时间，被女人一把夺了过去，在上面瞥了一眼，又扔回到男人的怀里。男人看了一眼上面的时间，还不到十点。

女人低声骂了一句：“老牛拉破车！”

他们乘坐的这趟火车属于慢车，几乎是遇站就停，慢慢腾腾的，简直和老牛拉破车差不多。男人在心里盘算着，还有八九个小时才能到铜城，真是难熬啊！

不断有人进出对面的厕所，而从厕所出来后，大多直奔洗脸池而来。不大的地方，除去那个鼓鼓囊囊的帆布包，所剩只能容下一个人。男人不得不配合着来洗手的男男女女，调整着自己的位置。有人从厕所出来，他就从洗脸池边上出来，给人家腾出地方洗手，等人家离开了，他再站回到原来的地方。频繁地使用洗脸池的结果是，不光洗脸池的四周都是水，连男人站的地上都是水淋淋的。

女人坐在帆布包上，侧着身子躲避着洗手的人，脸一直阴沉着，眉头皱成了两个大疙瘩。

一个披着大波浪卷发的女人从过道上挤过来，来到洗脸池边打开水龙头哗啦哗啦洗脸刷牙，完了两只手蘸着水对着镜子整理着波浪似的卷发，水溅到了女人的身上。

"哎，往哪儿甩呢，都弄我包上水了。"女人起身把帆布包往外拽了一下。

大波浪女人扭头望了女人一眼，用鼻子哼了一声，说："怕弄包上水就别坐这儿，卧铺车厢有的是铺位，怕你买不起！"

"我买得起买不起关你屁事？"女人欲冲上去。

男人见状急忙把女人拉到车厢连接处，让大波浪女人赶紧走，大波浪女人低声嘟囔着离开。

女人推开男人，走回盥洗处，余怒未消地坐在帆布包上，呼呼喘着粗气。

男人上前想劝女人消消火，刚把手搭在女人身上，就被女人一把甩开了。

这种情况男人不是第一次遇到。在铜城马路市场女人就因为抢活儿时常和人吵起来，吵起架来拉都拉不住，跟泼妇似的，小河南两口子因此给女人起了个外号叫"东北小辣椒"。

男人呆呆地望着女人，原来性情跟棉花糖一样绵软，到了铜城后怎么变成了点火就着的炮仗？

列车播音员播报前方到站的声音被车厢内的嘈杂声所淹没，一个不知名的小站到了，下去了一些人又上来了一群人，车厢内的那锅粥又沸腾起来了。

一个小个子男人肩上扛着一个圆滚滚的编织袋，从车厢连接处挤了过来，往车厢内望了一眼，对身后的两个同样扛着编织包的男人说了声“不中，不中”。三个河南男人退后两步，咕咚一声像扔死狗似的把肩上的编织袋掼在了吸烟处的地上。

小个子男人从夹克衫兜里掏出一盒烟，抽出三根，递给另外两个男人一人一根，剩下那根塞在了自己嘴巴里。三个男人一边吞云吐雾，一边操着河南方言大声说着话。

对于河南话，男人还是能听个一知半解的，在铜城一起在马路市场等活儿的小河南两口子就是河南安阳农村的。三个男人语速很快地谈论着收废品的事，偶尔冒出一两句铜城话，看样子是在铜城收废品的。从吸烟处的里面还传来了同样口音的女人的说话声，以及孩子的哭闹声，乱糟糟的，把吸烟处也搅成了一锅粥。

男人看见女人眉头的两个大疙瘩差不多要拧在了一起。

一个三四岁的小女孩从吸烟处那里探出脑袋来，头上扎着鸡毛毽子似的一撮，食指含在嘴里，口水顺着指头往下淌。

女人瞥见小女孩，眉头渐渐舒展开了，一抹笑意浮上了女人的眼角。女人冲小女孩招招手，小女孩扒着门边儿没动，瞪着一双乌溜溜的大眼睛望着女人。女人站起身，走到女孩跟前蹲下身子，双手拍了拍，做了个抱抱的动作。小女孩松开门框，缩回到吸烟处狭窄空间内的河南女人身旁，扭回头依旧含着手指望着女人。女人起身从双肩包内拿出一个通红的苹果，冲小女孩晃了晃。小女孩被通红的苹果诱惑着，一步步向女人走过来。

“你想吃这个大苹果果，对吗？”女人蹲在女孩跟前，嘴角好看地上扬着问。

小女孩点点头，把手指从嘴里拿出来，带着涎水冲女人伸了过来。

女人细长的眼睛弯成了两弯月牙，“我们把这个大苹果果洗洗干净再吃，行吗？”

小女孩再次点点头。

女人走到洗脸池边，打开水龙头，仔细地冲洗着苹果，扭头冲站在身后的小女孩说："洗干净再吃肚肚不疼。"然后又抱起小女孩，"我们再洗洗小手手。"

男人站在旁边，笑着注视着俯下身子为小女孩洗手的女人。女人在家和二丫说话就是这样，喜欢用叠字，比如饭饭啦，屁屁啦、觉觉啦什么的。

河南女人靠着门框也在笑着。

洗完手，女人抱着小女孩坐在帆布包上。小女孩坐在女人的腿上，两只小手捧着苹果张大嘴巴咬着。女人的眼里流露出一股水一样的东西，有一搭没一搭地问着河南女人小女孩多大了，叫什么名字，问的同时视线始终停留在小女孩的脸上。

不时有人来到盥洗处洗漱，水珠溅到女人的脸上，女人用手抹了一下，目光依旧停留在小女孩的脸上，甚至还伸手为小女孩抿了抿鬓角的头发。

男人在一旁看着，知道女人想孩子了。小女孩的年龄和二丫差不上下，身高胖瘦也差不多。回老家这几天，大丫还好说，每天要去上学。二丫则像个小尾巴似的跟在女人身后，一步也不肯离开，晚上更是早早钻进女人的被窝，一只小手摸着女人的耳垂，一条小腿搭在女人身上。临走时，爹妈和两个孩子送他们到村口，女人千叮咛万嘱咐，叮嘱大丫好好学习，嘱托二丫听爷爷奶奶的话。娘仨一大俩小三个脑袋抵在一处，老半天也不见松开。走出老远了，那两高两矮四个身影与身后的树林融为了一体，那不断挥动的四只手臂也化作了模糊的树枝，女人才慢慢收回挥动的手臂，收回的过程中在脸颊处停了一下，然后才无力地垂了下来。

小女孩拧着身子从女人的膝盖上往下滑。女人试图挽留，小女孩挣脱开来，扭着小屁股回到了河南女人身旁。

女人坐在帆布包上，眼神有些空洞，干草似的头发用黑皮筋扎成了一束，低低地伏在脖颈处。

男人不知怎么安慰女人，只是呆呆地望着女人。

车窗外的灯火开始繁盛起来，高大的楼体上变换着五彩的光柱。铜城的楼在日益向高处发展，房价也随着高度在日益上涨，听说他们租的三环房价已经涨到一万五一平方米了。一万五，他们不知道是什么概念，只知道他们一年到头辛辛苦苦换来的钞票都不够在铜城买上两平方米的地方。当然，他们也没有在铜城买房子的奢望，那里不是他们的根，他们的根在两千里外一个名叫亮马河的小山村。有一次女人抢到了一个活儿，是一对80后的小两口找他们擦玻璃。他们跟随着两个年轻人坐着公交倒了两趟车来到了一个小区，房子是一套四十多平方米的小户型，看样子刚装修完，还没来得及收拾，地上到处是装修后的垃圾。女人见状趁机和小两口商量，擦完玻璃顺便给他们"开荒"。女人所说的"开荒"指的是对刚装修完的房屋来个彻底的大清扫，他们行话叫"开荒"。那个妻子把脑袋摇得像拨浪鼓似的，说不麻烦了，他们自己来。说着，两个人穿上了旧衣服，还用报纸做成了帽子戴在头上。看来这也是不甚宽裕的小两口，如果住的不是22层怕有生命危险，恐怕玻璃也会自己擦的。他听见女人边干活边和那个妻子拉话，得知小两口都不是本地人，大学毕业后留在铜城发展，刚贷款买了这套小户型。当他腰上系着保险绳擦完外面的玻璃从窗外进到室内时，看见那小两口把屋内也收拾得差不多了。他看见那个妻子靠在墙边，望着收拾一新的房间，突然低头啜泣起来。那个戴眼镜的丈夫见状走了过去，把妻子揽在怀里，仰头使劲眨着眼睛。他和女人怔怔地望着拥在一起的小两口。结算工钱时还差20块钱，小两口又是口袋又是背包地翻找着。女人说了一声，算了，拉着他走出门去。从楼内出来，女人望着笔直的高楼，叹了口气说："都不易呢。"他们租的地方号称"握手楼"，两栋楼之间的距离可以相互握手，楼内 20 平方米的地方属于他们，去年是每月 700 块钱，如今已经涨到 800 了。

火车车身发出"咣当"一声，车窗外是灯火辉煌的站台，一群人提着拉着东西急速奔走着，原来是又到站了。

过道上不再杵着林立的身影，男人往车厢中间走了几步，期望有空闲的座位。还真没让男人失望，一个三人座靠过道的一边空着。男人想回去叫女人过来，转念一想，这趟车极有可能是全程对号入座，别等这里的名花有主了，那边的软座儿再让人占了，那他们真是竹篮打水一场空了。

几个人涌进车厢。其中一个走到男人跟前，把手里的车票往男人眼前一亮，男人只好站了起来。这一路上注定没有一个座位属于他们。

男人回到盥洗处，见洗脸池前方自己站的地方已经被两个穿情侣装的年轻人占了，男人只好靠着厕所门站着。女人抬起头瞪了男人一眼。

车厢内的喧嚣很快就平息下来了。男人掏出手机看了看时间，快十二点了，绝大部分人已经闭着眼睛靠在座位上昏昏欲睡了。

那两个年轻人却精力旺盛得很。男孩手里拿着个手机，两个人好像在玩什么游戏，手机内传来唧溜唧溜的声音。女孩怀里捧着个薯片袋子，两根指头从袋子里捏着薯片，塞到男孩嘴里一片，再塞到自己嘴里一片，一边"咔咔"吃着薯片，一边跳着脚嚷着"快快"。好像是闯关成功了，女孩"耶"地叫了一声，踮起脚尖在男孩的脑门儿上很响地亲了一下，接着用嘴唇擒住薯片的边缘，用眼神示意男孩。男孩会意，将嘴巴凑了过去，两个脑袋凑在了一起，女孩"嗤嗤"地低声笑着。

男人看见女人厌恶地瞟着女孩，目光像一根根针。

女孩把空了的薯片袋子丢在地上，又从双肩包内拿出一盒汉堡，一只手拿着，一只手在下面捧着，张大嘴巴咬了一大口，刚嚼了两下停住了，把手里的汉堡递到男孩面前。男孩摇摇头，“你的最爱，你吃吧，我不饿。”女孩执拗地举着汉堡，男孩没办法，只好张开嘴巴咬了一小口。女孩又咬了一口，然后又把汉堡递到了男孩的嘴巴前，男孩望着女孩摇晃着脑袋。女孩下命令似的说：“张嘴！”男孩说：“你喜欢吃，就都吃了吧。”女孩不依不饶，“张不张嘴？”男孩的嘴巴张开了一道缝儿，女孩使劲把汉堡塞进男孩的嘴里。男孩的嘴巴被汉堡塞着，呜呜地说不出话来，女孩咯咯地笑弯了腰。

男人看见女人的目光柔和下来了。

吃完了汉堡，男孩和女孩一人耳朵里塞了一只耳机，两个脑袋凑在一起听手机内放的什么歌。女孩闭着眼睛靠在男孩胸前，男孩把外套拉链拉开，把女孩揽了进去，两只胳膊合拢过来，搂住了女孩娇小的身体，然后将头埋在了女孩的头上。

女人久久地注视着抱成一团的两个年轻人。

女人站起身来，冲男人使了个坐着的眼色，拿起搪瓷缸子，沿着过道向车厢那头儿走去。

男人在帆布包上坐下来，望着对面两个年轻人。两个人闭着眼睛相互搂在一起，像年画上一对交颈而眠的鸳鸯。

女人端着搪瓷缸子回来了，从双肩包内掏出三个鸡蛋，投进了缸子内的热水中，不多时捞起一个，在搪瓷缸子的沿儿上磕了一下，两手灵巧地一转，眨眼间白生生的鸡蛋便露了出来。

女人把剥好的鸡蛋递到男人面前，“饿了吧。”

男人接过鸡蛋点点头，都大半夜了，在家吃的那点东西恐怕早就消化完了。

女人剥开一个鸡蛋，边吃边对男人说：“那个也是你的。”

男人说："我不要了，你吃吧。"

女人瞪了男人一眼，"让你吃你就吃。"

男人觉得女人的眼神和说话的口气和以前都有些不一样，硬的力度大大减少，软的成分多了起来。

女人从双肩包内拿出一个苹果，探过身子，打开水龙头洗着。等女人直起身子时，男人扯住了女人衣服的下角，随后把女人按坐在了自己的腿上。

男人从女人手里接过苹果咬了一口，又把苹果挪到女人嘴边。女人低下头，在男人咬过的地方咬了一口。两个人像对面那两个年轻人一样，你一口我一口地吃着苹果。女人一边嚼着，一边扭头望着男人，眼里汪着笑意。

手里的苹果剩下了一个核儿。

没有了苹果，男人的双手环在了女人的腰间。两只手开始还算老实，没过多长时间，便向上移动着位置，变得不安分起来。

女人用胳膊肘儿捣了男人一下，男人笑嘻嘻的，手上却没停止动作，女人也没再阻止。

在铜城的这两年中，男人觉得女人在那方面好像出了问题，变得不像在老家时那么有激情了。有时他刚流露出那方面的想法，女人就一把推开他，训斥道："累得恨不得扯猫尾巴上炕，你还有那心思！"即便是勉强应允了，还没等他进入状态，女人就在身下开始不耐烦地催促他快点儿。男人一度怀疑女人是不是要更年期了，可是女人和他同岁，才刚刚三十冒点头儿，怎么能这么快就到更年期了呢？回老家这几天，有一天他和女人在地里割玉米秸。歇气儿时，他坐在一铺玉米秸上抽烟，女人四仰八叉躺在旁边。女人舒展开四肢，凝视着蓝天，说："老家的天真蓝啊！好久没看见这么蓝的天了。"女人的手搭在了他的腰上，在他裸露的肌肤上一点一点移动着。他扭头望向女人，看见女人正用一种湿漉漉、水淋淋的眼神望着自己。他想俯身下去，扭头却看见不远处的地里晃动着收割的身影。那天晚上，大丫和二丫刚睡着，女人火炭似的身子便滑进了他的被窝。他敢说，那一次是他们这两年来最尽兴、最酣畅淋漓的一次，要不是他拼命用嘴唇堵着女人的嘴，从女人喉咙里迸出来的母兽一般的低吼声，恐怕早把睡着的两个孩子吵醒了。

“累了吧？”女人将脖子用力向后仰，在男人的耳边低声问。

“不累。”男人将嘴巴凑近女人的耳朵说。

女人轻声说：“今天咱这软座儿真好！”

“嗯。”男人应了一声。他也觉得这软座儿挺好，比车厢内的那些座位好上一百倍，就是给他个卧铺都不换！

女人问：“你困了吗？”

男人说：“不困。”

女人说：“我也不困。”

“花儿。”男人咬着女人的耳垂，低声叫道。女人名字的最后一个字叫花，这个蕴藏了无限亲昵的称谓好像只有在恋爱和新婚后的短暂时间里，男人才这样称谓女人。

“哎。”女人柔声答应着，顿了一下说，“回去咱请大家伙来家里吃顿饭，喝点儿酒吧。”

男人紧了紧女人的身子，说：“好。”

女人猫似的往男人的怀里缩了缩，轻声细语地对男人畅想着未来。再干几年，他们就不在铜城干了，回亮马河去，喂上几头猪，养上一群鸭，早晨他们把嗷嗷叫唤的猪喂饱，再把踿来踿去的鸭子赶到屋后清亮亮的亮马河内，然后扛上家什，走向绿色的田野。他们要在属于他们的田野上种上各种各样的农作物，苞米、大豆、谷子……

女人絮絮叨叨地说着，男人不时地点着头应着女人，像有一幅画卷展现在他们的面前，两个人一律嘴角上扬着，眼里闪烁着光亮。

男人紧紧箍着女人的腰，下巴倚在女人的肩上，随着列车的节奏，身子有频率地摇晃着。车轮轧在铁轨上，哐当哐当，像是在给女人的喃喃叙说配乐，从来没有过的动听。男人甚至想让火车走得慢些，再慢些，就这样一直走下去，走它个地老天荒！

男人做了一个梦，梦见他搂着女人像坐在一只大摇篮中，又像坐在装着玉米秸的高高的马车上，他将身子伸展成一个舒服的“大”字形，随着节奏摇啊摇，晃啊晃。微风像一只温柔的手轻轻拂过他们的脸庞，天上的白云丝丝缕缕，飘进了他们的眼里……突然，怀中的女人像只柳哨儿似的拧着身子挣脱开他的双臂，从他的怀里滑了出去……

男人一激灵醒了。车窗外一片金灿灿的光，刺着他的眼睛。过道上矗立着黑压压的人墙，车厢内的那锅粥又被搅得沸沸扬扬的。近处，女人正在往胸前背她的双肩包，一边背一边粗门大嗓地冲他喊着。喊声像一块硬邦邦的金属，震击着他的耳膜：

“快起来快起来！到站啦！”

烟熏妆

渐渐地，镜子中的一张脸变得生动起来了。

说起来，佳卉可以说是烟熏妆的创始人。早在十来年前烟熏妆还未大行其道时，佳卉已经在尝试这种今天明星们纷纷追捧的妆面，只是在烟熏妆的基础上进行了改良。比如说，在眼影上佳卉没有选择常用的黑灰色，而是使用了粉红色及金咖啡色，在眼窝处淡淡地漫成一片，这样的效果使眼部看起来像春天的桃林，氤氲着一层被桃红过滤后的粉色的雾，恰到好处地掩盖了佳卉容貌上的缺陷——佳卉的右眼皮上有一块浅咖啡色的胎记，指甲大小。李强最喜欢佳卉化这个妆，每逢看见佳卉化好妆后，都会把佳卉揽到胸前。原先佳卉是不化妆的，源于工作的性质，佳卉只是会在脸上涂上一层隔离霜或者防晒霜。佳卉和李强一样，都是环卫工，每天在马路上接受数不尽的灰尘和尾气的侵扰，隔离和防晒霜很有必要。知道李强喜欢后，佳卉便化起了自己改良的烟熏妆。想起李强，佳卉的鼻子里涌上来一股酸酸的东西。昨天，李强走了整整一百天了。佳卉使劲眨着眼睛，把眼眶内热乎乎的东西逼了回去。

镜子中的女人嘴角上扬，弯成了一弯上翘的月牙。李强喜欢佳卉笑，他说佳卉笑起来像一株吐蕾的山桃。

最后，佳卉拿起口红，给双唇涂上具有丰润效果的玫红色唇膏。这管唇膏还是去年过生日时李强送给自己的生日礼物，美宝莲的，花了差不多九十块钱，当时佳卉还埋怨李强买这么贵的干吗。佳卉的化妆品都是三十二十的，从没买过贵的。佳卉闭上双唇，上下抿了一下，让唇膏充分贴合在嘴唇上。改良版的烟熏妆就算完成了。

这时，从婆婆的房间传来拐棍撞击地面的声音。

佳卉知道，这是婆婆对自己大早晨起来就对着镜子描眉画鬓的一种抗议。一个女人死了丈夫后仍旧痴迷涂脂抹粉，不能不说大逆不道，况且佳卉做的又是环卫工作。李强走后，婆婆原本白内障的眼睛整天泡在泪水中，没多久就什么都看不见了。虽然她的眼睛看不见了，但是她的鼻子能闻到，耳朵能听到，它们统统都成了她的眼睛。她在这套住了大半辈子的房子内依然生活得游刃有余，同样也能感受到佳卉在化妆。

佳卉出了自己的房间，来到了厨房，厨房内飘散着米粥的清香。化妆的空隙间，灶上的粥已经煨好，屉上的馒头也已馏得暄暄腾腾，只需把腌好的黄瓜细细地剁碎就可以了。婆婆牙口不好，咬不动大块的东西。

佳卉盛了一碗粥，又捡了两个馒头，拨了半盘碎黄瓜，放在一个塑料托盘内，端着进了婆婆房间。

"妈，吃饭了。"佳卉把托盘放在床头柜上。

婆婆闭着眼睛，仿佛没听见佳卉说的话似的。

对于婆婆的表现，佳卉已经习惯了。在一起生活了十好几年，佳卉对婆婆还是了解的。婆婆眼睛刚失明时，佳卉还担心婆婆的午饭问题，每到中午就骑上自行车往家赶。后来她发现早晨自己撂在水池内来不及洗的碗筷安安稳稳地摆在饭桌上，水池边是洗得干干净净的黄瓜辣椒西红柿，灶台上也被抹得干干净净。佳卉的心里一暖，她假装没发现这些蛛丝马迹，每天照常把饭菜端到婆婆面前。

不凉不热的一碗粥下肚后，佳卉走出厨房，向门口走去，嘴里习惯地冲婆婆住的房间喊了一句："走了啊，妈，午饭给你放在电饭锅里了。"

没有听到婆婆的回应声。

佳卉也不计较。她已经习惯了，就如习惯自己把饭菜端到婆婆面前婆婆没反应一样。

佳卉把一个带流苏的挎包斜挎在身上，推着自行车出了家门。

今天佳卉是早班。太阳刚刚从东方冒红儿，像十七八岁姑娘的脸，羞羞答答的。但是，佳卉知道，用不了多久，它就会变成了一个热情的红脸汉子，用它那宽大的胸膛拥抱着每一个生灵。今天佳卉穿了一条橙红色带孔雀花的波西米亚连衣裙，脚上是乳白色坡跟鱼嘴凉鞋。乍眼看去，就跟坐办公室的白领似的，这也是婆婆看不惯她的另一个原因。和佳卉在一起扫街的无论男女大都里面穿着皱巴巴的旧衣服，再把环卫服套在外面，然后或骑车或步行赶往自己负责的分担区。胡姐就常穿她闺女淘汰下来的旧校服，校服本来就又肥又大，她闺女又是校篮球队的，那身校服穿在干瘦的胡姐身上咂里咂当的，简直能装下两个胡姐，脸上更不见抹什么护肤品，常常是早晨随便用水抹一把就出门。胡姐说："穿什么名牌，抹什么好东西，一天下来也造完了。"佳卉却不然，她每天都要把自己打扮得头是头脚是脚的，都说清洁工是城市的美容师，既然身为美容师不仅要把城市扮靓，也要把自己打扮得清清爽爽的，李强在世时就喜欢佳卉这样。李强说他第一次见到佳卉时，佳卉就是一身与众不同的打扮，从众多的环卫女工中脱颖而出，整个人身上散发出的那种干干净净的味道，让李强怦然心动。结婚后每天早晨李强都会骑着自行车，佳卉搂着李强的腰坐在后面，一路笑声铃声向他们负责的保洁点而去。李强不在了，佳卉却把这个习惯保持了下来。凡是李强喜欢的，她都要继续保持下去。

佳卉一偏身上了自行车，向自己负责的保洁点驶去。

佳卉和李强租的房子在城北，而负责的保洁区却地处城南，骑车要二十多分钟才能到。这是一条饮食街，街道两旁不仅遍布大大小小的饭店，而且这条街又被自发建成了早市。每天天还没亮，城郊的农民就骑着各式的交通工具，满载着自家地里产的农副产品，来到了这里。

给李强烧完“头七”后，佳卉就去了环卫站，依旧画着她自己改良的烟熏妆，依旧穿着鲜艳的衣服。到了环卫站，正碰上周站长在训接替她和李强这个区域段的胡姐，胡姐见佳卉来了，急忙说：“你来得正好，你还是回来接着干吧。”周站长上下打量着佳卉，丈夫刚刚走了一个星期，就打扮得花枝招展的，人们的反应可想而知。佳卉说：“周站长，我还是去那儿扫吧。”周站长沉吟着。佳卉知道周站长对她不信任，谁都知道李强在世时根本不让佳卉干多少活儿，李强一把扫把几乎全包了。佳卉又接着说：“周站长，我保证卫生一定达标。”周站长想了想，点了点头。

谁都知道这是任务最重的路段，八九点钟，早市散集后，丢弃的菜叶子满地都是，每天不清理出去个三车两车的没个完。这还不算，早市散后，街道两旁的饭店又开始制造垃圾了，一次性筷子、餐巾纸伙同着残羹剩菜一起倾倒出来。要是遇到哪家晚上在门前支起棚子烧烤，那就更不用说了，地上简直就跟遭了劫似的，一片狼藉。当初李强要求把两个人的责任区分在一起，佳卉负责的区域紧挨着这里，就在南边的一条商业街上。常常是李强让佳卉坐在树荫下，自己一个人把两个责任区的卫生都包了。他们俩寒来暑往，在这条街上清扫了好几年，这条街上留下了李强太多的足迹，佳卉不愿离开这里。

就这样，佳卉继续留在了这里。

佳卉从挎包里拿出一顶沙滩帽，沙滩帽是奶油色的，宽檐儿，旁边缀着一朵鹅黄的玫瑰，颇具夏威夷风情。说起这沙滩帽还有一番来历呢，去年夏天有一天佳卉正坐在树荫下喝水，忽然不远处传来一个女人大声的吵嚷声。佳卉循声望去，只见李强站在一个身穿露背裙头戴沙滩帽的女人面前，手里比画着正在解释着什么。佳卉急忙赶了过去，只见女人大声嚷着，说李强耍流氓，一直跟在她身后看。李强涨红着脸，解释说他只是看好了女人头上戴的沙滩帽，想问问是从哪儿买的。女人白了李强一眼，说："商业街买的怎么了！你一个扫大街的，问这干吗？我看你纯粹就是找借口搭讪！"女人气呼呼地走了。佳卉想问到底怎么回事，李强却操起扫把闷声不响地扫起了街。再一转身的工夫，李强忽然不见了，佳卉以为他去厕所了。不长时间，李强呼呼带喘地跑了回来，手里拿着一顶和那个女人头上戴的一样的沙滩帽。李强顾不上抹一把头上的汗，抬手把佳卉头上的草帽摘了去，把沙滩帽端端正正戴在了佳卉的头上，然后退后一步，笑眉笑眼地端详着佳卉，嘴里不住地咂着舌："好看！真好看！终于找到了。"

佳卉抚摸着沙滩帽，嘴角弯出一个好看的弧形。

佳卉把沙滩帽戴在头上，又从挎包里拿出一个淡蓝色的医用口罩戴在了脸上，开始了她一天的工作。

早市上早已是人来人往，但还不是出垃圾的时候，佳卉只是把马路牙子边上的零星垃圾清扫在一起，等早市散去后一起装进垃圾车内运走。

佳卉之所以到这个区域段还有一个原因，那就是她喜欢这里早市的气息，带着露水沾着泥巴的青菜，出网没多久活蹦乱跳的鲜鱼，无一不让她感到贴心贴肺的亲切。佳卉和李强都来自农村，土生土长的农村人。

那个铜钟般洪亮的叫卖声又传了过来："黑又亮，黑又亮啊！走过路过别错过，不买后悔啊！"

佳卉就笑了，这老爷子今天又来了。

几天前刚听见这个叫卖声时佳卉以为是卖皮鞋油的，挤过去一看，却见一个七十多岁留着山羊胡的老头坐在小马扎上，面前的地上铺了一个编织袋，上面摆着一溜儿润紫的茄子。佳卉看了就笑，这老爷子真会招人做买卖，明明就是紫茄子，却起了个这样的名儿。佳卉哈下腰问人家："老爷子，黑又亮不是鞋油吗？你咋给你的茄子用上了？"老爷子指着面前的茄子，反问道："你看这茄子是不是又黑又亮？"佳卉望着地上的一溜儿的紫茄子，心想，也是啊！老爷子的身后停着一辆农村常见的两轮车，车上盘腿坐着的那个头发雪白的老太太是老爷子的老伴儿。老爷子每逢卖了茄子收了钱，就把钱塞进老太太的怀里，嘴里说着一把手，收款，老太太就咧开没牙的嘴笑。

佳卉经常在那个老爷子那儿买菜。老爷子的菜新鲜，上的都是农家肥，有时候还会搭佳卉一条黄瓜两棵葱的。经过攀谈，佳卉得知，老爷子的家距县城二十来里地，儿女都不在身边，老伴又患有类风湿，腿脚不便，老爷子出来卖菜，老太太就孤零零地一个人在家。所以若是天气晴好不刮风下雨，老爷子就会推上老伴，早晨三四点钟就从家里出发往县城来。

早市上的人渐渐少了。佳卉扫了一个来回回来，见老爷子面前的地上还摆着一个足球大小的嫩南瓜和一小堆形状不好看的紫茄子。

佳卉把手里的扫把靠在一棵树上，走了过去。

老爷子朗声和佳卉打着招呼。

老太太上下打量着佳卉，不住地咂着没牙的嘴说："真好看！唉，俺老婆子是不行喽！"

老爷子打趣道："咋不行？问问这闺女从哪儿买的，你要稀罕我这就去给你买！"

老太太白了老爷子一眼，"这脸抽抽得跟核桃没两样，腿脚也不听使唤了。穿上这身，乡里乡亲的还不骂我是老妖婆子啊！要是倒退回去三十年四十年的，俺也穿一回！"

佳卉听了就抿嘴笑，对老爷子说："剩下这些我包了，带大妈回去吧。眼看着太阳就要毒了。"

腌蒜茄子什么形状的都行，至于那个嫩南瓜，佳卉想到家里冰箱内还有虾皮，南瓜炖虾皮，婆婆正好咬得动。

老爷子把南瓜和茄子装进一个大塑料袋内递给佳卉，"你要不嫌弃就拿回去，不要钱。"

"那怎么行？你这大老远从家里推来的。"佳卉从挎包里掏出一个不大的卡通钱包，拉开拉链从里面拿出两张一块的纸币，塞到老太太手里。

"自己家园子出的，要什么钱？"老太太把钱又推了回来。

"我说不要就不要！"老爷子拿起地上的编织袋抖落着，"我跟你说闺女，我跟你大妈来这儿不为挣钱多少，只为一个乐呵。每天卖个十块八块的，够买油盐酱醋，还赚个乐呵。"

佳卉见老两口态度坚决，也就没再坚持。

"我说一把手，今天还逛不逛县城了？"老爷子把老太太安顿好，冲老太太调侃道。

老太太说："逛！"

"好了，走喽！"老爷子推起了两轮车。

老太太摆着手和佳卉告别，老爷子哼着小调悠哉悠哉地向前走去。

佳卉把菜放进自行车前筐内，三步并作两步到旁边的食杂店买了两瓶矿泉水，追上前去塞到老太太身旁。

老两口先是一通暖心暖肺的埋怨，接下来又是一番连声的感谢。佳卉冲他们挥挥手催促他们快走，老两口才离开。

像退了潮的海面，散后的早市，地上这一堆那一块的，斑斑驳驳，点缀得红红绿绿的。

佳卉大负荷的工作量正式到来了。

佳卉低头从挎包内拿出一个小巧的 MP3，伸手在上面鼓捣了一番，然后重新把 MP3 塞进挎包内，把连着的一只耳机塞进了耳朵内。MP3 是李强为佳卉买的，佳卉喜欢听歌，在家看电视看见晚会就不动地方了。李强就托邻居吴大哥的闺女从网上买了这个 MP3，佳卉当时还埋怨他买这个东西干什么。李强说一边听歌一边扫街，不累。佳卉在 MP3 里面下载了很多关于西藏、青藏高原和拉萨的歌曲，诸如《青藏高原》《珠穆朗玛》《坐上火车去拉萨》等等，听见这些歌，她的心就像飘到了高远的蓝天上。她和李强有一个心愿，那就是有一天去一趟拉萨，到那个离天最近的地方感受一下，因为种种原因一直未能成行实现这个心愿。李强是患肺癌去世的，当初，这两个字从那个医生的嘴里蹦出来后，佳卉就再也听不见那个医生说什么了，只看见她面前的那张嘴，像一条被搁浅在岸上的鱼的嘴，在一张一合地无声翕动着。从雷击的状态中清醒过来后，佳卉思前想后，还是决定把病情对李强和盘托出。不是有很多癌症病人知道了自己的病情后，坚强乐观地和病魔搏斗，最终战胜了死神，佳卉相信李强就是其中的那个。李强听后二话没说，收拾了东西，拉着她出了病房办了出院手续。那天，李强拉着她的手，像热恋中的情侣一样，去了很多的地方，公园、商场，甚至还去了电影院，看了一场电影。后来的某一天，李强突然说：“佳卉，我们去拉萨吧。”佳卉愣怔着望着李强。李强拉着她的手说：“你忘了，去拉萨一直是我们的心愿。我想去实现这个心愿，以后怕没有机会了。”说完眼睛直视着她，佳卉点头答应了。他们第一次坐上了飞机，飞向那个他们向往已久的地方。说实话，其实佳卉对李强的身体能否适应那座令人眩晕的高原城市非常担心，但是在拉萨那几天，李强的情绪特别好，海拔三千多米的高度让佳卉都感到有些反应，李强却表现得没事似的。他带着佳卉不停地走，不停地转，似乎要把整个拉萨都转到似的。他们跟随一群身着白袍的藏民一起沿着大昭寺转经，用脚步积累功德；他们手拉着手沿着八角街感受藏民的人间烟火；他们在金碧辉煌、令人仰望的布达拉宫下合影留念；他们在垒得高高的玛尼堆上虔诚地添上一块祈福的玛尼石……李强喘息着说他们来拉萨度蜜月。从拉萨回来不久，李强的病情发展到了晚期，蚀骨的疼痛让李强的额头上滚下一颗颗豆大的汗珠，李强死死地抓着她的胳膊，仿佛要嵌进肉里。她拿着毛巾不住地给李强擦拭着脸上的汗，脸上始终漾着笑容。李强咬紧牙关的同时，同样不忘回她以笑容。最后那天，她睫毛的丛林始终淹没在淋漓的雨水中。李强拉着她的手，微笑着冲她摇了摇头，她使劲眨着眼睛，冲李强咧了咧嘴，李强又摇了摇头。佳卉知道，李强不满意她敷衍的苍白的微笑。她定了定神儿，调动起身体内全部的力气，冲李强绽放出一个她自认为最完美、最灿烂的笑容。李强含笑冲她点点头，在她湖光山色般明媚的笑容中闭上了眼睛。婆婆在一旁哭得惊天动地悲痛欲绝，她波涛汹涌地流着泪，笑容却依旧定格在脸上。接下来的日子，她一直保留着李强在世时的习惯，化淡淡的烟熏妆，穿合体的自己喜欢的服装，脸上依旧绽放着笑容。她曾想劝劝婆婆，李强再也不用声嘶力竭地咳嗽和无休止地呕吐，再也不用忍受那种侵入骨髓的疼痛，她相信李强去的那个世界没有疾病，没有痛苦，有的只是阳光般的笑容，是享福去了呢。但是她没敢对婆婆说，就让时间去冲淡吧。

伴随着优美辽阔的天籁之音，佳卉的清扫工作也告一段落。佳卉拄着手里的扫把回转身去，清扫后的路面一尘不染，路面上仿佛可以看见扫把留下的丝丝缕缕的痕迹。这是佳卉最有成就感的时候，她含笑欣赏着自己的杰作。佳卉觉得自己手中的扫把就是一支笔，而马路就是偌大的一张宣纸，她的笔所到之处虽不能妙笔生花，却能化腐朽为神奇，化杂乱为洁净。

街道左边新开了一家幼儿园，取名“小精灵”。一群活泼可爱的小精灵们在老师的带领下正在玩“老鹰捉小鸡”的游戏，鸡妈妈拦在张牙舞爪的老鹰面前，护卫着身后一群吱喳欢叫的小鸡们，佳卉看得有些呆了。

佳卉和李强结婚后没急着要孩子。他们白天骑着一辆自行车欢声笑语地去保洁点上班，到了保洁点，佳卉其实也根本没干多少活儿，夏天李强就把她安置在树荫下，冬天会把她送到一处背风处，他自己挥起扫把，一边扫街一边扭头露出白白的牙齿，冲佳卉这边会意地笑；晚上回来两个人洗了澡，就像好久没见似的腻在了一起。他们似乎都觉得两个人之间好像再也无法夹进去任何一个人，哪怕只是小小的一个小人。偶尔公公婆婆打来电话，语气里就多了几分对传宗接代、添丁进口的期待，撂了电话两个人就忘了。一晃两年过去了，公公去世了，佳卉就和李强回去把婆婆接了过来。婆婆渴望的目光时常久久地落在佳卉的肚子上，他们这才把孕育下一代的事提到议事日程上来。两个人去了医院，按照医生的要求，夫妻双方都进行了检查，结果问题出在李强身上。李强小时候曾患过流行性腮腺炎，病毒累及双侧睾丸造成无精症，这种情况很难治愈。从医院回来的那天晚上，李强洗了澡后闷声不响地躺在床上，佳卉上了床偎依在李强的胸前。李强刚叫了一声“佳卉”，佳卉就伸手把李强的嘴堵住了，柔声说：“什么都别说，城里人不是喜欢做丁克吗？咱们也跟一把潮流，就做丁克一族！”李强孩子似的把头深深埋进佳卉的怀里。李强每当在街上看见谁家大人领着孩子，艳羡的目光就会追光灯似的不由自主地追过去，一直把那个活泼可爱的身影送出老远。每当这个时候，佳卉就会找各种借口转移李强的注意力。

《坐上火车去拉萨》的手机铃声打断了佳卉的思绪，佳卉从挎包内掏出手机，是老罗的电话。老罗和她一样，也是清洁工，原来她负责的分担区现在由他清扫。老罗家是河南的，只他一个人过来了，老婆和三个孩子还在老家。老罗过日子很仔细，平时捡到几个矿泉水瓶就眉开眼笑地乐上老半天，几乎从不给别人打电话，他的手机通常是用来接电话的，大家伙有时候调侃说，中国移动想从老罗手里赚几个钱真不容易。今天是怎么了？怎么平白无故地给她打电话了？

佳卉刚按下接听键，老罗急吼吼的声音就传了过来："周站长检查工作，往恁那腔儿去嘞，你可得注了意嘞！"老罗的语速很快，像机关枪似的。佳卉笑着学着老罗的河南腔："中！知道嘞。"那边传来了嘟嘟的忙音。

佳卉放下手机笑了，心说，这老罗，破费了这两大毛钱，心里不定怎么心疼得淌血呢。

佳卉还像从前一样，依旧慢条斯理地挥着扫把清扫着路面。她不像胡姐她们那样，每逢周站长来检查前，就鸡飞狗跳、暴土扬灰地来一次大扫除。她不会做样子，该怎么扫还怎么扫。

老罗的情报绝对准确，不一会儿工夫，佳卉便看见周站长从南边走了过来，边走边用眼睛巡视着路面。周站长平时经常虎着一张脸训人，胡姐她们私下对不苟言笑的周站长都很发怵。佳卉倒没觉得什么，自己把本职工作做好，他就是再不通情理，总不至于鸡蛋里挑骨头吧？！

佳卉拄着扫把站在路旁。

周站长走了过来，没提出什么。佳卉对自己负责路段的卫生还是蛮有信心的，每次检查都无一例外地合格。周站长上下打量着佳卉，佳卉知道，一会儿就会有对于自己这身装扮的微词从周站长的嘴里跑出来，比如以后穿得朴素点之类的。李强去世后自己独立承担这段路段没几天，周站长就来这儿检查了一回，那句以后穿得朴素点的话就是那时说的。佳卉开始以为是大检查，午休时问起老罗，老罗说周站长根本没到他那儿去，佳卉就明白了，周站长是对自己不放心。佳卉没有在心里对周站长心存不满，换位想一想，如果自己处于周站长的位置，对于一个打扮得鲜艳夺目的清洁工能否把自己分担区的卫生搞好也会心存疑虑的。一是一，二是二，佳卉从不投机取巧，藏着掖着，她要用自己的行动和汗水证明给他们看，自己与众不同的打扮并不影响自己的工作，自己是一个称职的清洁工。

周站长望着佳卉，笑着说："还别说，这身打扮是比环卫服看着顺眼。"

佳卉低头看看自己的装扮，抬头冲周站长笑了笑。

周站长冲佳卉点点头，说了声"你忙吧，我先过去了"，说完迈步向前走去。

佳卉"哎"了一声。

周站长回过头来，"有什么事吗？"

佳卉笑着说："周站长，其实你笑起来挺好看的！"

"是吗？"周站长伸出手掌在脸上撸了一把，随后朗声冲佳卉笑了起来。

佳卉笑着冲周站长伸出了大拇指。

周站长笑了笑说："对了，有一件好事，公司决定统一给大家办保险！以后大家的人身安全就有保障了！"

太好了！佳卉喜上眉梢，开心地笑了起来。

周站长冲佳卉挥挥手，笑着走了。

午休有一个小时的时间。

佳卉来到一个小餐馆门前，小餐馆名叫"一家人"，佳卉和李强负责这条街的时候餐馆就在，过了这么多年一直在经营着。店面不大，老板娘是一个和佳卉差不多年纪的女人。每天打扫完早市遗留下的战场后，佳卉便会推着垃圾车，嘴里吆喝着沿着街面走上一趟，一趟回来垃圾车上便堆满了从各家餐馆收拢来的垃圾，一来二去便和“一家人”餐馆的老板娘熟了，问起年龄竟然和佳卉同龄，只不过小了佳卉两个月。没事的时候两个人便在一起聊她们共同感兴趣的话题，比如今年流行什么风格什么颜色的裙子，哪个商场又店庆打折了等等。最让佳卉感动的是，老板娘豪爽地对她说：“别的没有，开水管够！”天气冷了，老板娘就会把他们带的午饭放在店内的暖气上，店内的厕所更是对佳卉免费开放。最后一项常常让胡姐有些羡慕嫉妒恨，她负责的路段都是一些比较气派的酒店宾馆，都是去一家宾馆解决排泄问题。可是有一天她急急忙忙钻进宾馆卫生间，迎接她的却是上了密码的厕所，她只有望“厕”兴叹的份儿。无奈胡姐只好弓着腰跑到五分钟路程的公厕去解决了内急的问题。一天下来总有一块多钱的损失，心疼得胡姐直吸凉气。

佳卉走进一家人餐馆，正是中午饭口时间，老板娘忙得只跟佳卉打了一声招呼便闪身进了厨房。佳卉去了一趟厕所洗了手，出来时看见门口堆着一个垃圾袋，随手拎了出来。

餐馆门前的右侧有一棵高茂的龙爪槐，如伞的树冠在台阶上投射下一块可爱的阴凉，这块阴凉就是佳卉午休的地点。李强在时，他们两个人坐在荫凉处。如今李强不在了，不过佳卉也不会寂寞，一会儿胡姐和老罗就会过来了，利用这份难得的午休时间一边吃饭一边拉拉家常。佳卉在台阶上铺了一张报纸，从自行车前筐内拿出一个布兜，从里面拿出一个大瓶的雪碧，不过里面装的不是雪碧，而是佳卉早晨从家里带的凉白开。虽说一家人老板娘免费供应开水，佳卉也不愿意总麻烦人家，冬天讲不了了，夏天她总是从家里带。经过一上午的日照，凉白开已经变得温乎乎的了。佳卉拧开瓶盖，仰头喝了一通，抹了抹嘴，又从兜子里拿出一个塑料饭盒。饭也是早晨从家里带来的，一早起来就把午饭做好，给婆婆留一份，自己带一份。

今天的菜是黄瓜片炒鸡蛋，饭是馒头。佳卉拿起馒头刚咬了一口，就看见老罗从南边走了过来。

“吃了吗？”佳卉问。

老罗冲佳卉扬了一下手里的袋子，在佳卉右上边的台阶上坐了下来。

佳卉说：“总吃馍，也不换换样儿。”说着把饭盒往老罗那边推了推。

“有馍就中。”老罗的言语一向金贵得很。

佳卉想起老罗打电话给她通风报信的事，说：“老罗，谢谢你啊！”

老罗摇摇头，“周站长没有说啥吧？”

佳卉说：“没有。”

老罗掰了一块馒头塞进嘴里，“那就中。”

正说着话，胡姐从北面风风火火地奔了过来，手里拎着个饭盒，耷拉着一张脸。

佳卉往一旁挪了挪，露出大半张报纸，问：“这是咋了？谁惹你了？”

胡姐一屁股坐在台阶上，“还有谁？还不是那个周扒皮！”

佳卉知道，胡姐一定又挨周站长训了。胡姐热衷于收集一些饮料瓶、纸盒、易拉罐等废品，每天在街上是眼观六路，看见可以换钱的废品就撒开两腿奔了过去。她还召集大家把捡到的废品卖给她，到了一定数额她就会打电话给她老公，不长时间她以收废品为职业的老公就会弓着腰踩着三轮车来了。对这件事的热衷自然要影响到自己的本职工作，挨训也就不奇怪了。

“你们说，连个笑都不会，一张马脸拉得要多长有多长，像谁欠他一百吊大钱似的！他家娘们整天对着那样一张脸，还不得自杀！”胡姐愤愤地说。

佳卉笑了，“谁说人家不会笑？今天人家就笑了。”

胡姐问：“你看见了？”

“当然了。没看见我会说？”佳卉说，“对了，周站长说，公司还要统一为我们上保险呢。”

“你说的是真的？”胡姐瞪大了眼睛。

佳卉说：“真的！周站长亲口说的。”

“不赖，不赖！”老罗在一旁嘟囔着。

“这还差不多。”胡姐打开饭盒，声音很响地吃起来。

. 三个人又议论了一会儿公司统一给上保险的事。去年负责建设大路那边的大老李就在上早班时被一辆飞驰而来的大货车撞得小腿粉碎性骨折，货车司机逃逸，大老李又没保险，拿不出高额的医药费，没办法落下了残疾，回老家去了。三个人都慨叹他们这种高危职业以后也有保障了，咀嚼食物的间隙间就掺杂进去了些许的笑声。

一辆白色的轿车停在了路旁楼房延伸出的阴影里。车门处伸出一只穿着高跟鞋的脚，上面是一截玉藕似的小腿，紧接着一个身着黑色深V无袖连衣裙的女人从车内钻了出来。

性感女人从驾驶座椅下抻出一块脚垫，在车胎上用力磕打了几下，重新铺在座椅的前方。然后又将上身探进车内。不一会儿，一些花花绿绿的宣传单以及大概没用的名片，从她性感的腋下飘到了地上。

胡姐碰了碰佳卉，冲性感女人那边努了努嘴，“嗨，看见那边没？怎么个意思？车内大扫除呢。”

佳卉站起身，拎起扫把向那性感女人走去。

作为环卫工人，这种情况经常会遇到。有一次，胡姐就愤怒声讨一个身材向横向发展的富婆在她清扫干净的路面上乱丢垃圾的恶劣行径。胡姐上前制止，请她配合她们的工作，不要随便扔垃圾。没想到富婆火气大得一时间由富婆变成了泼妇，大嚷扔垃圾怎么了？我们不扔垃圾你们这帮扫大街的不失业了？胡姐一时被噎得说不出话来。

佳卉手里拎着扫把走了过去，静静地望着性感女人的举动。

性感女人显然觉察到了，停止了动作，慢慢转过身来，尴尬地望着佳卉，然后把手里的宣传单放到了佳卉手中的撮子内。

佳卉友好地冲性感女人笑了笑。佳卉觉得每个人都是有尊严的，无须用语言提醒她（他），大部分人都会对自己的不良行为感到惭愧而及时停止。

性感女人问："你真的是这儿的清洁工吗？"

佳卉点点头。

"那你……"性感女人上下打量着佳卉。

佳卉知道，性感女人指的是自己的这身打扮。

佳卉说："谁规定清洁工不能打扮得清清爽爽的？"

性感女人笑着点点头。

佳卉把地上性感女人丢的东西扫进撮子内。

一个身着白色公主裙的小女孩走了过来，一只手举着一只雪糕，另一只手捏着花花绿绿的雪糕包装袋，"阿姨，给你放到撮子里。"

佳卉急忙俯下身，把手里撮子的高度低下去。

女孩踮起一双小脚抬起了胳膊，把雪糕包装袋丢进撮子内，然后仰起粉团一般的小脸望着性感女人说："我们老师说城市环境需要大家保持，乱扔垃圾不是好孩子。"

性感女人有些不好意思地低下了头。

小女孩的妈妈站在后面，赞许地冲小女孩笑着。

小女孩忽然扭头指着一处说："那个老爷爷也不是好孩子。"

佳卉顺着小女孩手指的方向望去，只见一个老头肩上搭着一个蛇皮袋子，一只手拿着一个长长的铁钩，弓着腰在马路对面的垃圾箱内翻找着值钱的东西。垃圾被翻腾出来，散了一地。这个捡垃圾的老头佳卉总能看见，差不多每次看见都穿着一件看不出颜色的衣服，右腿好像落下了什么残疾，走起路来拖拖沓沓的，喉咙里拉风箱一样呼呼喘着。有时候佳卉前脚刚把垃圾装进垃圾箱去，后脚就被老头翻了出来。佳卉曾想上前劝阻一番，看见老头的样子又把话咽了回去。大不了自己重扫一回，又费不了多少事。

老头翻找了一会儿，拄着膝盖喘息着。猛然间，老头的身子被风刮了一样，慢慢向一旁倒去。

佳卉快步向垃圾箱方位奔去。

佳卉跑到跟前，见老头躺倒在垃圾箱旁，两眼紧闭，脸上蹭着左一道儿又一道儿的污渍，一只手摊在污水里。

众人也随后赶到了。

佳卉哈腰抓住老头的一只胳膊，扭头招呼着老罗，“帮我把人挪到树荫下面去！这里没遮没挡的！”

“不中！不中！”老罗冲佳卉摆手。

佳卉瞪着老罗，“咋个不中法？”

老罗搓着手。

“是啊佳卉，老罗说得对，动不得啊！你知道他啥原因晕倒的？还是先别动弹他，出了事要负责的！”胡姐说。

围在四周的众人也纷纷议论。

听胡姐这么一说，佳卉只好放下了老头的胳膊。佳卉知道一般心脑疾病患者发病就不能随便移动病人的身体，一旦移动反而会加重病情。

佳卉从挎包内拿出手机刚要给 120 打电话，听见站在一旁的性感女人对着手机大声说 :“120 急救中心吗？我们这儿有个老人晕倒了……”

佳卉把手机揣进挎包内。可是这人总不能在这儿晒着吧。救护车到这至少也得二十分钟，太阳明晃晃地烤着，这人怎么抗得了。佳卉环视了一下周围，阴凉处倒是有，可是这人动不了啊！

佳卉从肩上摘下毛巾折成四棱，蹲下身去，用毛巾给老人擦了擦脸上的污渍。毛巾吃饭前去“一家人”厕所时已经洗过了，不过这时候已经半干了，擦得不是很干净。小女孩的妈妈走了过来，手里拿着一瓶拧开了盖子的矿泉水，示意佳卉打开毛巾。佳卉会意，急忙打开毛巾，小女孩妈妈往毛巾上面倒了一些水。佳卉拧了拧，重新给老人擦脸。然后摘下头上的沙滩帽，在老人的头顶上方扇着风。

胡姐走上前去，把自己头上的草帽摘了下来，戴在了佳卉的头上。

正是一天中最热的时候，一丝风也没有，脚下路面上的柏油被烤化了，踩上去软乎乎的，直往下陷。佳卉只觉得汗水像一条条逶迤的蚯蚓，从她的脖颈一路蜿蜒着向胸前流去。身旁，混合在一起的各种垃圾经过发酵蒸发，散发出比平时难闻上几倍的气味。

飘忽间，暑热的淫威降下去了许多。佳卉往一旁看，一片可爱的阴影将她罩在其中。扭头再往身后望去，只见一双黑色的高跟鞋，上方是两截浑圆的玉藕似的小腿。再往上看，女人手里撑着一柄遮阳伞，玉雕一般的脸上挂着细密的汗珠，正笑意盈盈地望着她。

佳卉站起身来，“谢谢你！”

女人摆摆手，“谢什么。”

佳卉说：“把伞给我吧，我来打着，要不咱俩还卖一个搭一个。”

女人把手里的伞递给了佳卉。

佳卉重新蹲下身去，把伞罩在老人的头上，自己的身子还是暴露在那片炙热的蒸烤中。

小女孩走了过来，手里拿着一袋湿巾，从里面抽出一张对佳卉说："阿姨，我给你擦擦汗。"

佳卉微笑着抻着脖子，任小女孩在她的脸上一下一下擦着。

老罗扛着一个遮阳伞跑了过来，后面跟着"一家人"餐馆的老板娘。众人忙碌着支起遮阳伞，一片更大的阴凉罩在了佳卉的头顶上方。

老头艰难地把眼睛睁开了一条缝儿，虚弱地望着众人。

"老爷爷醒了！"旁边的小女孩兴奋地叫道。

"阿姨，喂老爷爷喝点水吧。"小女孩递过来一瓶水。

佳卉拧开盖子，在瓶盖内倒了一点水，送到老头嘴边，老头嘴唇翕动着，水一点一点润入了老头的嘴里。

佳卉舒了一口气，脸上漾起一抹笑靥。

小女孩拍着小手，跳着脚，欢呼着。

"咔嚓"一声，佳卉扭过头，见性感女人手里拿着手机，正对着她这边拍照。

性感女人摆弄着她的手机。

小女孩跑了过去，踮着脚看着，然后扭头对佳卉喊："阿姨，你真漂亮！"

佳卉扭头冲她们扬起笑脸。

急救车鸣着警笛从远处驶了过来。不多时，又重新鸣起警笛疾驰而去。

众人纷纷散去。

"赶紧跟我去洗洗脸吧。""一家人"餐馆老板娘扬着笑脸望着佳卉。

不多时，一个裙裾飘飘的女人重新出现在午后的街道上。阳光透过遮阳帽的罅隙筛进来，把她画着淡淡烟熏妆的脸庞打造得愈发立体生动。

六月六

青白的光线透过窗帘浸入屋内，室内的陈设影影绰绰地现出了它们不甚清晰的轮廓。

女人用一只胳膊肘撑住炕面，刚想把自己笨拙的身体支撑起来。身旁的男人一骨碌爬了起来，两只手稳稳地扶住了女人臃肿的腰身。还有一个星期，女人就到预产期了，隆起的腹部像倒扣着的一口锅。从七八个月开始，只要女人在夜里稍一动弹，男人便警觉地爬起来帮女人翻身。

女人没有继续躺下，而是支着两条腿，费力地向后挪着屁股。男人急忙拿过枕头倚在了女人的身后。

男人重新把赤裸的上身摊放在炕面上。

“起来吧。”女人一边说，一边抬起胳膊伸出五指把散乱的头发在脑后扎成了马尾。

“我看还是算了吧。昨晚我和小五都说好了……”男人轻声说。

“起来！”女人把手边的一团东西向男人撇了过去，声音中夹带了一丝命令的口吻。

男人叹了口气，慢慢腾腾地爬了起来，把女人撇过来的上衣展开，套在了身上。

女人两只手撑着炕面，将身子向炕沿儿处挪去。

“你躺着吧，我自己埋就行。”男人瓮声瓮气地说，脚步拖沓地向门口走去。

女人没理会男人，继续向炕沿儿处挪着身子。

男人返回身，哈腰从地上捞起两只拖鞋，一边一只，套在了女人的脚上。

“扶我一把呀！”女人的声音中夹杂了一丝撒娇的口气。

男人伸出胳膊刚要扶女人起来，女人伸出双臂搂住了男人的脖子，并在男人的耳朵旁亲了一下。

两个身影重叠成了一个。

传来女人轻轻的窃笑声，以及手掌拍在脊梁上的声音。

女人的速度显然比男人要慢了一个节拍。当女人一只手拄着后腰，一只手护着肚子踱到院中的老梨树下时，男人已经在吭哧吭哧地挖着坑了。

有雾。轻纱一般的雾霭氤氲弥漫着，把房舍、草垛、树木都罩上了一层柔和的乳白色。

女人把目光转向稻草垛下，那里卧着一个黑乎乎的东西。随着月份的增大，男人把喂猪的任务从女人手里剥夺过去了，但是女人每天还是会去猪圈看望那几头从冬瓜大小一直饲养到如今膘肥体壮的家伙。三天前，女人从园子里扯了一把野菜踱到了猪圈前，几个肥头大耳的家伙对她的到来表现出异乎寻常的热情，纷纷从窝内一跃而起冲到圈门口，冲着女人摇着尾巴哼唧着。女人发现平时总是冲在第一个的黑花扭捏着落在了后面。女人笑着说：“今天这是怎么了黑花？怎么让这帮家伙抢了先呢？”女人偏心地把手里的野菜投向了黑花。另外几个贪婪的家伙见状忙调转方向向后奔去。黑花对面前的野菜只是象征性地用鼻子闻了闻，随后慢慢腾腾回到窝内，重新卧了下去。女人说："这个时候谦让的美德可要不得哦，一会儿就没你的份儿了。"黑花眯着眼睛望了女人一眼，复又闭上了。女人见黑花拱嘴上干巴巴的，一点也不湿润，赶紧去叫男人。男人跳进猪圈，伸手在黑花身上摸了摸，试了试，跳出猪圈，骑上摩托去了乡防疫站。接下来的两天，男人早晚两次举着硕大银亮的针管跳进猪圈。黑花开始对男人在它脖子处造成的刺痛还算有些反抗，用不甚高昂的叫声呐喊抗拒着。每次，女人都趴在圈门口替黑花打气，黑花，咱就是猪坚强！这点小病打不到咱！昨天晚上，黑花只是闭着眼睛哼哼了两声，便伸直了四条腿。女人拍着圈门喊："站起来黑花！站起来啊！你不是猪坚强吗？你怎么这么不坚强啊？"女人的声音中夹杂了哭音。男人去找了小五。小五是村里的屠户，每天早晨都要宰杀两头猪去镇上集市上卖。男人从小五家回来后对女人说："早晨三四点钟小五过来把黑花拉走，卖给镇上灌香肠的。"女人没说话。临睡前，男人在一个小本子上计算着黑花的成本，猪本儿钱，加上几个月来吃的饲料，长到一百多斤总共花了多少本钱，卖给小五会收回来多少钱。"啪"的一声，屋内暗了下来。男人说："你怎么把灯闭了？我还没算完呢。"黑暗中传来女人的声音："明早早点起来，把黑花埋了。"女人侧身躺在炕上，感到背后男人投射来的锥子似的目光。

雾霭的质量在变薄，一个磨盘大小的坑的轮廓呈现在老梨树下。男人停了下来，拄着铁锹把儿望着女人。

女人也望着男人，随后以她固有的经典形象向稻草垛踱去。

"姑奶奶，行了行了，我来吧。"男人把铁锹靠在树干上，几步赶上女人，向稻草垛走去。

女人重新踱回老梨树下，望着男人吭哧吭哧把那团东西从远处拖回来，扔进坑内。接着，铁锹与泥土接触，发出铿锵的声音。

“黑花，咱在这里好好睡觉，好吧？”女人喃喃地说。

这时，院门口传来了敲铁门的声音。

一个黄色的身影从雾霭中窜了出来，昂着头冲着院门处汪汪地叫了起来。

霞光金水一样普照下来，满院子耀人的眼。院子内沸腾起来了。猪叫，羊咩，狗吠，像一曲大合唱。

“行了行了，别抗议了，马上就给你们开饭。”女人笑眉笑眼地说。

猪圈那边安静下来了，想必男人已经给那些性急的家伙嘴里塞满了食。

女人一手撑着后腰，一手提着半捆青草来到羊栏前。母羊的腹部圆滚滚的，乳房肿大。这两天母羊就要产羔了。

女人把青草丢进羊栏内。母羊翕动着鼻翼，很挑剔地用嘴捻起一棵青草，漫不经心地嚼着。

“喜羊羊，你怎么吃那么点儿？这个时候可不能减肥，你看看我！”女人摸着自己的肚子，“咱们两个大肚婆比试比试好不好？”

女人咯咯地笑了起来，引得一旁的黄狗讨好地支起一双前爪，冲女人不住地作揖。

“闹闹，你着什么急？人家喜羊羊就要当妈了，理应当先吃，对不对？等着，马上就给你开饭！”

女人向屋内走去。

一只土黄色的猫从屋内伸着懒腰走了出来，看见女人喵地叫了一声。

女人板起脸，“大黄你看看，”女人反手指着天上，“这太阳都晒屁股了你才起来，能不能行了？瞧你这腰身，赶紧出去运动运动，减减肥！”

大黄听话似的窜到屋前的一棵枣树下，冲着斑驳的树干伸展开前爪，在上面挠了几下，然后沿着树干窜了上去。

“这就对了嘛。要不然你这体形哪个女猫会喜欢你？”

女人重新向屋内走去。

和猫儿狗儿说话的工夫，锅里的粥已经煨熟了，浓浓的米香味儿直往女人的鼻孔内钻。

女人刚把粥盛在碗里，院门口的铁门传来了咣当的一下。不过这一次闹闹没有冲来人高声狂吠，而是发出了哼哼叽叽类似撒娇的声音。不用看就知道是公公回来吃早饭了。

公公在村西种了二亩地的西瓜，西瓜拳头大小时，公公就搬到瓜棚去住了。女人月份小的时候，公公忙着田间管理，女人常常挎着篮子把饭给公公送到瓜地去。如今女人月份大了身子也笨了，公公就回来吃。

“回来啦爹，吃饭吧！”女人扒着门框探出头，脆生生地喊。

公公把一个脸盆大小的花皮西瓜放在锅台上，用搭在肩上的毛巾擦了一把脸说："明个儿西瓜开园！今个儿我挑了个瓜王，抱回来给我孙子尝个鲜！“

“真是瓜王呢，这么大的个儿！”女人嘴里不住地赞叹着。

早饭很简单，白米粥，花卷，菜是碧绿的腌辣椒、腌黄瓜，外加一盘葱花炒鸡蛋。

男人和公公一样，呼噜呼噜地转着碗喝着粥，声音很响。

女人坐在两个男人对面，心里说，真不愧是爷俩，连吃饭都像！女人喜欢看爷俩吃饭时的样子，好像香味能从唇齿间跑出来，食欲再不好的人也能被他们带动起来。受了男人的感染，女人也转着碗，声音很响地喝起了粥。

公公放下了碗，对男人说："给去年来收瓜的那两个人打个电话，告诉他们明个儿开园！"

男人刚好放下了筷子，起身去屋里打电话。

女人边喝粥边听着男人断断续续地打电话。

等男人从屋内蔫头巴脑地走出来，外屋的人已经把通话的内容基本搞清楚了。

公公吧嗒吧嗒地抽着旱烟，问："都这个价？不能涨个几分？"

男人垂下头说："人家说这个时候瓜都下来了，滞销，城里零售才卖三四毛钱一斤。"

公公吧嗒旱烟的频率加快了，力度也更深了。

女人知道，按照刚才电话里说的一毛钱的收购价，扣除承包的土地费用，加上种子化肥等开销，公公种的这两亩西瓜只赔不赚。

女人放下粥碗说："爹，您不用上火，又不是咱一家这个价，都这个样。今年就这样，明年咱换早熟品种，错开这个时候。"

公公从烟雾中抬起眼帘，"啥早熟品种？"

女人说："我在网上看见有一种名叫'黑美人'的西瓜新品种，瓜不大，却高产，风味也好，而且上市时间早，比咱现在种的普通花皮瓜早上市二十多天，价格也比花皮瓜高上一倍。"

公公浑浊的眼睛一亮，"有这样的新品种？"

女人点头，说："我再上网搜搜，有空让你儿子去考察考察。"

公公的眉头舒展开来，伸出脚在地上碾灭了烟头，然后压低声音问："小五给了咱多少钱？"

男人一怔，抬眼不知所措地望着女人。

女人把三只空碗摞在一起，说："爹，我们把黑花埋了。"

"埋……埋了？"公公瞪大了眼睛。

女人把三双筷子划拉在一起拿在手里，在桌子上顿了一下，说："嗯，埋在老梨树下面了。"

公公愣怔了一会儿，背剪起双手大步向外走去，同时把四个字重重地掷了回来：败家玩意!

男人怔怔地望着女人。

女人把手里的抹布投了过去，“还傻站着干啥？赶紧去吧，大家伙儿都在等着你这个龙头呢。”

男人醒过神儿来，“那我去穿衣服了啊？”

女人说：“穿吧。”

男人走进屋内。不多时，一个头扎红巾一身白色裤褂腰扎红绸的汉子走了出来。

女人的眼睛春水般亮了起来。

男人低头环顾着浑身上下，忍不住自诩道：“你爷们儿我今天是不是有点帅呆了？”

女人扑哧一笑，用手抚摸着肚子说：“儿子，你爸是不是有点臭美不害臊？”

男人笑嘻嘻地转身向外走去。

女人抱着一床被子从屋内走出来。

今天是六月六。村里有六月六，人晒衣裳龙晒袍，家家户户晒红绿的说法，就是把被子、衣服统统抱出去晒晒，见见阳光，俗称晒霉。

在女人慢悠悠的来回走动中，院内的墙头上、篱笆上绽放开了大片花团锦簇的花朵。几只蝴蝶以为是真的花朵呢，纷纷翩翩而来落在上面，发觉后又扑扇着翅膀飞走了。

大黄贴着女人的腿，瞪大着眼睛，仰着头好奇地遥望着那些翩飞的蝴蝶。

女人抱着肚子咯咯地笑了起来，细长的眼睛笑成了两弯月牙，“大黄，你说是不是应该给它们配副眼镜戴戴？”

女人手里拿着一挂大地红向院门口走去。

女人一只手撑着后腰，一只手用竹竿挑起大地红，搭在黑漆的院门上。红带子似的鞭炮从上面垂下来，足有好几米长。女人摸着肚子说："儿子，等你爸舞到咱家门口，咱就放！"

院门敞开着，女人走出院门，眼睛向村街上巡视一番，不见她想象中的情景。女人踅回来，慢悠悠地往回走。经过老梨树时，女人的目光不由自主地瞟向了树下隆起的土堆上。

女人叹了口气，向上房走去。

女人捧出一个竹篓，里面是花花绿绿的丝线。女人做姑娘时就有一手绣十字绣的手艺，小姐妹们经常聚在一处飞针走线。结婚后，娘家村上一个姐妹从县城一家十字绣店揽了代绣的活计，像她手里马上就要完工的这幅满绣花好月圆，她可以赚到三五十块钱。女人坐在枣树的阴凉下，加快了走针的速度。趁着还没临产，她要把黑花的损失赚回来！

上一次娘家妈来家里串门，看见女人腆着肚子在一针一线地绣着十字绣，心疼得差点掉下泪来。娘家妈摩挲着女人的手说："你这眼瞅着就要生了，添丁进口，以后多一个人多不少开销，还是让他们爷俩儿出去打工吧。"女人把脑袋摇得跟拨浪鼓似的，她说："以前我没过门儿我管不着，现在我是这个家的人了我就要管，我说啥也不会让他们爷俩儿去打工，一家人在一起，这个家才叫个家。"娘家妈懂得女儿的心，没声了。女人嫁给第一个丈夫是在腊月二十二，吃过正月十五的元宵，那个男人就带着一身她的气味一步一回头地跟随村里的打工大军返城了。柳条儿返青时，女人去城里捧回了一个骨灰盒——她那还有些陌生的丈夫从二十层高的楼上坠落下来，用他短短二十几年的生命换来了几沓粉红色的散发着油墨味儿的纸币。以至于她后来一闻到新纸币的油墨味儿就会不由自主地呕吐起来。嫁给现在这个男人后，面对春节大包小包衣锦还乡风光无限的乡邻，男人很自然地动了进城打工的念头。女人坚决不同意。女人的不同意不是简单的阻止，她极力寻找着迫使男人留下来、留在自己身边的强有力的措施。她极大发掘开来女人自身的魅力，使男人像鱼儿离不开水、猫儿见了鱼一样依恋她、离不开她。其次，她又找寻了一条比自身魅力更为重要的经济上的理由。村里大部分强壮劳力都去城里打工了，剩下的老弱病残、孤儿寡母，对繁重的土地劳作是心有余而力不足。她从那些人家手里承包了二十多亩地，又拿出自己的积蓄给男人购置了一些自动化和半自动化的农机具，使得男人对承包的二十几亩地的劳作游刃有余，轻松驾驭。虽说效益不是很可观，但是，每天男人都可以出现在自己的视线中，一家人平平安安守在一起，女人很满足。一次，女人在被窝里笑得稀里哗啦的，男人揽过女人光洁的肩膀问她笑什么。女人说："二十多亩地，在过去你就是个地主！"男人一个饿虎扑食把她压在身下，说："那你就是个地主婆！"

渐渐地，白色的布面上清晰地呈现出几支娇艳的牡丹花，旁边枝头上卧着两只交颈而眠的翠鸟，上面是一轮皎洁的月亮。好一幅花好月圆！

女人双手展开竖在肚子前，"儿子，看看妈绣得咋样？手艺不错吧！"

一块硬硬的东西顶在女人的肚子上，把圆鼓鼓的肚子顶出一个突兀的包。女人轻轻拍了一下那个隆起的包，又用小脚丫顶妈！不老实！

从爬满眉豆花的篱笆那边探出一颗脑袋，"你这一天，不是和猫狗说话，就是和你儿子唠嗑。我在这边听你整天乐呵呵的，咋就没一点愁事呢。"

女人一看，是西邻二嫂。

女人起身走到篱笆旁，朗声道："愁事家家有，看你怎么看。依我看，愁事就像早上的雾，你一笑，太阳就出来了，它就散了。雾散了，天儿也就放晴了。”

二嫂的儿子小宝嘴里衔着手指，哼哼叽叽地走了过来，“我要吃雪刀，妈，买个雪刀呗。”

女人闻听想笑。这个小宝刚过两个生日，说话口齿还不是那么清晰，比如把冰激凌叫作冰激 len，后面的字发的还是二声的音。再比如，把雪糕说成雪刀。听了实在叫人忍不住想笑。

“我瞅你像个雪刀！”二嫂推了小宝一把。

小宝一屁股坐在地上，蹬着两条腿，撒泼似的哇哇大哭起来。

女人说：“小宝不哭，等着婶儿给你拿好东西去！比雪刀好吃上一百倍！”

小宝止住哭声，一抽一抽地望着女人。

“等着，婶儿这就给你拿去！”女人支撑着后腰，转身向屋内走去。

不一会儿，手里拎着一个白色的塑料袋走了出来，里面是半个红瓤儿的西瓜。

女人来到篱笆墙边，把西瓜递给二嫂。

二嫂说：“这……这可怎么好……”

女人说：“自个家瓜地的，给孩子吃吧。”

小宝接过西瓜，歪歪扭扭地奔回到门口，一屁股坐在地上，迫不及待地啃了起来，小脸上弄得左一道儿右一道儿的，像个花脸的小猫。

放在往常，女人早就笑得弯下了腰。这一次，女人的笑容却僵在了脸上。

坐在门口椅子上的二哥垂下头，不住捶打着自己的右腿。

从家里出去打工时都是全须全尾胳膊腿齐全，回来时不是少了这样就是少了那样，二哥身上的零部件倒是齐全，一条腿却残了，走路一瘸一拐的，重活儿一点也干不了。

女人忽然想起晒霉的事，高声说："二嫂，你怎么没把被褥抱出来晒晒？"

二嫂拍了一把乱糟糟鸡窝似的脑袋，说："看我忙得没头苍蝇似的，把晒霉的事都给忘了。"

女人说："赶紧抱出来晒晒，晒晒霉运！"

二嫂说："对对对！抱出来晒晒，把霉运都给它晒跑了！"

两个女人母鸡似的咯咯笑了起来。

隔着爬满眉豆的篱笆，一粗一细，一嗔一憨，两股笑声绞在了一起，飘啊飘上了半空。

远处传来了铿锵的锣鼓声。

女人脸上一喜，舞稻草龙的来了！

二嫂说："我就愿意看你家爷们儿舞龙头！那精神头，还有那一招一式，要多好看有多好看！"

这话倒是不假。当初女人就是来村里亲戚家串门，看了男人的一场舞稻草龙后，晚上男人就钻到她的梦里来了。

女人满脸自豪地笑了起来。

二嫂想起什么，问："鞭炮准备好了？"

女人回身一指院门口，"早让我挂在大门上了，就等着舞到门口放呢。"

二嫂大声说："咱也不能落后！小宝他爹，你把过年留下的那挂鞭找出来，咱也去门口等着！"

女人的步履明显加快了。

女人来到院门口，村街上已经聚集了不少人，想必都是被喧闹的锣鼓声吸引出来的。有的拿着鞭炮正往大门上方挂，挂完了的就在离自家不远的村街上互相聊着天，等着那个时刻的到来。

每逢六月六，村里都有舞稻草龙的习俗。几个有经验的能工巧匠早在几天前就聚集到村委会，按照龙的样式用竹、篾以及稻草扎好了龙身。稻草龙需要手巧的人来扎，舞稻草龙也不是什么人都能胜任的。这个时候男人就派上了用场。女人听说公公年轻时就是舞稻草龙的好手，而且舞的是龙头。龙头不是什么人都能舞的，不仅需要力气，还需要技术性。龙头是什么？龙头就是龙的魂，是整条龙最重的部分，整条龙的威武、神韵以及精气神都凝聚在龙头上，重要性可想而知。男人十几岁就跟在公公后面学着，一招一式章法套路无不通晓。这几年公公上了年岁，舞不动了，男人自然顶替了公公的位置。去年，舞龙头的就是男人，手持龙珠的是与他家一家之隔的秦五叔。

只听见锣鼓一阵紧似一阵的喧闹声，却不见婉转绵延的舞龙队伍。女人知道，稻草龙的请龙仪式相当郑重，由村里有声望的老人把龙请出来后，再进行点睛，然后才能走上村街，挨家挨户进行表演。

女人看见秦五婶手里拉着孙女，正在指挥一个十来岁的小把戏爬上门垛儿，把一挂鞭炮挂在上面。小把戏猴子一样爬了上去，秦五婶一会儿左一会儿右地指挥着小把戏把鞭炮挂端正。

挂完后，秦五婶回身看见了从女人头顶上方门垛上垂下来的大地红说：“哟，她婶，你家这挂鞭可真够长的！”

“那也没五婶家的长呀！”女人道。女人知道，秦五婶的这句话是引子，目的就是把她的这句话引出来。

秦五婶的脸上流露出满足的神情。

秦五婶走了过来，问：“看你身子这么凶，快到日子了吧？”

女人说：“还有一个星期预产期。”

秦五婶说：“人都说怀小子懒，我怀大壮时身子就懒洋洋的，啥也不想干，整天就想躺着。怀英子时就不一样，浑身飘轻，走起道来一阵风。我看你不懒，十有八九是个丫头。”

女人笑了。她知道，大壮媳妇给她生了个孙女，所以她不希望别人怀的是男孩。听人说她儿媳妇被推出产房，她听护士说是个女孩，晌晴的脸上顿时飘来了一朵云。

女人顺着秦五婶说：“姑娘好，姑娘是娘贴身的小棉袄。”

秦五婶说：“谁说不是呢。就说我这宝贝孙女，”秦五婶一把抱起孙女，“道儿还没走稳当呢，就知道惦记我这个奶奶，有啥好吃的头一个颠颠地给我送来，亲着呢。”秦五婶说完兀自哈哈地笑了起来。

这话倒是不假，女人有一次就看见孙女往秦五婶的嘴里塞着饼干，秦五婶的一张脸笑成了一朵老菊花。只是看见谁手里扯着儿子或者怀里抱着孙子，那朵云彩还是会飘上秦五婶的脸。

“我就稀罕姑娘！你看咱家英子，从心里往外知道心疼爹妈。这不，他爹今个儿身子不熨着（舒服），说什么也不让他爹去，大清早从镇子上赶回来，抢着替她爹去要了龙珠！”

女人心里一震。过门儿前，男人向她坦白曾和英子谈过一段恋爱。英子比男人小两岁，基本算作青梅竹马。秦五叔和公公因为共同的兴趣也算投契，只是秦五婶不同意。秦五婶的不同意是有理由的。婆婆活着时在炕上瘫了四五年，家里仅有的一点家底都拿去给婆婆看病了，女人过门后还替家里还了欠外面的饥荒，哪个当妈的愿意把姑娘嫁到这样一贫如洗的家庭？虽然知道英子只是在她之前的一段插曲，男人现在和英子早已是萝卜是萝卜，白菜是白菜，没有一点关联。但是听到这个消息，女人的心里还是泛起了一股酸意。要知道，舞稻草龙这种古老的习俗，历来讲究的是珠不离龙，龙不离珠，珠环龙绕，龙随珠舞。

猛听得鼓声喧天，一群人簇拥着一支队伍由远而近向这边而来。舞稻草龙的队伍行进到每家门口，都要停下来紧锣密鼓地舞上一两分钟，预示着这一家龙凤呈祥，诸事顺意。而主家都要燃放鞭炮，以示回敬。

村街上聚满了人。每家大门口都站着这家的主人，期待着那个神圣的时刻。女人扭头向村西街望去。

公公背剪着双手，从那边走来了。早上，男人走后，女人出了家门，去村小卖店买了一条红梅烟，然后去了村西的瓜地。公公见她来了，抬头看了她一眼，没吭声，仍旧埋头干自己的活儿。女人低下头掩口一笑，抬手把挂在瓜棚内的藤条筐拿下来，把手里那条烟放了进去，随后又把挂在旁边的汗褂子摘了下来。走出瓜棚，女人脆生生地喊了一声："爹，别忘了到时候回家接龙啊！"

一阵噼里啪啦的鞭炮声后，队伍从硝烟中闪现出来，向女人家而来。

只见英子手持龙珠在前面开道，男人高举着龙头紧随其后，后面是长有九节的龙身，都是由稻草编成的，上面装饰着一些彩饰。龙头很逼真，宽阔的前额，遒劲的龙角，刚毅的龙须，口中含着一颗硕大的珠子。男人立在龙头下，一身的白裤褂。英子手持龙珠，一身的红裤褂，一白一红，煞是醒目。

按照习俗，主家只有点燃了鞭炮，稻草龙的鼓点才能响起来。女人挺着肚子，迈步来到男人跟前，伸出手把男人腰间的红绸解开了。

眼花缭乱间，一个硕大的蝴蝶结在男人的腰间缭绕生花开来。

男人抬起头，目光暖暖地注视着女人。

女人微微一笑，扭头冲站在大门口的公公喊了一嗓子："爹，接龙吧。"

从门垛上垂下来的那条红色的长龙跟着鼓点炸响开来。

英子手里转动着龙珠，龙头寸步不离追随着龙珠，龙身随着龙头上下翻滚，摇头摆尾。英子灵巧地转动着龙珠戏耍着龙头，龙头时而腾起，时而向下俯冲。英子柳条一般的身姿一闪滑向了龙尾。龙头掉转方向紧追不舍，一个漂亮的龙首穿裆，眨眼间已闪身到了龙尾处。人群里爆发出一阵阵喝彩声。男人回过头望着女人，一张得意的脸上满是汗水。女人眼波流转，冲男人粲然一笑。

秦五婶有几分自嘲地嘎嘎地笑了起来，说："告诉你一件大喜事，英子的喜日子定了，就在八月二十八！"

如今英子在镇上的一个服装厂上班，不常回来。前不久，女人听说英子处了一个镇上的对象，谁知这么快就定下了喜日子。一直以来，英子找对象的标准很高，左挑右挑直到把自己挑到了二十七八，不是说这个个头不够高，就是说那个没男子汉气魄。有一次，女人问英子到底想找个什么样的。英子给出了一个标准，身高要多高，长相要如何，脾气秉性要什么样的，女人一听，简直说的就是自己的男人。女人的心里时不时会泛起一丝危机感。如今听秦五婶这么一说，女人心中的石头"扑通"一下落了地。

"这可是大喜事，到时候我们两口子带着孩子头一天就过去！"女人顿了顿，说，"我还要单独送英子一份礼物！"

秦五婶连连笑着说："好！好！"

女人想，到时候随礼的份子钱只会比街坊四邻多不会比他们少，并且她还要把那幅今天刚完工的花好月圆买下来，送给英子！

人们潮水般聚集在堤坝上。堤坝里面是一片河水，西天上，一大片火烧云烧得正旺，河水被染成了金红色，人们的脸上都涂了胭脂似的被镀得红艳艳的，连在堤坝上撒欢儿的闹闹都变成了一只小金毛。

每年的这一天，稻草龙在村子内舞上一圈后，最后的目的地都是这里。舞过的稻草龙要在这里烧掉，俗称送龙。每家从家里带来一把稻草，点燃后用力甩到稻草龙上方的半空中，甩得越高越好越吉祥。甩火把的差事，公公自然让给了男人。男人点燃稻草把，赤裸的胳膊上像蹿起一只大老鼠，火把倏地上了天，仿佛投进了那片燃烧的火烧云中。

无数只火把落下来，落在稻草龙上。火苗舔着稻草，火焰越燃越高，一时间像天上地下同时着了火。

闹闹率先蹿进了院子，接着又箭一般蹿了回来，扯住了女人的裤脚。

男人呵斥着闹闹："嗨，干什么呢？我告诉你闹闹，如今她可是咱家熊猫级的……高级保护动物！"

女人笑着伸出胳膊，男人赶忙扶住，说："看见没？要重点保护的。"

闹闹却扯住女人的裤脚不松口。

女人低下头，"闹闹，出什么事了？"

闹闹松开口，扬着脖子冲着羊栏那边叫。

男人猛然醒悟过来，喜羊羊要下羔子了！

女人推开男人，赶紧去看看啊！

男人撒腿向羊栏奔去。

女人用手撑着后腰，也加快了脚步。

喜羊羊浑身湿漉漉地躺在稻草上，支着两条后腿，一蹬一蹬的，喉咙里发出呜呜的声音，下身露出一只粉红色的蹄子。

女人喊："喜羊羊加油啊！你的孩子就要出世了！"

喜羊羊喘息着闭上了眼睛。停了半刻，猛地复又睁开，同时喉咙里发出"呜"的一声大叫。"扑通"一声，一团包着黏膜的东西落在了稻草上。

"生了！"女人高呼着。

喜羊羊扭回头，一下一下舔着小羊羔身上的黏膜。

小羊羔试图想站起来，两只前蹄用力蹬着地面，刚趔趄着站了起来，“扑通”一下，又趴下了。

喜羊羊的眼睛亮晶晶地望着小羊羔，喉咙里发出“咕隆咕隆”的声音。

女人握紧拳头，“听！你妈妈在为你鼓劲加油，站起来呀！”

小羊羔像听明白了女人的鼓励，经历了几次摔倒后，终于摇摇晃晃地站了起来。

女人拍着巴掌，冲喜羊羊母子俩高高地竖起了大拇指，好样的！

忽然，女人哎呦一声弓下了腰。

男人回过头，“咋了？”

女人捂着肚子笑着吸了口气，“你儿子也要出世了……”

路一凡的关键词及其他

好久没有这种感觉了。推开档案馆那扇厚重的玻璃门，路一凡竟有几分跃跃欲试。

平时路一凡都是以百米冲刺的速度扑到那个挂在墙上的指纹考勤机前，把早已竖着的食指一下子杵在感应区上，然后像跑完马拉松一样趴在上面呼呼喘着粗气。对于这个电话机似的家伙，路一凡真是恨也恨不起，爱也爱不起。每天你不按时到它面前报到，你包包里的 50 元大洋就变成浮云了。今天，路一凡也是以这种速度冲到考勤机面前，只不过他没有像往常一样伸出食指，而是围着考勤机打着转，两手不住地搓着，像在打量一个初次相识的 MM，想上前亵玩又不敢贸然行动。

路一凡抻着脖子向门口望了望，然后掏出手机，冲着里面喊："哥们儿，拜托你提点速行不？"

"Hold 住哥们儿！来了，来了。"龙非手里举着手机，气喘吁吁地冲进门来。

路一凡三步并作两步冲了过去，扯着龙非的胳膊，把龙非拉到了考勤机前，赶紧的，我等得花儿都要谢了。说着向门口看了看，见没人进来，急忙从包内拿出一个硅胶指套，套在了龙非右手的食指上。

龙非把套了硅胶的食指举到眼前看了看，又把目光移到了路一凡的脸上，"你这山寨版的玩意灵吗？"

"灵不灵试试不就知道了嘛。"路一凡扯了一下龙非的胳膊，低声说。

龙非说："我还是先把我的正版货先按上，一会儿让你搞得忘了。"龙非伸出中指，在感应区上按了一下，滴的一声，考勤机提示打卡成功。

"赶紧的！"路一凡催促道。

龙非举起食指，"哥们儿，我可要行动了哦！"

路一凡显得既紧张又有点兴奋，递给龙非一个鼓励的目光。

龙非举着食指在感应区内按了一下，考勤机同样传来滴的一声。

路一凡打了个响指，哦耶！搞定！

自从档案馆紧跟形势，装了那个坑爹的指纹考勤机后，路一凡就纠结到家了。打的从家到单位要三十多大洋，一次两次还可以，时间长了实在承受不了。挤公交至少要提前一个半小时出门，那种集单杠、吊环、散打、瑜伽、柔道、平衡木等多种体育和健身项目于一体的交通工具对他来说简直就是一种折磨。其实到了单位也没什么事，每年举办有限的几次展览，除此之外也没什么大事，每天上班无非是上上网，聊聊天，领导也是睁一眼闭一眼，但是场面还是要走的。前两天，他和龙非在大排档吃烧烤，正说着话，一个美女袅袅婷婷地走了过来，一屁股坐在了龙非的腿上，双手搂住了龙非的脖子。就在他和龙非愣神的工夫，美女笑得花枝乱颤，掀掉脸上的硅胶面具，原来是龙非的女朋友。龙非说："我还以为撞了桃花运呢。"龙非女朋友白了龙非一眼，说："还狗屎运呢。"路一凡拿起龙非女朋友的面具，硅胶制成的面具简直就是栩栩如生，颜色跟人的肤色很接近，摸上去手感也和人的皮肤有些相似，柔软而有弹性。路一凡问："这个是从哪儿弄到的？"龙非女朋友说："网上啊！"龙非说："网上还卖这个？"龙非女朋友不屑一顾，"你们真是 Out！还有卖指纹膜的呢。"龙非问："指纹膜是神马东东？"龙非女朋友说："就是替你打卡考勤的啊！"路一凡一震，"还有卖这个的？"龙非女朋友套用了一句广告语："一切皆有可能。"路一凡把这件事放在了心上，回去上网在百度搜索栏内输入指纹膜后，结果显示有上万条指纹膜的相关信息。如今网上办指纹膜有两种方式，一种是把自己的指纹寄给卖家，对方做好后会快递给你；另外一种就是自己动手，卖家提供一套指纹膜制作材料，快递给你后，按照卖家提供的制作方法，自己动手制作。第一种方式极有可能把你的指纹泄露出去，林子大了什么鸟都有，你敢担保哪一个就是奉公守法的公民。路一凡分分钟便选择了后者，花了不到 100 块钱，从网上买了一套指纹膜的材料。昨天晚上，路一凡沉浸在一种前所未有的充实的状态之中，他为找到这么个可以消磨时间的事情而有几分激动。他甚至故意做得很慢，有些享受制作过程的意味，花了三四个小时，指纹膜做好了。拿着自己的杰作，路一凡微微有几分失望，不是做得不好，而是觉得怎么这么快就做好了呢？随之而来的一个问题盖过了那种失望，硅胶上面的指纹非常清晰，和自己的指纹一模一样，但是真的能骗过考勤机吗？在昨晚接下来的时间里，路一凡的心中充满了期待，以至于竟辗转反侧睡不着。早上爬起来饭都没吃，打车去了单位。

如今，所有的担心都变成了浮云。路一凡拍了拍龙非的肩膀，"怎么样？给力吧？明儿个给你也弄一个！"

"真的？"

"没问题！包在我身上了！"路一凡拍着胸脯。

龙非激动地说："以后打卡这件事就交给我了！"

"成交！咱们一替一天，轮着来！"路一凡伸出手掌，和龙非猛一击掌。

走进办公室没多久，打卡一事带来的那股兴奋劲儿很快就失去了威力。龙非有一个比喻说得非常到位，他说每天走进办公室的感觉就好像背后有一个人端着枪把他逼进来的。龙非的这个比喻一出炉，就得到了同一个办公室的网购控美女冉冉五分的好评。路一凡也有这种感觉。每天的早晨，他都是沮丧着一张脸走进办公室的。路一凡瘫坐在椅子上，又恢复了以往的状态。一段时间以来，路一凡常常感到失眠健忘，脑袋昏沉沉的，浑身无力，上到三层楼就呼呼带喘。干什么都觉得没劲，打不起精神，也没食欲，见什么都没胃口。他在百度中输入了上面几个关键词，搜索了一下，也没搜出什么子午卯酉。

办公桌上散乱地堆着报纸，电脑开着，屏保不断变换着一个个身材惹火、风情万种的美女图片。脑残的都能看出来是不折不扣的赝品，那黑丝覆盖下的长腿恐怕是经过吸脂的吧？那见了让人流鼻血的爆乳，里面怕是充满了没有血管和神经的硅胶。懒得上 QQ，更懒得上微博。开始时，路一凡对 QQ、微博还是很上心的，没事就挂在上面，也不管什么人，到处加好友加粉。如今，路一凡觉得实在没劲。他觉得自己的生活就是一种复制和粘贴，在单位复制昨天的工作粘贴到今天，下了班复制一成不变的生活，然后也同样粘贴到今天。

龙非像发现新大陆似的奔了过来，"哥们儿，快看快看，围脖加粉儿，一毛钱一个，好便宜哦！"

路一凡白了打了鸡血似的龙非一眼，"怎么？你想加？"

"要不来两块钱的玩玩？"龙非的眼里闪着光。

路一凡嗤了一声，“没劲！”

龙非说：“那你说干什么？”

路一凡拿起桌上的一张报纸递到龙非面前。

你饶了我吧。龙非径直向靠窗口的美女冉冉走了过去，看了屏幕一眼，大惊小怪地叫道：“我勒个去！又在网购？美女，你有木有搞错耶？”

一个不热衷网购的人永远体验不到网购的快乐！那种感觉就像礼物从天而降，让你期待得不得了！冉冉拿起一袋薯片，咔嚓咔嚓地吃着。

门口又出现了那个操着河南口音的小快递员圆圆的脑袋，“姐，姐，俺给你送快递来了！”

“亲，你太给力了！来得太及时了！”冉冉风一样飘了过去，“我会打电话到你们公司给你好评哦！”

小河南满脸带笑，“中，中。”

冉冉签完字，用手撕着包装，哦，我的牛肉粒、开心果、曲奇饼，好好期待哦。

冉冉堪称不折不扣的网购控。衣服、鞋子、包包、饰品、BB霜，凡是淘宝上有的，也不管有用没用的，统统豪爽地鼠标一点下订单，好像不要钱似的。隔上个三天两天的，那个小河南就颠颠地把快递送上门来了。路一凡曾经有一次看见她淘回来三顶毛线帽、两个假发，却一次也没见她戴过。

花花绿绿的包装摆了一办公桌。冉冉打开一袋开心果，一边往嘴里塞，一边让着路一凡和龙非，“表客气，你们吃哦。”

“谢了哦。”龙非一边大嚼着一边含糊不清地说。

路一凡没胃口，他歪在椅子上，摆弄着桌上冉冉剥剩下的开心果壳。白色的果壳在路一凡的描绘下，一会儿是一张笑脸，一会儿又耷拉下嘴角，变成了一张哭丧脸。

走廊上传来了开会的通知。三个人慢吞吞地站起身，迈着同样慢吞吞的脚步，向办公室外走去。

会议在大会议召开。如今的会议就是催眠会，不到十分钟，坐在路一凡右边的龙非就在报纸的掩护下进入了梦乡。龙非说会议室具备某种催眠的魔力，通常情况下，龙非游弋在梦乡的时间和会议的时间等同。坐在自己前边的冉冉正在桌子底下玩着她的 iPhone4s，正常情况下也和开会的时间等同。冉冉一边玩着，一边不时弯下腰去往嘴里塞一颗巧克力豆，腰部呈现出一道丰腴的亮白。路一凡来了精神，掏出手机在桌子下面给冉冉发了一条微信：吃货一枚！冉冉回头斜了路一凡一眼，回复一句：你管呢。路一凡想起在网上看见的一句话，脸上诡秘地一笑，写了一句：我还想请你在配偶栏内签名呢。冉冉回敬：不要迷恋姐，姐让你吐血。

短暂的调侃过后，路一凡又恢复了百无聊赖的状态。

路一凡歪在椅子上，眼睛盯着台上，像在上演着一部无声的默片，前面一把手的嘴在一张一合地动，像一条不断吐着泡泡的鱼。

忽然手机传来了微信声。路一凡以为又是前面的冉冉发来的，打开手机一看，却是安若熙发来的。这个安若熙是路一凡前不久闲来无聊通过摇一摇找到的，在隔壁写字楼上班。一开始看头像是个美女，不过如今强大的 Ps 技术已经令人叹为观止，凤姐都能 p 出范冰冰来，还有什么不可能！路一凡想起一个在网上看见的段子：网上姑娘一回头，阎王躲避鬼见愁；网上姑娘一回头，哈雷彗星撞地球。网上皆恐龙。路一凡还坚信，安若熙这个名字也一定不是对方的真名，就像自己在微信上用的名字瑞恩一样，现在谁还用真名！管她是美女还是霉女，找上门来，聊聊再说！就算是恐龙，也总比冗长枯燥的会议提神得多！

聊了几次后，顺理成章地，他们见了面，路一凡不得不把“网上无美女”这句话改了。安若熙确实是个美女，白皙的肤色，新潮时尚的梨花烫卷发，更吸引路一凡眼球的是安若熙凹凸有致的身材。安若熙属于那种该凸的地方凸、该凹的地方凹的很性感的女人，深V领的无袖上衣，把她胸前的波峰浪涌表现得淋漓尽致。路一凡对安若熙的感觉很好。

两个人又你来我往没话找话地聊了起来，直到传来一阵噼里啪啦的离座声。路一凡四外环顾，才发现会议已经结束了。微信可以作为提神剂，也可以使令备受折磨的开会时间变得短暂了——微信的好处不得不算上一条。

十一点刚过，办公室的几个人就开始摩拳擦掌，准备向食堂开拔了。可以这么说，吃饭是继网络之后从外界获得信息的绝佳途径，你不想听都不行，直往你耳朵里灌。某女明星真空上阵大秀事业线被爆整容，末日病毒将在五年内发生，推断人类最古老祖先竟酷似松鼠……明星八卦奇闻逸事，拌着饭菜唾液一同咽了下去。

午饭过后回到办公室没多久，期待下班的气氛就像尘埃丝丝缕缕漂浮在办公室中，随着时间的推进，不断地扩散开来，以至于到了最后，被下班的欢声笑语及欢快的脚步搅得沸沸扬扬，满走廊都是。

路一凡的脚步和着众多脚步的频率一起，奔出了玻璃门。

奔出门后，路一凡的脚步变得滞重黏涩起来了。下班带来的喜悦，渐渐弥散在暮色中，随着街上来往不息的车流消失得无影无踪。

没下班时盼下班，下了班更没劲。路一凡踢着马路牙子的条石。

龙非站在一旁，“晚上怎么打算的？去老地方烧烤？”

“没劲！”

“那去酒吧 high 一把？”

“更没劲！”

“这也没劲那也没劲，那你说，什么有劲？”

路一凡茫然四顾，没给龙非一个答案。

两个人正不知干什么，忽然路一凡的手机响了。电话是安若熙打来的，约路一凡见面。收了线的路一凡顷刻间变成了另外一个人，对着龙非打了个响指，“哥们儿有约，少陪了！”

“重色轻友！你这可有点不讲究啊！”

路一凡撒开双腿，把龙非的这句话远远地抛在了身后。

路一凡和安若熙约在恒隆广场的食间牛排吃西餐。果木经典肥牛烤排，法式红酒焗蜗牛，蘑菇青口忌廉汤，路一凡统统没吃出什么味道。路一凡吃得很匆忙，有点食不甘味。看得出来，坐在对面的安若熙也吃得很潦草。

从西餐店出来，两个人上了出租车。路一凡没有坐在副驾驶的位置上，而是和安若熙一起坐在了后面。随着车子的开动，安若熙胸前的景致也有了动感的演绎。喝了点酒的路一凡一时竟感觉有些缺氧，口干舌燥，呼吸困难。这时，耳旁拂过一股羽毛般轻柔的气息。与此同时，一个温润无骨的身体也靠了过来。路一凡的一只手一下子落在了胸前那片景致上。

两个人心照不宣地去开了房。宾馆的走廊上，他们的脚步急促，显得有些凌乱不堪。当房门在路一凡的身后猛地关上，两具躯体便喘息成了一具。可是，当安若熙缓缓从卫生间走出来，身上的浴袍无声滑落在地毯上，那片景致全方位立体地呈现在面前时，路一凡却突然产生了一种想离开的感觉，说不清，很强烈，强烈得让他的脚步不由自主地向门口迈去。当他的手触到门上的保险栓时，想起房间的押金单子还在自己身上，他从裤兜内掏出押金单子，伸手放在门口的衣柜上，逃也似的奔了出去。

路一凡不能理解，坐在出租车上时，他恨不得一口把安若熙吞下去，可是当他的视觉得到充分满足时，充溢在他身体内的欲望就兔子一样跑得无影无踪了。或者说，那时的他就像一个酒足饭饱的食客，无论怎么美味的食物对他都失去了应有的诱惑。难道是自己那方面的功能出了问题？一定是的！要不然怎么会有那样的感觉呢？路一凡越来越肯定自己病了，而且病得不轻。

这可是件大事。路一凡意识到了问题的严重性，他给龙非打了电话，听声音，龙非还赖在床上。龙非有一外号：特困生。这里需要解释一下，据龙非这家伙自己讲，他曾创造过从半夜12点，一直睡到第二天下午四点的骄人纪录，故称为“特困生”。龙非打着哈欠说：“哥们儿，天还没亮呢。”路一凡知道，周六、周日的中午通常是龙非的早晨。闻听路一凡要他陪他去医院，龙非说：“没事去那种地方干吗。”路一凡说：“我病了……”语气很是严肃。路一凡感觉到龙非从床上腾地坐了起来，语气也一下子变得急促了，“你等着，我立马就到！”

龙非心急火燎地赶到医院时，路一凡已经等在一楼门诊大厅了。

龙非问：“怎么回事？昨天不是好好的吗？”

路一凡说：“不知道。”

龙非像看外星人似的望着路一凡，末了问：“挂号没？”

路一凡摇头。

龙非拉着路一凡来到挂号窗口，坐在里面的白衣天使从窗口下方的小洞内扔出来一个门诊病历，“要挂哪科，写在上面。”

龙非拿起旁边拴着绳的圆珠笔，问路一凡：“挂哪科？”

路一凡挠挠头说：“我也不知道。”

龙非扭头望着路一凡，“你感觉到底哪儿不舒服？”

路一凡说：“失眠，健忘，没劲。还有……”

“我知道了。”

路一凡看见龙非在病历本上写着内分泌科。

内分泌科那个戴着眼镜的医生询问了路一凡一通，然后又让路一凡去抽血做了检查，最后对路一凡说：“没什么问题，可能是你平时工作学习压力太大造成的，在饮食、心理各方面注意调节就好了。”路一凡嘴上没说什么，心里对这个结论却是一百个不赞成。自己在档案馆的那摊活儿确切地说两天就能搞得明明白白，剩下的三天里除了聊天就是上网，如今流行的亚历山大一词跟他根本搭不上边。

走在走廊上，龙非正为路一凡的没事喋喋不休，扭头发现人没了。转过身去，看见路一凡站在走廊最里面的一个诊室门口，上面赫然写着男科。

龙非冲路一凡招招手，“走啊！”

路一凡没动地方。

龙非奔了过去，低语道：“你有木有搞错？这是男科耶。怎么？你……ED？”

路一凡瞪了龙非一眼，“你才阳痿呢。”

“那不结了。大门在那边，走吧。”龙非拉着路一凡的胳膊要走，路一凡挣脱了一下。

龙非奇怪地望着路一凡，“到底怎么回事？”

路一凡垂下了头，把龙非拉到走廊尽头，把昨晚发生的事讲了一遍。

“临阵脱逃了？怎么会出现这样的事？走！赶紧看看去吧。”龙非拉着路一凡向男科诊室走去。

经过一番脸红的检查，那个头发稀疏得见了顶的男科专家给路一凡的最后诊断是：性功能一切正常。

路一凡愣怔怔地望着专家。

龙非说了一声：“谢谢你了医生！”然后拉着路一凡出了诊室。来到走廊上，龙非照着路一凡的前胸就打了一拳，“我说没事吧！你没听过那个段子吗？现在你正是奔腾的时候。”路一凡明白龙非的意思。

为了庆祝路一凡的没事，龙非嚷着要路一凡请客。其实路一凡一点胃口也没有，但是碍着面子，不得不请。

两个人坐在了烧烤店门前的遮阳伞下，龙非嚷着要好好宰路一凡一顿，羊肉串、鸡翅、鸡脖子、鱿鱼、板筋，大盘小盘点了一桌子，然后就着冰爽的扎啤大快朵颐地撕扯着，抬头见路一凡坐在塑料椅子里把玩着扎啤杯子，停住对肉串的咀嚼，问："怎么回事？你倒是吃啊！"

路一凡说："你吃吧，我没胃口。"

"没什么胃口！你得学我，能吃能睡！不吃饱睡足，我心里就没安全感。人家专家不是说你没事嘛。昨晚有点掉链子，可能是第一次和美女那个，有点紧张。没事！猛男一枚，杠杠的！"龙非一边甩着腮帮子大嚼着，一边循循善诱地开导着路一凡。

最后，路一凡只是喝了半杯扎啤，吃了两个烤土豆和一点小菜。

结了账，两个人站起身来。龙非摸着自己吃得圆鼓鼓的肚子，问路一凡去哪儿。

路一凡望着街上长龙似的一眼望不到头的车河，没说话。

路一凡不想回家。倘若这时候回家，迎接他的不是锅碗瓢盆营造出的温馨的人间烟火的场面，而极有可能是老妈今天如何乔装打扮侦查到的老爸的蛛丝马迹。这里要解释一下，两个多月前，路一凡家出了一点小风波，事情源于路一凡的老爸。路一凡的老爸是市史志办一个负责编纂地方党史资料丛书的副主任，是个中规中矩听个黄段子都会脸红的非常正统的老夫子。路一凡一直在心里认为，就算天底下的男人都出轨，老爸也不会。谁知他老爸不玩则已，一玩惊人，竟紧跟时尚与同办公室的一个即将退休的女同事玩起了办公室恋情。老妈发现后，毅然抛弃了她每日不误的筑长城的事业，运用了女人惯用的手段，一哭二闹三上吊，外带时不时地地下党似的跟踪。他想劝劝老妈，整天私人侦探一样跟着，累不累？男人的一生难免有点小插曲，这都不算什么事。话到嘴边又咽了回去，那样老妈声讨的就不止老爸一个人了。那个叫邱姨的女人路一凡认识，以前和他们家住一个小区，看上去不像知天命的女人，说心里话，比丰腴得有些变形的老妈有女人味儿。怎么？老爸想在人生的黄昏颠覆自己一贯保持的形象，来一场夕阳红？私下里路一凡同老爸交流，老爸只说了一句："那次一起出差，昏了头了。"路一凡突然间理解了老爸。

现在这场风波已经偃旗息鼓，平息得差不多了。如今在他家的客厅内经常出现的不是老妈声泪俱下的声讨和控诉，而是这样一副情景：老爸坐在沙发上，手里握着遥控器，闪电般地调着频道，好像哪一个频道上演的内容都不是他要看的，遥控器像一个弃儿一般被丢在茶几上。弃儿到了老妈手里，电视屏幕上飞速闪过一些变形的支离片段和一两个出其不意蹦出来的单词，然后带着重重的声响，重新无辜地躺回到茶几上。一想到回家加入到这个场面中，路一凡实在觉得没劲。

两个人又失去了方向感。他们漫无目的地沿着人行路向前走去。

高架桥下聚集了一伙吵吵嚷嚷的民工。路一凡以为是打起来了。龙非说："斗地主的！走！看看热闹去！"

路一凡站着没动。他不想凑那个热闹，一个打扑克有什么看的。

"走吧！这么早回家有什么劲！还不如在外面遛遛呢。"龙非不由分说，拉着路一凡奔了过去。

地上铺着一张报纸，四个人或盘腿席地而坐，或半蹲着，战得正酣。外围的都是围观的，大声小气地做着参谋。还有一个坐在旁边一边抻着脖子观看，一边给裁着纸条。打扑克的四个人，一个个脸红脖子粗的，跟真的赢房子赢地似的。一个甩开膀子把手里最后一张牌猛地掼在地上，大鬼！人群中发出一阵喝彩。来来来，贴上！那个负责裁纸条的往纸条上吐了一口唾液，笑着往蹲在一旁那个光着膀子的脸上贴去。光着膀子那家伙看样子输得挺惨，脸上贴满了长短不一的纸条，猛一看上去跟小鬼白无常似的，样子很搞笑。

在脚手架上爬上爬下挥汗如雨，还有这份闲情逸致！真是精力旺盛！路一凡摇摇头。

突然，那个裁纸条的喊了一嗓子："快看！有人要跳楼！"

路一凡顺着那人所指的方向望去，不远的商厦的楼顶平台边上，真的坐着一个人！

像刮过一阵狂风，顷刻之间，地上只剩下了满地的扑克牌，以及还在打着旋儿的纸条。龙非一点也不肯落后，拉着路一凡向商厦方向跑去。

两个人跑到商厦下面，随着所有人的目光向楼顶仰视。这是一幢五层的商厦，一个男子坐在楼顶上，望着聚集在下面的人群哈哈大笑，两条耷拉在平台边上的腿随着笑声来回晃动着，显得有几分悠闲。

人们议论纷纷：

"上面的是什么人？为什么要跳楼？"

"不清楚。"

"看样子挺年轻，岁数不大。"

"那一定是为情所困，失恋了。真是死心眼想不开！可一棵歪脖树吊死，不行就换一棵呗。"

路一凡有些莫名的激动。不管什么原因，跳楼男子给路一凡的这个夜晚增加了一股兴奋剂。

一个帅哥搂着一个身穿小短裙的女孩站在路一凡的右边。小短裙撇了一下嘴，轻蔑地说："作秀呢吧？要跳早跳了，还犯得着这么长时间的前奏！"

一个剃着光头的男人抱着双臂笑着说："我同意这个靓妹的看法。上面这个人肯定不会跳。"

“不跳爬那上面去干啥？肯定会跳。”旁边一个胖子持否定意见。

光头佬说：“咱俩打个赌怎么样？”

胖子也不示弱：“打就打！你说吧，赌什么的？”

光头佬沉吟了一下，说：“赌一盒烟，一盒芙蓉王！怎么样？”

胖子一咬牙，“芙蓉王就芙蓉王！多大点儿事！”

小短裙也来了兴致，摇着帅哥的胳膊撒娇道：“我们也赌一把，好不好？好不好吗？”

帅哥迎合着小短裙：“好好好！你说赌就赌！”

小短裙抢着说：“我赌不跳！”

帅哥一耸肩膀，“那我只有赌跳了。”

小短裙问：“赌什么？”

帅哥说：“这样吧，你要是输了我就……”帅哥凑近耳旁耳语，小短裙挥起粉拳，“讨厌哦。那我要是赢了呢？”

帅哥大方地说：“随你发落！”

小短裙摸着帅哥的脸，“这可是你说的哦。”

帅哥满不在乎地说：“一言为定！”

地上的条件均已确定，众人重新把视线转向上面。

上面的男子好像很有心情，掏出一支烟，点燃抽了起来。

男子的表现让胖子感觉有几分失望，他好像怕损失那盒芙蓉王似的，仰头冲上面喊道：“要跳就麻溜点儿，眼一闭腿一蹬就下来了，还在那儿合计什么呢。”

帅哥笑嘻嘻地冲小短裙说：“亲爱的，今晚你输定了！听我的。”帅哥用力提了提嗓儿，冲上面喊道，“昭仓不是跳下去了吗？唐塔也跳下去了！所以请你也跳下去吧！你倒是跳啊！”

旁边响起一片嬉笑声。

路一凡眼睛一眨不眨地望着上面。一瞬间，路一凡曾经产生了一种幻觉，一只黑色的鸟儿铺展开翅膀从天而降……

上面的男子大概受了戏谑的笑声的刺激，有些不耐烦了，把烟屁股往下一弹，冲下面嘶吼着："110，120 都来了吗？还有电视台，统统都让他们来！"

龙非在一旁说："这个人一定是为了讨薪。"马上龙非又否定了自己的说法，"看穿着也不像个民工啊！"

110 巡警车和消防车响着刺耳的警笛从远处疾驶而来。随后 120 急救车也赶到了。地上支起巨大的救生气垫。医护人员也准备好了担架。

警察通过扩音器向上面喊话，大意是请男子不要轻生，珍惜生命，赶紧下来。

男子向下大声喊道："媒体来了吗？电视台报社的？"

几个记者挤过众人，来到了警戒线前，长枪短炮对准了楼上的男子。男子倒是很配合，甚至摆了几个姿势，一边做着一边冲下面喊道："拿相机手机的，赶紧拍！机不可失，微博转发哦！"

摆完了姿势，路一凡看见男子把手伸向了怀里。待男子把手从怀里抽出来，一片雪片似的东西天女散花般从上面飘了下来。正在疑惑间，突然听见前面的人喊："是钱！天上掉钱啦！"

人们欢呼着，雀跃着，争先把手伸向那些在半空中飘舞的纸币。欢笑声和踩踏发出的尖叫怒骂声乱纷纷地混在了一起，看得路一凡瞪大了眼睛。

龙非一个蹿高儿，抢到了一张纸币，凑到眼前仔细看了看，然后兴奋地在上面亲了一口，"真是钱耶！100 元的！"

男子站在上面，望着乱作一团的下面狂笑不止。

警察大声嚷着维护着秩序。

突然，人群中响起一个闷雷似的声音："混账东西，跑这丢人现眼来了！赶紧给老子滚下来！"

路一凡循声望去，一个留着背头挺胸叠肚的中年人站在一辆黑色的奔驰旁边，冲上面的男子咆哮道。

上面的男子往下看了看，从平台边缘慢慢向后退去。

不一会儿，男子从商厦出口冒出头来，看了中年男人一眼，极不情愿地走到奔驰旁，钻进车内。

中年男人奔到警察面前，点头哈腰道："警察同志，不好意思，实在不好意思，给大家添麻烦了。犬子少教，罪过，罪过。"

一个警察不耐烦地冲中年男人挥了挥手，"这不是浪费警力吗？以后管好自己的孩子！"

中年人连声应着："是是是。回去我一定好好管教。"

奔驰一溜烟远去了。

警察大声嚷着让人们散去，然后钻进车内离去。120以及媒体记者的车也跟着相继离开了。

"原来是富二代没事干，吃饱了撑的呀！"

"这不是浪费时间嘛！早知道不跳我就不在这儿等了。"

"真背兴！钱也没抢到，还被人踩了一脚。走了走了，回家了。"

人群的洪流带着余兴未尽的叹息，缓慢地四散而去。

胖子刚要走，被光头佬一把拉住了胳膊，"别走啊，刚才的打赌忘了啊！赶紧的，愿赌服输。"

胖子不耐烦地甩开光头佬的手，"差不了你的！"然后冲着奔驰远去的方向狠狠地唾了一口，"败兴！害得老子一盒好烟没了。真没血性！"

帅哥也有几分失望，原来是一场跳楼秀！真没劲！

小短裙伸出手指，娇笑着冲帅哥做着勾手动作。

帅哥背过身子，弓下腰，回头冲小短裙说："上马！"小短裙欢叫着蹿到了帅哥的背上，红色的底裤在众人的视线中格外显眼。

路一凡看见帅哥边走边扭头问背上的小短裙："你说那家伙要是跳下来，是脑袋先着地还是腿先着地？"小短裙趴在帅哥的耳朵旁大声喊道："我说是屁股先着地！"

路一凡扭头去找龙非。龙非还站在原地，冲着手里那张纸币傻笑着，"这就是传说中的撒钱？我勒个去！今晚简直是太给力了！"

路一凡回到家时已经十点多了。老爸闭着眼睛歪在沙发上。电视机开着，里面正在播着电视购物，一个美女主持人煽动性极强地大声嚷着："原价538，现在只要38，还等什么？心动不如行动。赶快行动吧！"

老妈趿拉着拖鞋从卧室走了出来。不跟踪老爸后，老妈迷上了打麻将，差不多每天都要战到昏天黑地的才回来。开始的那段时间，老妈的脸色就是这一天战绩的晴雨表，赢了就晴空万里、阳光普照，倘若是多云转阴，或是乌云密布，必定是战绩不佳。可是，最近这段时间从老妈的脸上，路一凡很难判断出老妈这一天的战绩。无论输赢，老妈的脸上都是既无风雨也无晴。

路一凡问老妈怎么没去打麻将。老妈嘟囔了一句："今天输明天赢的，累得腰酸腿疼，没啥劲！"

老妈上前一把按灭了电视电源，"一个破电视购物也能看半天！"

这时，放在茶几上的老爸的手机嗡嗡地震动起来，老妈警觉地盯着震动的手机。

老爸拿起手机，刚说了一声喂，拿电话的手就定格在了耳旁。

路一凡像老妈一样，疑惑地注视着老爸。

老爸手里的手机无力地垂了下来，"老家来电话，你爷爷老了。"

路一凡一时没反应过来，老了是什么意思？他把探寻的目光投向了老爸，老爸闭着眼睛。他又把目光投向了老妈，从老妈的口型中，路一凡懂了那个老了的意思。

老爸抱着脑坐在沙发上。

老妈说："你愁个啥？人生七十古来稀，老爷子今年已经八十好几了吧，真正的喜丧呢。"

路一凡又把疑惑的目光转向了老妈，老妈说："不懂了吧？八九十岁的老人老了就叫喜丧，儿孙满堂，功德圆满，到那边享福去了。"

老爸声音低沉地说："现在这个点儿也没车了，明天早上早点起来赶早车回去吧。"

路一凡回到了自己的房间，才想到了那个老了的人的身份。爷爷，一个生疏得有些遥远的称呼。老家远在 300 多公里的乡下，路一凡小的时候，每逢寒暑假，父母就把他送回老家。长大上了大学后，就很少回去了。如今，有多少年没有回老家了，他也记不清了。他的心里又泛起了和刚才观看跳楼秀时相似的激动。他甚至对老妈刚才所说的喜丧有了几分憧憬。丧和喜原是两个极端，它们两个结合在一起，会是什么样子？还有孝子贤孙要披麻戴孝一身素缟，那会是一种什么感觉呢？路一凡爬起来打开电脑，上网百度了一下。他急切地想提前了解一下喜丧的大致步骤，不仅要好酒好菜地款待前来吊唁的左邻右舍、亲朋好友，还要请鼓乐班子吹拉弹唱一番，热热闹闹地闹上两三天。路一凡在网上搜出的相关链接中有奇志大兵的相声《喜丧》，还有一部韩国的喜剧电影《喜丧》，逐一点击看了一遍。具有喜感的电影和令人捧腹的相声让路一凡对即将到来的两三天充满了期待。

躺在床上，路一凡睡意全无，他想起了十来岁时在乡下老家做的恶作剧。有一年的寒假，老爸把他送回了乡下，住在爷爷家右边的邻居家有一个名叫大光的男孩，比他要小一两岁，有点呆头呆脑的。有一天，他们到小学校的操场上玩，他不怀好意地提议说，谁敢伸出舌头舔单杠的铁管一下，他就服谁。傻乎乎的大光自告奋勇，冲到单杠前，伸出舌头冲着铁管舔去，登时舌头上就掉了一层皮。

大光他妈拉着满嘴是血的大光气势汹汹来爷爷家算账。胆小的奶奶把他藏到了菜窖里，给大光他妈好一顿赔礼道歉，外加十几个红皮鸡蛋才算了事。现在大光怎么样了？在做什么？还那么愣头愣脑的吗？还有那个扎着两条羊角辫的弯弯，他送给她一个口香糖形状的玩具，她激动得什么似的，谢过他之后，满心欢喜地伸出手来，却一下子被电了个哆嗦，吓得小脸煞白，一屁股坐到了地上，他坏笑着撒开两腿一溜烟儿跑了。路一凡躺在黑暗中回想着自己曾经做过的那些恶作剧，竟不由得笑出了声。

渐渐地，西面墙上张贴的画像现出了它模糊的轮廓。飞人乔丹身穿公牛红色战袍，抱着篮球，正雄姿勃勃地注视着路一凡。

天，马上就要亮了。新的一天，不，两三天，以它新奇的有声有色的姿态，就要来了。

楼道内的苔藓

随着“嘭”的关门声，婷婷用力甩开他的胳膊，带来的风连同他的喊声一起，被生生夹在了门缝儿里。

事情源于今天发生的一件事。下午的时候一个客户打电话找他。他刚好出去修手机，他这个山寨版的手机动不动就罢工不给他玩活儿了。客户把电话打到了公司，他对面的小左子接了电话。结果这个他费了九牛二虎之力，眼看就大功告成的客户被小左子抢去了。他回来后怒气冲冲地质问小左子。小左子却说那个客户他也打电话联系了。他上前一把抓住小左子的衣领，真想把瘦得跟猴似的家伙从十八层扔下去。他去找业务经理评理，业务经理也是爱莫能助，人家客户已经和小左子签单了。晚上，他懊恼地回到他和婷婷租的不足 30 平的顶楼。婷婷根本没注意到他的沮丧，扑过来吊在他的脖子上，扬着脸问：“怎么样？那个客户一定搞定了吧？”婷婷早就惦记着这笔业务了，常常将头枕在他的腿上算能有多少回扣，憧憬着除了付给房东这个季度的房租，她还可以去把那条她心仪了很久的裙子买回来。婷婷早就看好了 ZARA 家的一条波西米亚长裙。

他实在不忍把结果告诉婷婷。婷婷从他的脸上感到了不妙，问："泡汤了？"他没吭声。在婷婷的再三追问下，他把事情经过说了一遍。婷婷烦躁地抓起狂来。他自知对不起婷婷，讨好地拉住婷婷的手，问婷婷晚上想吃什么。其实他只是没话找话随便问问，也没有好吃的，除了泡面，最奢侈的就是打电话叫上一回外卖，无非是小馄饨或者是排骨米饭。婷婷一把甩开他的手，说："有什么吃的？喝西北风去吧！"他抱住婷婷，强颜欢笑用那句名句哄着婷婷："面包会有的，一切都会有的。"婷婷用力推开他，"有什么？有车还是有房？两年了，还不是住在这租来的屁股大的破地方！"随后婷婷像大多数处于怒气中的女人一样，把某女友的男朋友搬出来，把他与之在经济上做了一番比较，言中大有长别的男人志气灭自己威风的贬低之意。他可以容忍婷婷任性发脾气，甚至无理取闹，就是不能容忍对自己的蔑视。这是他的底线，而婷婷偏要触及他的底线。他一时火起，硬邦邦地回了婷婷一句："看谁有钱找谁去！"婷婷气急败坏地把手边能够到的东西统统砸向他，随后发生了前面所描述的一幕。

望着遭了劫似的室内，他沮丧地抱住脑袋坐在床边。每隔十天半月的，婷婷就会和他吵上一回。有时因为迟到被扣了奖金，有时因为女友买了一件衣服、一双鞋子，有时甚至因为公交车地铁拥挤，原因各有不同，但是殊途同归，最后都会把怒气延伸到他的没本事、他的一穷二白上。他每天觍着脸给客户打电话，站在过街天桥上赔着笑脸把各类险种的传单塞到过往行人的手里，以期望电话里或天桥上经过的某位大人大发慈悲，成为他下一个的客户。他和无数进入保险行业的推销员一样，进入保险公司的第一天，就被灌输以那个经典的狮子和羚羊的故事。悬挂在公司墙上的大大的业绩表无时无刻不在提醒他，他每天必须像狮子和羚羊一样不停地向前奔跑，才不会被自然界淘汰，否则时刻都有被炒鱿鱼的危险。他烦躁地在客厅、卧室、厨房于一体的斗室内转着圈，最后一脚踢开散落在门口的东西，推开门向楼下奔去。

出了小区，右手边是一溜的烧烤大排档，足有七八家。随着夏天的到来，这种人类最原始的烹调方式便又在街边风生水起起来。各家都在自家门前支起了桌椅，昏黄的路灯下浓烟滚滚，布满油渍的桌子四周围坐着光着膀子手里提溜着啤酒瓶子大声小气吆喝拼酒的男人，就着来往汽车排出的尾气，大快朵颐地把那些溢着泡沫的液体连同种类繁多的半生不熟的东西一起吞下去。

他一屁股坐在一把塑料椅子上。孱弱的塑料椅子不堪忍受突如其来的重力，发出痛苦的呻吟声。他大着嗓门，冲着忙碌的老板大喊："来十串肉串！四瓶闷倒驴！"他所说的闷倒驴指的是大瓶的老雪花啤酒，劲儿大量足。

老板吆喝一声："好嘞！"不多时，啤酒、肉串都上来了。没等人家老板帮他把啤酒启开，他操起一瓶，张嘴冲着瓶口咬了下去。"扑"的一声，瓶盖被吐到地上，溢着泡沫的液体从瓶中涌了出来。他仰起头，"咕隆隆"灌进去大半瓶。泡沫连同液体一起，把他身上的黑色 T 恤润湿了一大片。放下酒瓶，又操起肉串恶狠狠地大嚼起来。

一只瘦骨嶙峋、浑身脏兮兮的流浪狗蹲在离他不远的角落里，眼巴巴地望着他。他扭头发现了，脸上诡异地一笑，操起桌上装有辣椒粉的瓶子，在一支肉串上用力抖了抖，随后把沾满辣椒粉的肉串抛向了那只期待中的流浪狗。流浪狗胆怯地望着他。他冲流浪狗抛了个鼓励的眼神。流浪狗试探着慢慢靠近肉串，叼起扦子的一端，快速跑到角落里，迫不及待地冲着扦子上的美味俯下嘴去。随着一声委屈的嚎叫，流浪狗夹着尾巴向旁边跑去。他见了哈哈大笑起来，直笑得眼泪都流了出来。邻桌的几个人停止喧哗，不解的目光齐齐地注视着他。他用巴掌抹了一把流出来的泪，操起酒瓶仰头猛灌一气，随后又高声喊老板来包烟。

几个人大着舌头相互挥着手陆续离开了，桌子也陆续被撤回了屋内。他从油腻沾手的桌面上抬起头，望着退了潮似的大排档，招呼老板结账。

他没有拐进小区回家，而是直接向前走去。已近午夜，街上人车寂寥，连路灯发出的光都有了几分清冷。他摇摇晃晃地向前走，路灯把他的影子拉得像一个细脚伶仃的怪物在毫无章法地跳舞。

侧着身子从掉了一半的铁门挤进去，他轻而易举地拐进了一个小区——不用刷卡，更谈不上有穿着制服、带着大盖帽的保安，几栋六七层高的楼房黑乎乎地矗在那里，几乎看不见灯光。居住在这种赶上他年纪大的楼房内的，不是靠体力生活的，就是像他这样整天奔波忙碌的蚁族。夜晚是老天赐予他们安放疲惫身心的一种奢侈，他们争分夺秒地珍惜这种来之不易的奢侈，早已沉沉地进入了梦乡。他一屁股坐在花坛上，伸手从裤兜里摸出烟盒，从里面抽出一支烟衔在嘴上，掏出打火机点燃，恶狠狠地抽了起来。忽明忽暗的光亮鬼火一样闪着。

平时他不吸烟，一是婷婷不喜欢闻烟味，走在街上，有吸烟的从她面前经过，她就会厌恶地皱起眉，捂着鼻子快走几步。重要的一点是省钱，即便是三块五块的廉价烟，积攒起来也是一笔不小的支出。因此，对烟的好坏优劣，他也没有什么研究，到他嘴里，统统都是一个味，苦、辣，只是，今晚他特别想让那种叫尼古丁的东西来麻痹自己的神经。婷婷今晚不会回来。每次他们吵架，她都会离家出走，到她闺蜜那儿去诉苦。过后他去接她，她带搭不理，扭捏着不愿意回来。即便是回来后，还会和他冷战上好几天，直到他围前围后极尽语言、物质地双重赔礼，她的脸上才会露出一点笑颜。今年以来，他觉得婷婷像变了个人，每次和他吵架都剑拔弩张的，说出来的话也越来越伤人。每次去参加完朋友的婚礼回来，婷婷的脸就会阴上好几天。也难怪，他们在一起同居两年了，还是住在那间 30 平方米、一年四季见不到阳光的北向出租房内。为此，他们不得不残忍地扼杀了一个本该来到这个世上的小生命。他承诺婷婷的房子还海市蜃楼般虚无缥缈。尽管房价一直在调控，但是要想在这座城市拥有一套属于自己的房子，对他来说还只能是个奢望。这是个拼爹的时代，可是他的老爹在老家小县城只摆了个修鞋摊，靠给人修鞋、擦鞋为生，能给予他的只有忧郁的眼神和无奈的叹息。除了无所安放的廉价的青春，他一无所有。想到这儿，他青春的机体像遭遇了更年期一样，异常烦躁地把烟头弹得老远。

黑暗中，他的目光又触到了那个楼道。在他的前方，不足 50 米的地方，两扇木门黑洞一样向他洞开着，像有什么无形的东西牵引着他，或者那个黑洞内存在着一股吸力极大的漩涡。他鬼使神差地从花坛旁站了起来，向那个黑咕隆咚的洞口走去。

顷刻间，他便融进了那种他熟悉的黑暗中。楼道内充满了诡异、暧昧，像夜晚的海洋，一下子把他融进去了，而他心甘情愿被融进去。他喜欢黑暗，喜欢这种神秘、安全、有质感、隐蔽性极强的颜色。他喜欢穿黑色的衣服，即便是炎炎的夏季。他喜欢不开灯坐在黑暗中，有几次婷婷开门回来被他吓了一跳。

他顺利地进入了通往二楼楼梯下的公共空间。大部分楼道内的公共空间都被一楼的住户安上门做了仓库，或者存放自行车。这里也不例外。他对这里很熟悉，他在黑暗中伸出手，碰到了几个摞在一起的花盆，一个装着沙子的袋子。他的手触到了一根光滑的木棍，顺着往下摸，是谁丢弃的一把旧拖布。这里通常是一些老头老太太堆放不舍得丢弃的杂物的所在。他站在最高点处，壁虎一样紧紧吸在墙壁上。他闻到了墙壁上散发出的霉味和灰尘味。这种地方无数次出现在他的梦中，他经常会在梦中走进这种地方，幽深、昏暗，他在黑暗中摸索着寻找出口，但是周围一丝光亮也没有，他屡屡碰壁……

他感觉自己身体的体积在变小，重量也在变轻，像一粒漂浮的尘埃，变得失去了质量，异常轻盈起来。第一次来这里是在今年春天的一个深夜。那天深夜，婷婷和他吵了架。那天晚上婷婷去了闺蜜那儿，本来打算在闺蜜那儿住，不料闺蜜的男友出差提前回来了。望着眉目传情的两个人和摆了一床的衣服和化妆品等礼物，婷婷的心情低落到了极点，只好给他打电话让他来接自己回去，谁知他的那个山寨版手机不知怎么自动关机了。婷婷带着一肚子的气自己回来了，上楼时因为楼道内太黑，一不小心还把脚崴了，脚上那双花了25大元买了不到一个星期的高跟鞋不堪突如其来的重力身首异处，彻底报废了。婷婷的气本就不打一处来，一瘸一拐爬上顶楼，把那扇贴满小广告的削薄的防盗门擂得摇摇欲坠。他懵头懵脑地跑过去替婷婷开了门。婷婷推开他搀扶的手，把包和身体一起扔在咯吱作响的人造革沙发上，随后把世上差不多所有能与破字组上词的名词都搬了出来，什么破小区、破楼道、破鞋、破房子、破沙发……尽管他极尽温柔地蹲在她面前替她揉着脚，婷婷最后还是不分青红皂白一股脑儿把所有与“破”字有关联的罪过都倾泻在他的头上。那天深夜，他像个幽灵似的在街上四处游荡，不知怎么走进了这个小区，进入到这个漆黑的楼道，随后他便发现了这个经常出现在他的梦境中的地方。他一个人在这里坐了好长时间。

一阵高跟鞋敲击水泥地砖的声音传入他的耳际，他警觉地竖起耳朵。一个黑影出现在楼道口，尽管楼道内很黑，他还是辨别出那是个异性。一股青草的气息倏地从他的心底涌出来，铺天盖地地包围了他。各种的声音在他的耳畔嘈嘈切切，急促的喘息声，忘我的呻吟声，骨骼与骨骼的撞击声，酣畅淋漓的呐喊声，身体的轰然坍塌声，还有那股不能承受的重量，像失控的电梯，从他的体内倏然坠地，他甚至能听见那股重量砸在地面上发出的巨大声音……一股燥热从脚底迅速漫上全身……

他紧张地屏住呼吸。女人的脚步声从他的身旁响过，他甚至能感触到她的裙裾裹挟过来的微风。女人摸索着沿着楼梯向二楼走去。

他瘫了似的靠在墙上。

第二次来这里是在半个月前的一天夜里。那天晚上，他看见阴沉了好几天的婷婷的脸总算有些多云转晴，心里便有些蠢蠢欲动。他嬉皮笑脸地搂着婷婷刚要付诸行动，手机不合时宜地响了。他扭亮台灯，拿过床头柜上的手机，见上面显示：包租婆。包租婆是婷婷给包姓的女房主起的外号，他顺便就存在了手机内。一见这个号码，他的头就大，在心里咒骂自己这个破山寨版手机，不该自动关机的时候它关，到了该关的时候它反倒不关了。手机内那个女歌手天籁般的歌声一直执着地响着。婷婷欠起身，瞥了一眼手机屏，哼了一声，还愣着干吗？躲过初一还能躲得过十五怎么的！没办法，他只好硬着头皮按了接听键。包租婆在电话里通知他续交下个季度的房租，接下来的内容让他的脑袋嗡地一响。包租婆着重强调，下个季度的房租在每月原有的基础上再上涨 200 元，如果不想继续租，请于三天内另觅新巢。撂了电话，他轰然倒在了床上。刚才体内积聚的一点激情像鼓涨的气球，经包租婆这根针一扎，瞬间瘪了。婷婷猛地转身，把硬邦邦的后背甩给了他，同时甩过来的还有一句比后背硬度更强的话：这种日子我算过够了！那天晚上婷婷没和他吵，也没用尖酸刻薄的语言挖苦讽刺他，只是始终用后背对着他，直到他推开房门向楼下走去，那个后背都没动一下。

他闭上眼睛，将身体靠在墙壁上，后背上湿漉漉的。这段日子，这座城市一直阴雨连绵，空气湿得能攥出水来，这种地势低洼的楼道内怕是都能长出蘑菇来了。他尽可能增大身体与墙壁的接触面积，那种凉意透过身上的 T 恤传导到他的肌肤上，说不出来的熨帖。每次婷婷和他吵架后，他都会来到这里。他觉得自己就是长在暗处的一摊苔藓，只有到了这里，他才可以肆无忌惮地疯长。他才可以敞开胸怀，尽情舒展开它潮湿的茎、叶……

他又听见了一阵脚步声。脚步声拖沓而沉重，但他异常灵敏的听觉神经还是听出那来自一个女人。声音由远而近，向这边而来，他紧张地靠在墙壁上。

早上七点，她被床头恪尽职守的小熊猫闹钟准时叫醒。她闭着眼睛伸出手去，摸索着在小熊猫的脑袋后面按了一下贪睡按键，小熊猫闭了嘴。她闭着眼睛依旧趴在床上，再赖5分钟，就5分钟，她在心里对自己说。昨晚加班，回到家，小熊猫的指针已经指向了零点。她一头扎在床上，她觉得瘫在床上的身体像是一堆被拆散的零件，散落得七零八落的。早上7点10分起床，10分钟之内完成洗脸刷牙换衣服等诸多事项，7点20分奔出家门，然后以竞走的速度到地铁站，挤上目前来说最为快捷的交通工具，在林立的人墙缝隙间被迫嗅着各种的体味站上一个小时，9点钟准时冲进公司，亲人般扑向磁卡机。这是她几年来一成不变的时间表。5分钟后，小熊猫再次叫了起来。她闭着眼睛爬起来，她还没意识到今天的特殊性。无休止的加班，沉重的工作量使她的思维处于恍惚状态。她猛地睁开了眼睛，思维复活了。凭着自己多出别人几倍甚至几十倍的努力，她荣幸地被晋升为创意总监，今天是她走马上任的第一天！想到这里，她像被注入了兴奋剂，飞速跳下床，三步并作两步冲向卫生间。从卫生间出来，她又冲到了墙角的简易布衣柜前，目光在一排挂着的衣服上巡视着。新的一天首先要在着装上有个新气象，她挑了一件巴宝莉的连衣裙，又从衣柜的上层拿下来一个LV的老花包包。武装完毕后，她站在镜子前左右照了照，脸上诡秘地一笑。连衣裙是她花了二百多块钱从淘宝网上淘来的，昨天快递刚到，经典格子，OL通勤风，很适合职场穿。LV的包包嘛，是他在深圳沙头角中英街买的送给她的，只花了几百港币。大牌正品有什么好，贵得让人肉疼，山寨版照样可以以假乱真，气质摆在那呢。换上高跟鞋，“咯噔咯噔”踩着好心情，上班去！到了公司，格子间的几个女孩就围了上来，这个惊呼巴宝莉啊，那个大叫 LV 耶。她淡淡一笑，山寨版的，不值几个钱。她越是这样说，几个女孩越是瞪大眼睛摇着头表示不相信，索性她也不再解释。中午去餐厅简单吃了几口饭，她便回了办公室。上午，执行总监对她们组的那个广告创意不是十分满意，她决定利用中午的时间好好琢磨琢磨。短短 1 分钟的电视广告创意，她们至少要拿出 10 个方案供客户选择，有时想得她头都要爆了。忽然，她听见几个女孩叽叽喳喳走进大办公室，在格子间内坐下后又叽叽喳喳地议论开了。一个说 :“总经理为什么不提别人，单单提拼命三娘为 CD ？”她知道她们在议论自己，“拼命三娘”是她们给她起的外号，意思当然不言而喻。她做起创意来常常是物我两忘。另一个接上说 :“这你还看不出来，献身了呗。你没听说吗？要升职先献身！她说穿的背的都是水货，谁信啊？我看都是正牌货，献一回身不就什么都有了嘛。”一个打抱不平说 :“人家前不久的广告创意可是获了大奖了啊！”另一个马上反驳道 :“如今这年月，只要肯献身，什么奖拿不到！”一个问 :“怎么从来没看见过她男朋友？”一个冷笑一声说 :“去年我想把我哥哥介绍给她，你们猜她怎么的？干脆没见！都快成必剩客了，还妄想嫁什么高富帅呀！”她一下子杵在办公室内，升职后的好心情“咣”的一声跌在了地上，摔得四分五裂，再也捡拾不起来。

好不容易熬到下班，所幸今天不用加班，晚上大师级的高端职业培训班她也不打算去了。她抓过包包，快步奔出公司。街上是林立的活动的人墙和需仰视才见的水泥森林，今天，它们似乎携带了比平日多上几倍甚至几十倍的重量和令人窒息的热量，向她重重地压下来，想把她压扁、压碎、压成齑粉。她逃也似的钻进地铁站。

脚步声越来越近，他屏住了呼吸。他紧紧地将前胸贴在墙壁上，十指死死地抠着墙壁，努力造成一种真空状态，以吸附住自己。他努力与另一个自己抗衡着。可是他败了。另一个自己裹挟着他，冲了出去。

她的跫音敲击在地面上，显得拖沓而倦怠。她拖沓着走进楼道。

一个黑影窜到她面前，她只发出短促的一声啊，嘴就被一只手捂住了。但是这一声，二楼的声控灯亮了。灯光透过楼梯旁的空隙投射下来。两个人都被刹那间的光亮震住了，他下意识地松开了她。他们互相看到了对方惊愕的脸。她刚想喊，嘴复又被捂上，随后被拖进了旁边的公共空间内。

在那个狭窄的空间内，他把她猛地推到了墙边，同时松开了她。她能听见他如牛般的喘息声，以及自己如鼓的心跳声。她的酒醒了，她知道自己遇到危险了。她哆哆嗦嗦地把手伸进包内，从里面掏出钱包，递到他面前，“给……给你。”他没按她预想到的去接钱包。她更加害怕了，不为钱比为钱更可怕。她不敢呼喊，与他近在咫尺，呼喊后的后果不堪设想。她想到报警，但是，当着他的面打电话给110，后果同样不堪设想。更主要的是她看见了他的脸，这是罪犯最忌讳的。她绝望了。

“你和她很像。”他说话了，声音很轻。

她一愣。她回味着他的话，判断他说的那个“她”一定是他的前女友或者与他有过故事的女人，而且那个女人一定留在了他的记忆里，让他念念不忘。或许，自己的这份和那个他记忆里的女人相似的长相会给自己争取一点时间。

她声音颤抖地问：“你女朋友？”

他说：“算是吧。”

他靠近她，将头俯在她的头发上。她的心提到了嗓子眼处，身体战栗着。她听见他深深地吸了一口气，然后听见他问：“你用蜂花护发素？”

她懵懂地点着头。她用于洗发的产品换了一样又一样，什么沙宣、海飞丝、潘婷，都用过，但是用于护发的，却一直在用蜂花。她喜欢那种不张扬的淡淡的清香。

“她也喜欢用这个牌子的护发素。”他喃喃地说。

她见他的表现，决定用这个话题分散他的注意力，然后伺机逃跑。

“你很怀念你的女朋友？”她问。

黑暗中，她把手伸进包内，摸到了手机。她在包内摸索着给他发了一条短信。她的盲打技术很过硬，闭着眼睛也能发短信，这得益于她经常给他发短信的锻炼。上班后她不便给他打电话，只有给他发短信，把自己对他的思念用这种通信方式传达给他。不过，他回家后，通常便会把手机关了。苍天啊！保佑他今晚开机！救救我！她在心中祈祷着。

“你想听听我和她的故事吗？”他问。

她敷衍道：“你说吧。”

“她是我高三时的同学。你也知道，高三是个特殊时期，那时压力特别大，来自学校、老师、家长各个方面，还有没完没了的模拟考试。和她在一起，纯粹是为了缓解压力。”他开始讲了。

“你不爱她？”她问。

黑暗中他点着头，“她非常爱我。我们不断到学校后面的小树林幽会。后来，我发现体育场看台后面有一个狭窄的空间，面积和这里差不多。那里又黑又闷，她其实不愿去那里，但是我喜欢那里，她很爱我，所以很迁就我。我喜欢那里的黑暗。你喜欢黑暗吗？”他忽然问。

她没吭声。谁喜欢黑暗，黑暗通常和危险、恐怖、罪恶联系在一起，是一种人们极力抵御的状态。

见她没反应，他又说："你一定喜欢光明，喜欢白色，对吧？其实白色是最虚伪的颜色，它把一切都暴露无遗，让人无处躲藏。只有黑色才是最忠实也是最安全的，它可以隐藏住一切。你怕黑吗？"

她点点头。一个人的深夜，黑暗像一张网把她包裹在里面，你越是挣扎，它包裹得越紧。

他说："我喜欢黑暗。我和我现在的女朋友在床上从不开灯，有时我甚至想把她带到漆黑的楼道里，带到这种地方来做……"

她一惊，本能地想跑。

他突然问："刚才我说到哪儿了？"

"你……你发现了看台后面的黑暗空间。"她定了定神说。

"是。高三最后冲刺那段时间，我疯狂地迷恋上了看台后那个漆黑的地方，一有空闲我们就到那里幽会。在那个漆黑的空间里，我欢畅淋漓地呐喊，我轻盈地在云端飞翔……"

停顿了一下，他继续说，"我无所顾忌的呐喊声出卖了我们……我们被学校记了大过。高考结束那天下着雨，我走出校门，看见她打着伞站在校门口。我装作没看见，急忙钻进出租车内。我回头看见她跟着出租车跑了一段距离后，站住了。伞掉在了她的脚下，她就那么站在雨中……"他的声音有些哽咽。

他沉默了好一会儿，才说："后来，我考上了省城的一所大学。她只考了个专科，没念，回到了镇上。再后来，听同学说，她在镇上的一家浴池搓澡，嫁了一个同样搓澡的男人。今年过完春节初七那天晚上，我在我们老家火车站前面的广场上等车。我感到有一双眼睛在后面死死地盯着我，我扭过头去，竟然是她！化着很浓的妆，大冷的天穿着一条很暴露的裙子，一看就知道是做那种生意的女人。她从包里拿出一盒烟，抽出一支点燃，吐了一口烟，幽幽地对我说，我在那边租了一间屋子，那里很窄很黑的……"

"我对不起她……"他忽然哭了起来。

她已渐渐适应了这里的黑暗，她看见他把脸埋在掌心里，肩膀一耸一耸的。她不知所措地望着他。

“她本来成绩不错，都是我害了她！我是个混蛋！”他用脑袋疯狂地撞着墙壁。

这是个千载难逢的机会，她应该借这个机会呼喊，或者逃走。可是她好像忘记了危险，呆呆地注视着他。

平静下来后，他又开始了讲述。他好像是积蓄已久的滔滔不绝的江水，找到了可以泄洪的机会，闸门顿开，他终于可以尽情地一泻千里了。他对她讲他每天早上提前两个小时去挤公交；讲他每天像狮子和羚羊一样奔跑；讲他好不容易费了千辛万苦争取来的客户被人抢去；讲买不起房子，他和婷婷沦为扼杀自己骨肉的刽子手；讲了每次婷婷和他吵架后，他寻觅着这种黑暗的地方，来释放他不堪重负的压力……

她怔怔地望着黑暗中的他，她的心不禁软了。

他窸窸窣窣地从裤兜内摸出烟盒，抽出一支，问道：“你会抽烟吗？”

“来一支吧。”说完，她愣了一下，好像这话是别人说的，根本不是从她嘴里说出来的。平时她最讨厌别人在她跟前喷云吐雾，更别说自己吸了。

他把手里的那支烟递给她，并从裤兜内掏出打火机。“啪”的一声，一簇橘黄色的火苗跳跃着。她看见了他的一张脸，那上面除了迷惘，还带着稚气。

他替她点燃。她吸了一口，止不住咳嗽起来。

“你不会抽烟？那就别抽了。”他说。

“没事。”她说，又抽了一口，这回不再咳嗽了。

他给自己也点了一支。

逼仄的空间内一闪一闪亮着两星如豆的光亮。

过了一会儿，他说："你走吧。"

她一时没反应过来。

"你走吧。"他又说。

她没动地方，仍旧站在原地。一股冲动像涨潮的潮水一样从她的心底涌上来，止也止不住。

黑暗中，他听见她轻声问："你能听听我的故事吗？"

他一愣，随后点点头。

她对他讲了没完没了的加班、培训、充电，讲如何面对一场场接踵而至的广告恶战，如何在竞争惨烈的广告市场中取胜，还要承受着无中生有的诽谤中伤……

他以为只有他这样的蚁族才会有这么大的压力，没想到她这样光鲜的白领也会如此。

她以为讲完了就结束了，她的心里就空了，就不会难受了。但是，她感到，她心里的容量好像并没有因此而减少，还有一个东西堵在她的心口，像一根卡在喉咙里的鱼刺，让她很不舒服。她像害怕他会转身离开不再听她诉说似的，急忙又开始了讲述。

她说："你想听听我和他的故事吗？他有家。你可以说我是个小三……"她在黑暗中一笑。

他没吭声。

她继续说："我们好了四年了。他是区政府的一个科长。本来昨天晚上他要为我庆祝升职的，可是我昨天晚上加班，从公司回来已经半夜了，所以只好改为今天。今天是我的生日，两个一起庆祝了。我在摇晃的地铁上给他发短信，问他什么时候下班。他回复说晚上临时有个饭局，让我回去等他，饭局一结束，他就马上过来。出了地铁站，我直奔菜市场。我知道每次饭局，他都吃得很潦草。我买了他爱吃的鲈鱼、扇贝、菜心，我准备做他喜欢吃的清蒸鲈鱼、豉汁扇贝、白灼菜心，再煲上一锅排骨冬瓜汤。他的人很精致，喜欢吃一些清淡的菜肴。回到家我先把排骨汤煲上，然后把主辅料都准备停当，只等他一进门，就开始炒。我站在小厨房窗口处眺望着。在我的眺望中，满城的灯火亮了起来……八点多了，还不见他回来。我忍不住给他发了条短信，他回复说，还要等一会儿。我一遍一遍在防盗门与小厨房窗口之间丈量着。九点多钟，他回来了，给我带来了生日礼物。我忙活着蒸鱼炒菜，做好后，我招呼他吃饭。我盛了一碗汤，放在他面前，他刚喝了几口，还没等我把今天的事告诉他，他的手机响了，电话是他妻子打来的。他放下手机，我定定地望着他。他走到我身旁，紧紧抱住我的肩膀。我能感受到来自他体内的力量。过来一会儿，他松开双臂，轻声说，对不起……然后在我额头上吻了一下，开门走了。在这座城市的某一套房子内，有一个女人和一个八岁的女孩在等着他，他还有另外两种身份，丈夫、父亲……”

他一直没吭声。他深知，有时候，倾诉是一种很舒服的感觉，他不想打扰了他刚刚体验过的那种奇妙感觉。

她接着说：“我坐在桌旁一个人大口吃着饭，和着泪把那些没有任何滋味的东西咽下去……我望着他送我的礼物，一条周生生的白金项链。我多想那是一枚戒指，哪怕是最廉价的，只要是他亲手为我戴上的……今天是我 30 岁的生日。你知道 30 岁对一个女人来说意味着什么吗？ 30 岁对于一个女人来说是一个分水岭，在这边和在那边，是截然不同的两种心情，你不懂的。昨晚妈妈打来电话提醒我生日，然后唠唠叨叨地问这问那，最后轻声说，昨晚妈梦见你带着男朋友回家来了……在妈妈的叹息中我挂了电话。我已经有两年没回家过春节了，我怕回去妈妈问到我这个问题。妈从不催我，只是幽幽地望着我叹息……后来，我去了酒吧，那里真是个好地方。我点了一杯鸡尾酒，然后和着重金属音乐，融进了变幻莫测的灯光下变得光怪陆离人群中……曲终人散走出酒吧，走上午夜寂寞的街头，我才真真切切地感受到，那些声光交错的喧嚣过后，唯一留给我的，只有漫漫长夜中蚀骨的孤独和空虚……”

黑暗中传来了她的啜泣声。他不知如何是好，猛然想起裤兜里还有刚才吃烤串时给的餐巾纸，他伸手从里面掏了出来，递给了她。

她接了过去，轻声说了一句：“谢谢。”

“你们既然相爱，你为什么不让他离婚，你们在一起？”他低声问。

她怅惘地说：“他还要在仕途上走下去，我不能断了他的前程。这是我生命里的劫，既然是劫，就在劫难逃。谢谢你！听我说了这么多……”

他说：“你也做了我的倾听者……”

像卸掉了重重的负荷，她的身心异常轻松起来，她问他：“还有烟吗？”

他从裤兜里掏出烟盒摸了摸，说：“还有最后两支。”

“我们一人一支，把它消灭掉！”她说。

“好！”他把最后两支烟抽出来，把烟盒丢在地上，掏出打火机，一人一支点燃抽了起来。

她深深吸了一口，说：“这烟和刚才不一样味儿。”

他吸了一口说：“我也觉得不一样。”

她说：“我想起来一个抽烟的笑话，说给你听听？”

他说：“好啊！”

她说：“有一个边远的小山村，是个远近闻名的长寿村。有一个专门研究生命科学的专家前去考察，在村口遇到一个老头在晒太阳，就问老头高寿，老头回答说已经93岁了。专家连声赞许，盛赞老头是个老寿星。专家突然看到老头手里拿着烟袋，就说抽烟要折寿啊！老头反问是熏肉放的时间长，还是鲜肉放的时间长？”

两个人轻声笑了起来。

她猛然想起了什么，浑身一激灵，“你快走吧。”

“我送你回去吧。你住在几楼？”他问。

“不用！你快走”！她催促着他，甚至伸出双臂向外推了他一把。

这时，一阵急促的警车的鸣笛声由远而近，传入了他们的耳际。

她和他同时愣住了。

紧接着，几道光束交错着射进小区内。

随后，一阵杂乱的脚步声向这里纷至沓来……

掉在地上的太阳

1

那母女俩就像一根丝，随着那一大一小两个身影的消失，德昌心中对邱老师的那份嫉妒也被抽走了。

其实，德昌对邱老师最开始时不是嫉妒，而是羡慕。这其中的缘由，倒不是羡慕邱老师肚子里的墨水。邱老师年轻时曾经在村小学当过几年民办教师，后来被清退回家种田了。虽然被清退了，转山营子的乡亲们还是延续着以前的称谓，颇有几分恭敬地称呼他为邱老师。德昌嘴上不说什么，却在心里认为肚子里要那么多墨水没多大用处，一年四季，春种秋收，靠的是一双手，一身汗，要那么多墨水有什么用？你支着画夹子照着庄稼地描了一幅绿油油的画，你那田地里的秧苗就绿油油的了？

德昌艳羡的是邱老师家的人气，是那份大人叫、孩子哭的喧嚣，是那份鸡飞狗跳、人仰马翻的热闹。

如果你好信儿推开转山营子大部分人家的柴门，映入你眼帘的不是脸上沟壑纵横的老家伙，就是拖着鼻涕泡儿背着书包的孩童，村里的青壮劳力十有八九背着行李去了那灯红酒绿却不属于他们的城市。德昌家也是这种状况，儿子庆志和媳妇远在离家两千多里的一座城市打工，留下他和老婆子还有十岁的孙女小葵在家。平日里还算马马虎虎过得去，每到年节，德昌的眼里就像长出了一支钩子，直勾勾地勾着那些大摇大摆走在村路上，肩扛手提，眼睛笑得眯成一条缝儿的家伙们。去年过年庆志两口子就没回来，打来长途电话说起大早到火车站排了好几天也没买到那两张返乡的火车票，从黄牛贩子手里买又舍不得多花的那份冤枉钱。电话是老婆子接的，没说上两句就眼泪汪汪捂住了嘴，把话筒递到他的手里，他没接。老婆子又把话筒递给了小葵，小葵只说了一句“妈，我想你”，就“哇”的一声哭开了。大年三十晚上，德昌连财神也没心思接，春晚也没心思看，早早就躺在了炕上，听着爆豆似的鞭炮声心烦意乱。大年初一的饺子他只夹了一个，那是他六十多年来吃得最没滋没味儿的一顿饺子。

邱老师家就不一样了。邱老师的儿子大壮前几年也和村里大多数青壮劳力一样出去打工，说是在城里盖大楼。出去时身上全须全尾的，两年后回来时右腿少了一截儿。即便是这样，也足够令德昌羡慕的了。不管咋样，也是团团圆圆的一家人。即使是从那扇窗户中飞出来的吵架声、拌嘴声，也让他羡慕得眼红。

这种艳羡埋在心里，眼睛却成了叛徒，常常不自觉地从里面溜出来，尤其是一年三百六十五天中的那几个非同寻常的日子。目睹了一遍人家的天伦之乐后，德昌的心里便多了几分酸溜溜的滋味，像打翻了一只醋瓶子。在大柳树下乘凉，和老哥们儿聊着春种秋收，东家长西家短，邱老师倘若加进来，德昌说话的语气就变了，话语里不是夹了枪，就是带了棒。有一次德昌和孙女小葵走在村路上，远远看见邱老师向这边走过来，德昌三步并作两步拐上了一条小道，这条路回家明显要多走一段距离。小葵像个跟屁虫似的跟在身后不住地问德昌为什么要绕远，德昌没头没脑地训了小葵一顿，把小葵训得一愣一愣的。德昌有时甚至在心里产生过这么一种念头，邱老师他们家出点事才好呢。过后，德昌自己却把自己吓了一跳，这是怎么了？怎么变得这么恶毒？

这种微妙的感觉持续了一段时间。去年入秋时，邱老师的儿子大壮因为腿脚不利索，不慎跌进了鱼塘，撇下父亲妻女去了。柳枝泛青时，听说大壮媳妇又寻了人家，邱老师没反对，如今两口子离婚不过的有的是，何况大壮人已经不在了，你没理由让人家儿媳妇守着。但邱老师提了一个条件，想走可以，把孙女香香给他留下。这个条件就有点说不过去了，大壮媳妇自然不会应允。僵持了一段时日，大壮媳妇终于回来给香香办了转学手续，领着香香走了。

香香母女俩的离开，把德昌心中对邱老师的妒忌也带走了。

另外一种东西取代了德昌心中原有的东西。自己和儿子媳妇虽说远隔千里，可不管怎样终归还是自己的儿子媳妇，身边还有老婆子和孙女，还是完整的一家人。那家伙如今是一人吃饱，全家不饿，老绝户棒子一个。虽说还留下香香一个骨血，可已不知随了什么张王李姓，跟没有没什么区别。

德昌想起那天大壮媳妇领着香香走时邱老师老泪纵横的样子，不禁叹了口气，从柜子里翻出来一瓶没舍得喝的白酒揣在了怀里，和老婆子说了声“去邱老师家看看”，便出了家门，孙女小葵闻听忙跟在后面跑了出去。小葵和香香念同一年级，又是同桌，差不多每天放学后都要相互搂着脖子去香香家写完作业再回来。

邱老师家住在村西第二家，西边就是村小学。

和转山营子大部分民居一样，邱老师家也是三间房，东西各一间住人，农村讲究东为大，邱老师自然住在东屋，大壮一家三口住在西屋，中间一屋垒着锅灶做饭。

德昌和小葵走进灶屋，见邱老师坐在锅灶前的一只小板凳上，不宽的锅台上放着一只碗，碗里是小半碗米饭，碟子里是半盘腌咸菜，德昌见了心里一阵发酸。有一次老婆子带着孙女小葵去走亲戚，他就是这样把灶台当成了饭桌。老婆子走亲戚去了五天，他把灶台当了五天饭桌。

邱老师从小板凳旁站起身来，咧了一下嘴说："来了老武哥，屋里坐。"

"找你来喝两盅。"德昌冲邱老师一扬手中的酒瓶，随手拎起靠在门后的炕桌进了东屋。

德昌和邱老师盘腿坐在炕上，一东一西坐在炕桌两侧，桌上是德昌从村小卖店买的猪头肉、花生米之类的熟食。小葵懂事地从灶屋碗柜里拿来了碗筷酒盅，分别放在了两个人面前。

邱老师招呼小葵上炕。小葵摇摇头，坐在地上的椅子上，透过开着的屋门望着西屋的房门。西屋的房门关着，上面挂着门帘。

德昌打开酒瓶，在两只酒盅内倒满酒，"来，咱老哥俩喝一盅。"

邱老师端着酒盅的双手哆嗦着，酒洒在了桌子上，猛地双手一擎，仰起头一饮而尽。

"吃口菜。"德昌把几片猪头肉夹到邱老师面前的碗里。

"好端端的一家，说散就散了……"邱老师用手掌不住擦着眼睛。

德昌在邱老师的手上拍了拍，"别想那么多了，日子总要过下去的。"

小葵拿过柜盖上的烟笸箩，两只小手灵巧而又娴熟地卷着纸烟。德昌在家也抽这种纸烟，小葵常给他卷。

小葵把卷好了的一支纸烟放在了邱老师的膝盖上，"邱爷爷，给你。"

邱老师用手拍着小葵脑后的马尾辫，“小葵乖，谢谢你。”

小葵瞪着一双大眼睛，摇了摇头，然后又卷了一支纸烟递给了德昌。

有烟雾从饭桌上空升起，两个苍老的声音艰难地从烟雾中拧出来，像被什么锈蚀住了，涩涩的。

“想开点儿，都一样，我家那两个不也是看不见够不着的。”

“不一样的，你还有盼头儿，我有什么，什么都没有了。昨晚我还梦见大壮和香香，香香向我伸着手，哭着喊爷爷……”

“要是不嫌弃，以后你就把小葵当作孙女……”

“谢谢你，老武哥……”

“以后有忙不开的，你就吱一声……”

2

……香香回转身，向他伸出手来，哭着喊：爷爷，爷爷……他向香香伸出手去，脚下却感觉腾云驾雾似的，总是赶不上香香，与香香的手总是隔着一段不长不短的距离。他急了，大喊一声，香香！使出浑身的力气，猛地向前一扑。他终于抓住了香香的手……

“邱爷爷，你醒醒，我是小葵！”

邱老师睁开眼睛，见小葵站在炕沿边，自己正紧紧抓着小葵的手。

“邱爷爷，你是不是又梦见香香了？”小葵瞪着一双明亮的大眼睛问。

春分地皮干，谷雨种大田。节气等不得，今天，他终于把西山洼子那块地种完了玉米。家里原先四口人，一人一亩地，总共有四亩地，不是很多，但是他一个人种就显得多了。去年春上还有大壮，尽管磕磕绊绊地，总能搭把手帮衬着，大壮媳妇和香香也能帮他撒种。今年剩下他一个人孤零零地杵在地里，四亩地他紧赶慢赶种了五六天。身体上的累是一方面，更多来自眼里。看着别人家地三三两两的身影，再看看自家地里，只他一个人在晃荡。眼睛和心是同谋，悲伤便像袅袅上升的地气袭上心头。

回到家，已经下午两点多钟了，饭也没心思吃，洗了一把手脸，就躺倒在了炕上。

香香走后的这段时间，他不止一次去看过香香。香香妈改嫁的那个村子名叫西瓦窑，离转山营子二十多里地，骑车需要两个多钟头，但这也没能耽误他去看香香。他没直接去香香的继父家，而是去的香香所在的村小学。他靠在自行车旁，抻着脖子等着香香下课，只有下课的那十分钟，他才能见到香香，摸摸香香的小手，亲亲香香的脸蛋。每次去他事先都会到镇上给香香买上一大包好吃的，他一样一样从袋子里拿出来，一个劲儿往香香的手里、嘴里塞。看到香香一副吃得香甜的样子，他的心里是既欣慰又酸楚，每次听到上课的铃声，他的心就会止不住疼起来——世界上再没有比上课的铃声更残忍的声响了。返回的路上，每次他都骑得很慢，和来时的脚下生风截然相反。

半个多月前，他忍不住又去了一次。香香哭着对他说，她新爸爸要带她妈妈和她到省城打工去了。他一听急了，去了城里就意味着他将见不到他的香香了！上课铃声残忍地响了，香香抹着眼泪一步一回头地上课去了。他没有骑车返回，而是蹲在学校门口等着香香放学。他和香香一起去了香香的继父家，香香的继父没在家，只有香香妈一个人在家。他询问了情况，得到的回答和香香说的一样。他又提起香香妈要带香香改嫁时他提的那个条件，看得出来，香香妈很反感，说："你怎么又提这事？以前我没答应，现在也不会！"他慌乱了起来，历数了在城里香香所要面临的问题，去什么学校上学，香香会不会适应，城里不比乡下，上下学谁来接送等等。香香妈的脸上明显现出了不耐烦，大声说："我是香香的亲妈，我会安排好我闺女的生活！不麻烦你老操心好不好？"那天从西瓦窑回来时，他是一路推着自行车回来的，他感到像被人抽去脊梁骨，浑身上下一点劲儿都没有，到家已经快大半夜的光景了。

一个多星期前，天刚蒙蒙亮，他就骑着车子出了家门。上次离开时，香香偷偷扯住他的衣襟，把她妈说的去省城的日子告诉了他。他先去了镇上，给香香买了一大包东西，书包，文具，吃的，用的，应有尽有。他呼呼带喘骑到西瓦窑，来到香香继父家门口，出现在他眼前的却是铁将军把门。他慌了，上次走时香香分明说的是明天走，他记得千真万确，今天怎么会锁门？他挥起拳头，差点儿没把香香继父家的大门砸开，旁边邻居家的大门开了。一个拄着拐棍的老头告诉他说三天前香香一家就走了，他像遭了雷击一样，一下子呆愣在了那里。

如今，他只知道他的香香生活在那个有着七百多万人口的城市，却不知香香住在哪道街，哪条路。

"邱爷爷，你喝点儿水吧。"小葵小心翼翼地端着一碗水走到了炕沿边。

他接过水碗，哑着嗓子说："谢谢你小葵。"

"我做梦也梦见香香了，香香去哪儿了？"

"城里。"

"很远吗？"

"很远。"

"暑假会回来吗？"

……

他的目光虚虚地落在放在炕梢给香香买的那包东西上。他欠起身，拉过书包，说："这是给香香买的，用不上了……给你吧。"

小葵说："谢谢邱爷爷。"

他木然地摇着头。

小葵从自己的书包内拿出一个图画本，翻开说 :“邱爷爷，这是我画的，送给你。”

他接过图画本，见上面画的竟然是香香，背着书包，圆圆的脸庞，大大的眼睛，扎着一根马尾辫，旁边写着“香香我想你”。再往后翻，还有好几张，有香香一个人的，也有两个人的，下面写着“我和香香”。

他抬起头，问 :“这些都是你画的？”

小葵点头，“我想香香了就画一张。”

他怔怔地望着小葵。

“邱爷爷，以后你想香香了，我就给你画好吗？”

他机械地点着头。

小葵从书包内拿出彩笔盒，趴在炕沿上画了起来，边画嘴里边念叨着 :“这个是邱爷爷，这个是香香，这个是小葵。”

他看见自己站在中间，一只手拉着香香，另一只手拉着小葵。

“小葵，我教你画画好吗？”他望着小葵郑重地说。

3

节气就像一根鞭子，在后面赶着你不住地往前走，德昌的日子被接踵而来的农事淹没了。庆志两口子外出打工指望不上，老婆子身子骨儿又不好，勉强能把一日三餐从生的变成熟的，家里的五亩地全靠他一个人忙活。那日同邱老师喝酒时说的那些贴心窝子的话德昌虽然还记得，可是那又能怎么样，如今他一个人忙得脚打后脑勺儿，哪还会顾及旁人的事呢。

小葵放学回来说邱老师要教她画画，德昌的心里就有几分反感。这家伙看来也和镇上的一些老师一样，嘴上说办补习班教孩子，实际就是哄孩子玩，一个月收上三头二百的，柴米油盐过日子的钱就出来了。邱老师没被清退前在学校是个大杂烩老师，数学、语文、美术，什么都教过。德昌在心里打定主意，你有千条妙计我有一定之规，我可不会让我儿子辛辛苦苦赚来的钱打了水漂儿!

谁知第二天，邱老师兴冲冲地上门来了，说要教小葵画画，说小葵在绘画方面有哪样哪样的天赋，将来极有可能成为一个很有前途的女画家，并拿出了小葵画的几幅画为证，神情异乎寻常地激动。

德昌表现得很是冷漠，这家伙果然不出自己所料！德昌在心里冷笑一声，打我的算盘，找错人了！村里越来越多初中还没念完的半大孩子，随着父母到城里打工去了。听说弄不好下学期村小学就要和镇中心小学合并了，如今村子里的学苗儿越来越少了，况且，学什么不得花钱。庆志两口子在城里打工挣的几个血汗钱，德昌一分都没舍得花，拿到镇上信用社存上了。德昌在心里有个小九九，等庆志两口子在城里再干几年，再攒点钱，他就让他们回来，加上这些年他和老婆子口挪肚攒下来的划拉在一起，就可以盖上三间新房了。家里现在住的这三间房子还是九十年代盖的，庆志娶媳妇生孩子都在这里，德昌从心里庆幸并感激庆志媳妇没要新房。如今这三间房看上去就像他们这帮老人，腰塌背驼，时日不多了。然后他再让庆志两口子要二胎，生个小子最好不过了，不行生个丫头也可。过日子过的是什么？过的不就是人嘛！没有人气，过的那叫什么日子!

德昌说："一个丫头蛋子，能成什么气候，把初中念完就行了，当什么画家？！"

邱老师好像看出了德昌的顾虑，急急地说："老武哥，你放心，我教小葵画画绝不收钱。"

这倒出乎德昌的意料，他怔怔地望着邱老师。

邱老师认真地点着头，"真的！我绝不收钱！"

德昌闻听，皱纹堆垒上了眼角。

让德昌想不到的还在后面。邱老师不仅无偿教小葵画画，还给小葵买画笔、颜料。德昌虽然不懂画画，但他知道，那一捆一捆的画纸，一把一把的铅笔，一盒一盒的各色颜料，都是要花钱的。德昌很是为难，给邱老师钱，他不想在这方面投资，二是邱老师也坚决不要，邱老师说他是觉得小葵是这个料，他才教小葵的，这让德昌心里很是过意不去，自然也就想方设法找机会补偿回去。老婆子蒸了包子馒头，就用塑料袋装上几个，差小葵给邱老师送去；菜园里种的菜下来了，也摘了让小葵送去。久而久之，小葵已经养成了习惯，这边锅里的包子馒头刚掀开锅盖，那边小葵已经撑开塑料袋在那儿等着了；在园子里发现顶花带刺儿的黄瓜，泛着紫亮儿的小茄包儿，小葵都会第一时间摘下来，也不管德昌心疼说“吃它命啊”，撒开两腿就给邱老师送去。德昌呢，也会尽自己最大的能力帮衬邱老师，往玉米地里扬肥洒药，家里苫房紧瓦，德昌都会到场。过端午节，德昌不光早早让老婆子包了粽子、煮了鸡蛋给邱老师送去，过节当天还背着手亲自去了邱家，把邱老师请到家，两家人一起热热闹闹过了节。

德昌惊异于邱老师家院里那片金灿灿的向日葵。

足足有两铺炕大小，几乎占去了院子的一半。一株株挺立着，金黄色的花盘统统面向东方，像一轮轮从天空中掉落在地上的小太阳。

小葵那孩子爱吃毛嗑，德昌在自家的屋后墙边也种了几棵向日葵。这个邱老师怎么种了这么一大片？

更让德昌惊诧的是，那一轮轮高扬的太阳下面，还立着一轮小太阳，圆圆的脸庞迎着朝阳，上面泛着金色明澈的光，竟然是小葵。

小葵站在一棵向日葵下面，高扬着头，拍着手说着歌谣：

青竹竿，挑大盘，开黄花，结丫鬟……

邱老师抬头看见德昌，紧走几步奔过来。

德昌问："你咋种了这么一片向日葵？"

邱老师一把抓住德昌的手，兴冲冲地说："老武哥你先别问这个，我让你看一幅画！"

在邱老师的牵引下，德昌来到了立在窗前的画夹前。

邱老师眼里泛着光，"猜猜这是谁画的？"

德昌眯着眼睛，见上面画了一棵开得正盛的向日葵，圆圆的金色花盘，四周环绕着橙黄色的树叶状的花絮，看上去跟真的差不多。

德昌眨着眼睛问："这是小葵画的？"

邱老师激动地说："老武哥，你猜对了！现在你知道我为什么种了这么一片向日葵了吧？我是为小葵种的！"

德昌看看地里的向日葵，再看看小葵画的，不由得嘿嘿笑了。

4

阳光以金黄的色泽和炙热的温度迎接着德昌。

六月六看谷秀。一年的丰歉在这个季节已显现出了苗头，地里的玉米已长到一人多高，远看像布列整齐的墨绿色方阵。

德昌分开刀剑密布的叶片走进玉米地，顷刻之间就被一种难耐的溽热从头到脚兜住了。不过德昌还是很喜欢这种不太舒服的包围，甚至有些享受这种包围。从这种包围中，德昌不仅体会到庄稼迎头给他的溽热，还有一种浓稠鼓胀的气息，那是从那些咔嚓咔嚓正在拔节的玉米棵中渗透出来的，甜丝丝，香喷喷，一丝丝，一缕缕，把德昌的心也鼓胀得充盈饱满起来。

出了自家的地，旁边就是邱老师家的地。邱老师家的明显赶不上自己家的，自家的玉米秸长得壮壮实实的，一不小心能撞你个跟头，叶子更是黑油油得像要往外淌油；邱老师家的就不行了，看上去有点像营养不良，叶片黄皮拉瘦的，秸秆长得也是杨柳细腰的。德昌种庄稼有一套，每年春耕前，他都要出去踅摸一番，买上一车两车牛粪鸡粪，庄稼一枝花，全靠肥当家，那些二胺尿素什么的，在德昌眼里根本算不上肥料，只有地地道道的农家肥，那才叫肥！这种庄稼跟养儿育女是一样的道理，你营养跟不上，它能给你出壮苗吗？这个道理他得跟邱老师好好唠唠，不舍得投资，到了秋天哪有喜人的收获？

今天还是晒霉节。六月六晒红绿，在他们这一带流行着这样一种习俗，每年六月六这天，家家户户都要把家中的被褥、衣服统统搬到太阳底下暴晒，把一年的霉运统统都晒掉。这一天龙王爷都要出来晒龙鳞，何况老百姓呢？德昌从家里出来时，老婆子就大扫除似的把炕上、柜子里的东西往外抱呢，小葵一大早就撒开两条腿跑去了邱老师家，说要帮邱爷爷晒霉。

德昌从墨绿色方阵的围剿中走出来，背着手向邱老师家走去。

德昌走到邱老师家院外时，见邱老师家的篱笆墙上已经晾满了花花绿绿的被褥，像开了一篱笆墙五颜六色的花。几只蝴蝶误以为是真的，扑扇着翅膀在上面盘旋了一圈，飞走了。

小葵正搬了一摞书从屋内出来，头顶上别了一朵金黄的小葵花。

“邱爷爷，还有书！”

“对！通通晒一晒，把霉运都晒跑！”

邱老师从小葵手里接过书，一本本摆放在窗台上。

“下面我们该晒鸡蛋了！”

"哦！晒鸡蛋喽！"小葵欢呼着跑进屋内。

晒鸡蛋是六月六的又一个习俗。六月六，鸡蛋晒得熟，挑选几个大个的红皮鸡蛋，在上面写上名字，然后拿到太阳底下晒，传说写了名字的人会时来运转，走好运。这几年都没人想起来了，想不到邱老师还记得。德昌想，自己不妨当会儿观众，看看这久违的习俗表演。

小葵和邱老师一前一后走出屋子，邱老师的手里端着一篓鸡蛋，小葵的手中捧着一只陶瓷大碗。

两个人蹲在太阳地里。

邱老师拿起一个鸡蛋递给小葵，"小葵来写吧。"

小葵张大嘴巴，认真地冲着鸡蛋哈了一口气，拿起铅笔在上面写着名字，嘴里念叨着，"这个是邱爷爷的……"然后把鸡蛋放进陶瓷大碗内。

邱老师把另一只鸡蛋递给小葵。

小葵边写边念叨，"这个是香香的……"

邱老师又把一个鸡蛋递给小葵。

小葵扬起小脸问："这个写谁？"

"当然是小葵啊。"

"还有我？"

"是啊！小葵和香香一样，都是我最亲的人呀！"邱老师在小葵的鼻子上刮了一下。

小葵嘻嘻笑着，在鸡蛋上写上名字，把鸡蛋放进陶瓷大碗内，一不小心脑门儿撞到了邱老师的脑门儿上，爷俩一屁股坐在地上哈哈大笑。

邱老师捂着脑门儿连声嚷着："撞葫芦瓢喽！"

小葵伸出小手在邱老师的脑门儿上揉着，"邱爷爷，疼吗？"

邱老师把小葵的小手握在手里，凝视着小葵缓缓摇着头。

突然，邱老师一把把小葵搂进了怀里。

德昌脸上堆垒的皱纹就硬硬地僵在了一起。

5

还没放暑假，人们就在传扬农村小学撤点并校的事。新学期开学，村小学要与镇中心校合并，以后不光转山营子的孩子，周围十里八村的孩子都去镇中心小学上学。原因是如今各村的学苗逐年减少，有的村一个年级仅有十个八个学生。以往没到下课时间，操场上就跟开了锅似的，如今只晃荡着屈指可数的几个身影，显得冷冷清清的。这次消息属实，各村小学正式并入镇中心校。

对于小葵这帮孩子来说，与镇中心校合并其实也没什么，在哪儿都是念书。镇中心校学苗多，同学多，也热闹。只是上学有点远了，转山营子离镇子有五六里地，不过这点路程也算不得什么，几个小伙伴在一起打打闹闹，一撒欢儿也就到了。

德昌也是这么认为的。听说城里的孩子，上学放学都要父母接送，德昌觉得城里养孩子就像塑料大棚里种菜，长大了也是娇里娇气的。

这段时间，邱老师的日常生活中多了一件事。每天下午三点多钟，他都会推出自行车，出了院子偏腿上车，直奔镇子而去——他是去镇中心校接小葵。

自从得知村小学和镇中心校合并之后，邱老师首先想到的就是小葵的上学、放学问题。六七里地，要走半个多小时呢，遇上刮风下雨天怎么办？冬天天冷了怎么办？况且路上还有机动车，出了事怎么办？他不知道德昌是怎么安排的，孩子的安全毕竟是大事，不能忽视，他决定找德昌商量一下。

院子里的那片向日葵的花蕊早已经脱落了，露出了一行行排列整齐的浅灰色的瓜子。这些还没成熟的瓜子吃起来有一点甜味儿，又有一些生味儿，却是小葵的最爱。每次画完画，邱老师都要挥起镰刀砍下一盘，掰成一块一块递给小葵，今天也是这样。

小葵手里拿着巴掌大的一块，一边噗噗地往外吐着瓜子皮儿，一边蹦蹦跳跳地走在前面。

邱老师背着手走在小葵后面。

小葵在脑后扎了一个高高的马尾，上面扎着一个粉红色的蝴蝶结。蝴蝶结随着身子的跳跃上下蹿动着，像一只美丽的蝴蝶在翩翩起舞。

他们穿过田埂，绕过水塘，走上了小路。

邱老师渐渐放慢了脚步。他忽然非常渴望自己家离德昌家的这段距离再远些，再长些，长到无极限，那样他就可以无限制地走下去，就这样一直走下去……

邱老师的行动使他和小葵之间拉开了一段不小的距离。走在前面的小葵扭头发现了这种情形，脆生生地喊："邱爷爷，快走啊！"邱老师才不得不加快了脚步。

屁股刚在炕沿儿上坐定，邱老师便提起来撤点并校的事。

"你说这在村里上得好好的，并什么校呢。"德昌把炕上的烟笸箩推给邱老师。邱老师说："并校也有并校的好处。镇中心校条件比我们转山营子要好，主副科都开齐了，有利于学生全面发展。咱们转山营子小学师资力量不行，学苗又一年比一年少，你看学校才几个孩子念书。再说校舍也不行了，千疮百孔的，一抬头就能看见天……"

"你说得也是。"德昌吧嗒着卷烟。

"小葵上学放学怎么办？"邱老师把话题转到了主题上。

德昌说："我和红运他爷合计了，一早上学怕迟到，就让红运、小葵他们几个合伙搭瘸老五的三轮车走，一个月给瘸老五几个钱。"

"那晚上放学呢？"邱老师问。

德昌说："晚上放学早点晚点到家都不打紧，走着回来。"

邱老师说："七八里地呢。"

"半大孩子走道快，一撒欢儿就到家了。"德昌不以为然道。

邱老师有些急了，"这个年纪的孩子不定性，走在路上你推我一下，我搡你一把，机动车可不长眼睛，万一有个闪失……"

德昌说："我让小葵注点儿意。"

"不行不行！"邱老师把脑袋摇得跟拨浪鼓似的。

"早上搭车就讲不了了，晚上再花钱搭车回来，那一个月下来得多少大头钱！"德昌同样摇着脑袋。

邱老师站起来说："老武哥，你要是脱不开身，晚上我来接小葵放学！让小葵走回来，绝对不行！"

德昌正要把手里的卷烟往嘴巴里塞，闻听此言，夹着卷烟的手停住了。

这件事最终的结果是，德昌不同意让邱老师接小葵放学。邱老师磨破了嘴皮子说了大半天，德昌也不同意，连连摆手说小葵可以和大家伙儿一起回来，并对邱老师一再表示感谢。

邱老师无奈出了德昌家。他不明白德昌以往对自己跟自己家人似的，怎么突然间对自己客气起来了。

这件事差不多就算搁下了。

过了没两天，转山营子一个和小葵一起在中心校念书的孩子在放学的路上被一辆机动三轮车刮倒了，万幸没出大事，只是脸上剐了点皮外伤。邱老师却紧张起来了，他决定晚上接小葵放学！

这件事邱老师没告诉德昌，小葵也没和爷爷说。小葵说这是邱爷爷和她之间的秘密，他们两个还拉钩了呢。

邱老师从前的自行车除了铃不响，其他部位零件差不多都响，这样的自行车平时自己骑着还可以，接小葵万万不行。邱老师专程去了一趟县里，到自行车行千挑万选，最后花了五百多块买回来一辆新自行车，又在自行车横梁上加了一块横木板，两边用两块木板固定在横梁两侧，然后又找来了香香的一个小棉垫子绑在上面，一个简易却很舒服的车座就算做成了。其实小葵完全可以坐在自行车后面的货架上，可是邱老师却从没想过让小葵坐在后面，香香在的时候就是坐在前面。

来镇中心校接孩子的真不多，三个两个的，面孔还不固定，明显不是经常来接。车把上不是吊着这，就是手里拎着那，显然是办完事，顺路来接的。

校门口右侧第三棵杨树下，是邱老师的固定位置，这是他和小葵约好的地点，每天他差不多都会提前十分二十分的到达这个地点。他总是在心里这样认为，学校会不会提前打铃？或者班主任有什么事，提前给小葵他们放学？——其实学校放学很准时，三点五十分，放学的铃声准时响起来。

铃声响过，用不上三两分钟，小葵就会蹦跳跳出现在他的视线中，今天也是这样。

恍惚中，他的香香像小鸟一般张开翅膀欢叫着跑过来，背着黄绿相间的书包，扎在脑后的马尾辫儿上顶着一只粉红色的蝴蝶结。香香轻车熟路地爬上自行车的横梁，坐好身子，嘴里喊着：“走喽！回家喽！”

邱老师还沉浸在他的恍惚中，一时没有反应。

一只小手在他的眼前晃动着，“邱爷爷，你在想什么？”

邱老师这才缓过神来。

跨上自行车座刚要出发，一个和小葵年纪相仿，身穿红上衣的小女孩跑了过来，把一个绿色的文具盒递到小葵跟前，说："你跑得真快！文具盒不要了？"

小葵一吐舌头。

小女孩羡慕地说："你爷爷真好！天天来接你……"

小葵回头望了邱老师一眼，转过头大声说："那当然了，我爷爷是世界上最好的爷爷！"

邱老师的心里荡过一阵暖流。

在那些同学艳羡的目光注视下，爷俩雄赳赳气昂昂，踏上了归途。

邱老师的双手把着车把，身子向前倾着。小葵的小脑袋瓜儿从他的胳肢窝下面钻出来，马尾辫上的蝴蝶结在他的眼前拂来拂去，一股香味从小葵的头发上散发出来，像春天里盛开的花朵发出的芬芳。那股好闻的香味从他的鼻孔钻进去，一直钻进他的心里，让他再度有些恍惚。

香香自从跟她妈妈和继父去了城里后，一直没有音讯。邱老师骑车去了几趟西瓦窑，香香继父家的大门上都是铁将军把门，向左邻右舍打听，都说一直没回来。邱老师忍不住，去县城打了火车票，坐了八九个小时火车去了香香生活的那座省城。下了火车出了出站口，邱老师站住了，映入眼帘的是摩天大楼，街上车水马龙，人流如潮水一般涌动。邱老师真的不知往何处去，他穿行在纵横交错的街道，审视着每一个和香香身高、体型相似的女孩，希望其中的一个就是他朝思暮想经常出现在他梦境中的香香，可是他的每次企盼换来的都是失望。他在省城转悠了两天，最后迈着沉重的步履、带着一腔的失望上了火车，回到了转山营子。他买了一张全省地图贴在了东墙上，几乎每天他都站在那张地图前，凝视着那形似一只挺立着的梅花鹿的版图，一万多平方公里，七百多万人口，他的香香在哪儿？究竟蛰伏在哪片高楼大厦之下，淹没在哪股人流的汪洋中？

“邱爷爷，今天老师布置了一篇作文，让我们写《一个你最熟悉的人》，我写的就是你！”小葵大声说。

“写了我？”邱老师疑惑地问。

“是啊！老师说我写得好，还当成范文在课堂上给全班同学朗读了呢。”小葵美滋滋地说。

“哦，是吗？怎么写的？”邱老师问。

“我给您背诵一下吧！”小葵回过头说。

“好啊！”邱老师说。

小葵提了一下嗓儿，朗声背诵道：

我最爱的邱爷爷

邱爷爷不是我的亲爷爷，却是我最爱的爷爷！

如果你走进邱爷爷家院子，首先映入你眼帘的是一大片金黄的向日葵，圆圆的花盘高扬着，像掉在地上的一轮轮小太阳！

这一片向日葵就是邱爷爷特意为我种的，为的是让我更好地画向日葵。邱爷爷耐心地给我讲解画向日葵的要领，不厌其烦地教我画每一笔，每一幅。邱爷爷说要把我培养成中国的女梵·高。

邱爷爷不仅教我画画，还像对亲孙女一样给我买书包、文具，还为我买画画用的纸笔和颜料。

邱爷爷有个孙女名叫香香，跟随她妈妈去了城里。香香离去，把邱爷爷的心也带走了……

邱爷爷，我想对您说，我就是您的香香，就是您的孙女！

邱老师鼻子一酸，右脚猛地杵在地上，自行车停在了路旁。

小葵扭回头，扬起如花的脸庞望着邱老师，“邱爷爷，你怎么了？”

邱老师俯下头，将脸深深地贴在了小葵的脸上。

6

这个时节，地里实在没有什么活计，秆上的玉米已经从皮子的包裹中探出头来，头顶的须子也变得干枯了，不过还要等几日才能收割，籽粒还要再度一度，这个时候收割是要减产的。德昌和一些转山营子的老人一样，利用着这短暂的农闲时光养精蓄锐。秋风乍起，他们这些家庭的主要劳力就不得不投入到对于他们来说绝对称得上高强度的秋收中。

老柳树下多了几个佝偻的身影。德昌凑了过去，脱了鞋垫在屁股底下。

“德昌啊，邱老师对你家真是够意思。”

“他说小葵是画画的料，非要教小葵画画。”

“就画画吗？还见天晚上接小葵放学呢。”

“接小葵放学？真的？”

“你不知道？邱老师为接小葵，还特意买了一辆新自行车呢。”

邱老师鸟枪换炮买了新自行车这事德昌知道。昨天下午他还看见邱老师骑着自行车从水塘边经过，自行车横梁上还绑着一个简易车座。当时德昌还想，这家伙绑那玩意干吗。难道昨天真是去接小葵的？

“昨天晚上放学我还看见你家小葵坐专车回来，手里还举着一个棒棒糖。”

“你们发现没有？这段邱老师和往常不一样，精神头儿特足！”

“你们说这邱老师咋对小葵那么好呢？又白教画画，又接放学的……”

垫在屁股底下的鞋里像被人撒进去一把苍耳子，德昌坐不住了。

德昌撒开两腿直奔镇子的方向而去。

家里有一辆旧自行车放在偏厦子里，庆志在家时经常骑。庆志去了城里也没人骑了。德昌对于啥都有五把操，可是唯独不会骑那个两个轱辘的自行车。赶集下店德昌全凭两条腿。

从镇子到转山营子只有这一条乡路。如果邱老师骑自行车去接小葵，一定会遇到。

德昌穿过柳树趟子还没拐上乡路，就见邱老师骑着自行车，前面载着小葵，有说有笑地从乡路上驶过。

看来红运爷他们说的是真的。这家伙果然背着他接小葵放学。德昌扬起手，冲着那个背影刚要喊，那个背影突然停住了。紧接着，前面那一幕就直愣愣地闯进了德昌的眼里。

顷刻间，德昌就像被施了定身术一样，被牢牢地钉在了原地。

那天，在邱老师家院子看见他和小葵晒鸡蛋时的亲昵举动，德昌愣住了。后来他想，那也许是邱老师的情不自禁。小葵和香香年纪仿佛，香香离开这么长时间没有音讯，想念香香，也许一时把小葵当成了香香也有可能。拿人心比自心，也是可以理解的。小葵有回放暑假去城里庆志两口子身边待了一个礼拜，那一个礼拜他和老婆子就跟丢了魂儿似的，老婆子更是连炕都坐不住了，嘴里磨磨唧唧地叨咕个没完，做梦都喊小葵小葵的。德昌从心里可怜那个孤吊吊的人，那件事过去了也就过去了，德昌也没把它当回事。

可是今天德昌的亲眼所见给了他当头一棒。邱老师把小葵当成了孙女，完全可以光明正大地接小葵放学，为啥要偷偷摸摸的背着他？还有，德昌回想起那天邱老师找到他和他谈小葵上下学的事的情形，那口气，铁板上钉钉似的，好像他才是小葵的爷爷。当时听到邱老师的口气，他心里一时有些反感，所以他才坚决不同意由他接小葵放学，谁知这家伙竟背着他偷偷去接小葵。想到今天看到的那一幕，德昌的嗓子眼儿里像哽住了一块黏痰，上不来下不去，想吐又吐不出来，异常难受。

第二天是周六，小葵不上学，早晨吃完早饭后，小葵照例背起画板准备去跟邱老师学画画。

德昌一把夺过画板扔在了炕上，“以后不许去跟那个……邱老师学画画了！”

小葵被德昌的举动弄懵了，一头雾水地望着德昌，“为什么？”

“不……不为什么！”

“不为什么为什么不让我和邱爷爷学画画？”小葵梗着脖子问。

“就是，学得好好的，又不收咱钱，咋不学了呢？”老婆子不合时宜地问。

“我说不学就不学了！”德昌瓮声瓮气地说。

“你总得说出个不跟人家学的理儿来吧？”老婆子刨根问底。

德昌没好气地搡了老婆子一把。

小葵见爷爷说的是真的，也来气了，大声质问道：“为什么不让我和邱爷爷学画画了？邱爷爷说我画得很好，邱爷爷还说准备带我去县里参加小学生画展呢。”

“邱爷爷，邱爷爷，以后不许在我跟前提他！”德昌瞪起了牛卵似的眼睛。

“为什么？”

“你哪那么多为什么？不许提就是不许提！一会儿我去跟他说，从今以后不和他学了！”

小葵的嘴就咧开了，并发出了嘤嘤的哭声。

德昌虎着一张脸，走进邱老师家。

邱老师见德昌来了忙打招呼，“来了老武哥，快坐！”

德昌没吭声，也没像往常一样在炕沿上坐下，而是从上衣兜里掏出几张钞票，“啪”的一声掼在了炕沿上，“这是500块钱，小葵以后不学画画了。”

邱老师抬起头望着德昌，疑惑地问：“老武哥，这是为什么？”

德昌沉着脸，“不为什么，就是不学了。”

邱老师说：“老武哥，你是不是怕小葵升了新年级，担心学画画会耽误她的学习？你放心，周六周日我不光教她学画画，还会帮她补习功课。不会耽误功课的。”

德昌烦躁地摆着手，“用不着，用不着！”

邱老师说：“小葵画得很好，有这方面的才华，我非常看好她。老武哥，我敢肯定，小葵在绘画方面将来一定……”

德昌抬起手，打断邱老师，“别说了，不学就是不学了！还有，以后小葵放学用不着你去接！”

可是小葵自己回来会很不安全的……

德昌再次打断扬手邱老师，“我说不用就不用！我自己家的孩子用不着外人去接！”说完，不由分说背着手大步奔出了邱老师家。

7

几阵秋风刮过，宽大的玉米叶子就黄了，鼓胀的玉米棒子也耷拉下来了。一块一块的田野里开始晃动着为数不多的几个身影。春种秋收，收获的季节来临了。

邱老师坐在一铺割倒的玉米秸上，两只手缓慢地扒开玉米棒子顶上的皮子，黄澄澄的玉米棒子便探出头儿来，再往下一扒，玉米棒子便从皮子的包裹里露了出来。接着，随着一道黄色的弧线，手中的玉米棒子便落到玉米秸旁边的空地上。回头望去，在阳光的照耀下，田里像堆了一堆堆黄灿灿的金子。

邱老师摸出一根卷烟，点着火慢慢抽了起来。

旁边的德昌家地里也是一个人。那个背影时隐时现，一会儿被林立的玉米秸遮住，一会儿又显露出来。自从上次德昌到家里来，说以后小葵不跟他学画画了，也不用他接小葵放学后，邱老师一直就没抓着德昌的影儿。明明大老远看见德昌往这边走过来，一眨眼间人就不见了。邱老师明显感到德昌是在躲着自己。他一直想找机会和德昌唠唠。他真的搞不明白，好端端的怎么突然不让小葵和自己学画画了，还有接小葵放学的事，自己真的是从小葵的安全着想，难道自己做错了吗？刚才他看见德昌沿着小路向地里走来，打算等他走到跟前跟他唠唠，他们之间一定有什么误会，可是转眼间德昌却拐进了旁边的玉米地，不多时出现在他家的地里。德昌这是怎么了呢？真是让他百思不得其解。

周一的下午三点刚过，他在家里便坐不住了，眼睛盯着墙上的钟，着了魔一样在屋里走来走去。小葵放学怎么回来？和红运他们一起走着回来吗？会不会有什么危险？他便鬼使神差地推出自行车，去了镇中心校。在校门口右侧第三棵杨树下站定，突然看见德昌推着自行车出现在校门口。周三小葵她们比平时放学早，两点四十便下课放学了。他担心德昌忘了时间，骑上自行车到了一看，德昌在校门口等着呢，他才放下心来。开始的几天小葵不来和他学画画了，可是没过上几天，小葵那个小机灵就偷偷跑来了。两条腿的大活人德昌看个一时半晌的还行，时间长了哪里能看得住。他问小葵，她爷爷为什么不让她跟他学画画。小葵只是疑惑地摇着脑袋，说她爷爷说不学就是不学了。小葵很珍惜得之不易的学习时间，画技照比以前大有长进。县教育局举办小学生画展，他鼓励小葵参加，并亲自从小葵画的向日葵里挑了一幅，送到了县里。他有个预感，小葵一定会获奖。

邱老师把烟头按灭在土里，刚想继续干活，眼睛被一双软乎乎的小手蒙住了，随后耳旁响起一个脆生生的熟悉的声音，“邱爷爷，你猜我是谁？”

邱老师的心瞬间被这个声音融化了，他模仿着那个语调故意说：“猜不着呀。”

那个声音里掺了咯咯的笑声，“使劲猜。”

邱老师故意沉吟了一下，说：“我猜你是小葵呀！”

蒙在眼睛上的那双软乎乎的小手拿开了，小葵笑眉笑眼地跳到邱老师的眼前，抻着脖子望了望前边地里的德昌，蹲下身子从衣兜里掏出两只水灵灵的大梨，递到邱老师眼前，“邱爷爷，给！我从家里树上偷着摘的，你尝尝，可甜了！”

邱老师凝视着小葵那张汗涔涔的小脸，双手颤抖着接过梨。

小葵又向德昌所在的方向望了望，说：“邱爷爷，我先走了。”说完，调皮地冲邱老师做了个鬼脸，一阵风似的跑了。

德昌双手擎着架子车的横梁，身子向前倾着，两腿奋力向后蹬，看上去像一匹驾辕的马。刚从秸秆上剥下来的玉米棒子还带着湿漉漉的浆液，一编织袋足有一百多斤，德昌一车装了七八袋子，架子车被压得吱吱直叫唤。尤其是上坡的时候，德昌用肚子顶着车横梁，上身弓着，差不多快要挨到膝盖了。

邱老师听见架子车痛苦的吱呀声，赶忙从地里跑出来，双手推住架子车上的编织袋，双脚一较劲，架子车爬上了斜坡。

德昌扭回头，见是邱老师，脸色立刻由晴转成了多云。

邱老师用袖子抹了一把脸上的汗，说：“棒子不小啊，足有一尺多长！”

德昌没吱声。

邱老师绕过来，走到德昌跟前，说：“老武哥，我正想和你唠唠，还是小葵的事，我还是想让小葵跟我学画画。这孩子半截不学实在是太可惜了……”

德昌的脸瞬间变成了铁青色，转过身子双腿向后使劲一蹬，架子车又吱吱呀呀叫了起来，把邱老师后面的话淹没了。

果然不出邱老师所料，小葵的画作在县教育局举办的小学生画展中得了一等奖。通知书直接邮到了小葵所在的镇中心校。小葵拿着通知书手舞足蹈地跑到了邱老师家。邱老师捧着通知书，翻来覆去看了一遍又一遍。自己花在小葵身上的心血没有白费，终于换来了喜人的成果。小葵嚷着要邱老师带她去县里领奖。邱老师又看了一遍通知书。通知书上写着下星期三在县教育局举行颁奖。这件事邱老师为难了，和德昌明说带小葵去县城领奖，不用去想就知道结果；不告诉德昌私自带小葵去领奖，来回要大半天，德昌知道了怎么办。邱老师把自己的犹豫和小葵说了，小葵一听眼泪就像断了线的珠子一般噼里啪啦掉了下来。邱老师慌了，一边忙不迭地给小葵擦眼泪一边安慰小葵别哭。小葵抽抽噎噎地说她夜里做梦都梦着自己获奖了，站在领奖台上，手里举着获奖证书。说着眼泪汪汪地注视着邱老师。那是一种怎样的目光？饱含着乞求、渴望，还有几分撒娇。在那样的目光注视下你再拒绝小葵，那你将是世上最残忍最铁石心肠的人。邱老师当下断然决定，带小葵去领奖！

星期二的晚上，小葵偷偷跑来告诉邱老师，说她已经跟班主任老师请好假了，周三她先去学校，然后邱老师去学校接她，一起去县里。这样神不知鬼不觉的，她爷爷就不会知道了。临走前，小葵笑盈盈地搂着邱老师的脖子，伸出小手指，和邱老师拉了钩，才撒腿跑远了。

邱老师注视着小葵渐渐消失的身影，回味着刚才小葵搂着自己脖子和自己拉钩时的情景，在心里决定，无论怎样，也要带小葵去领奖！邱老师把自行车推了出来，上上下下擦得铮亮，又用打气筒打足了气，最后又把小葵的车座安安稳稳地绑在了横梁上。

星期三的早上，邱老师早早吃过早饭，推着自行车出了家门，见天空阴沉沉的。邱老师思忖了一下，返回身从屋里翻出来一件雨衣，夹在了自行车后面的货架上，这才出了门。

到了镇中心校，在校门口没等多久，就见小葵一蹦三跳地跑出了校门。从邱老师的胳肢窝下面爬上她的专属车座，兴奋地高喊着，领奖去喽！

一路上，小葵像个叽叽喳喳的小鸟，走一路唱一路。二十多里地，在小葵的歌声和笑声中变得短暂了许多。

到教育局时刚刚九点多钟。两个人走进会议室，来领奖的孩子大都穿着校服，由老师带领，一堆一块地坐在一起。镇中心校就小葵一个学生获奖，显得孤零零的。

颁奖大会开始了。先是给三等奖的颁奖，然后是二等奖，最后才是一等奖。一等奖的获得者只有三个，由小葵和另外两个男生获得。县教育局的领导亲自为一等奖获得者颁奖。

小葵站在领奖台上，手里举着大红的获奖证书，向坐在台下的邱老师不住地挥舞着。

邱老师欣慰地望着台上的小葵。渐渐地，小葵的身影模糊了。

中午，邱老师带着小葵去了肯德基。邱老师没去过肯德基，但是他知道小孩都爱吃，吃肯德基是她们共同的心愿，香香没走时就嚷着要去吃肯德基，他没能答应香香。今天他要让小葵实现心愿。

邱老师把小葵安顿在椅子上，自己去了前台点餐。他不知道点什么，一个劲儿地问服务员什么好吃。服务员一一向他推荐着。他仰起头，指着上面的图片，这个也要，那个也要，点得服务员都愣了。

邱老师端着满满的一大盘子回到了座位上，把盘子推到小葵的面前，不住地让小葵吃。

小葵说："邱爷爷，你也吃呀！"

邱老师说："小葵吃，邱爷爷不爱吃。"

小葵拿起一根薯条蘸上番茄酱，递到邱老师嘴边，一双大眼睛执着地望着邱老师。

邱老师没办法，只好张开了嘴。小葵趁机拿起薯条一个劲儿往邱老师嘴里塞，邱老师的嘴里被塞满了，想说话又说不出来。小葵见状咯咯地笑个不停。

下午，邱老师又带着小葵去了蟠龙山公园。蟠龙山公园是县城仅有的一个公园，因为建在蟠龙山上而得名。规模不大，却是孩子们心中的天堂，来县城必去公园玩上一番，否则就不算去过县城。小葵兴奋地在前面跑着，不住地回头召唤着邱老师。他们先在动物园观赏了各种可爱的动物，然后又去了游乐场。看见好玩的游乐项目，小葵高兴地跳得老高。邱老师给小葵买了票，坐了摩天轮、旋转木马，还跳了半天蹦蹦床。眼看着天阴得厉害了，才踏上回家的路。

出了县城没多远，天上便开始飘起了雨丝。邱老师停下自行车，拿出雨衣要给小葵穿上。小葵说什么也不肯穿，非要邱爷爷穿。邱老师哄着小葵说自己是大人，身体好，淋点雨没问题；而她是小孩，淋感冒了就不能上学了，不能上学就要耽误功课，也不能画画了，小葵这才勉勉强强穿上。好在雨量还不算大，邱老师脚下加紧，向转山营子方向驶去。

8

下半晌的时候，天阴得愈发厉害了。

德昌挥舞着镰刀，他要在雨落下来之前把躺在地里的玉米秸捆上，然后竖起来堆成一垛，最小面积地减少雨水淋湿的程度。一冬的取暖做饭都靠这些玉米秸了。

左手食指凛冽地一凉，血冒了出来。一缕殷红顺着指尖滴落在玉米秸切口的白茬上，显得很是刺眼。德昌怔怔地望着那缕殷红，心中陡然冒出一种不祥。这点活儿，自己干了半辈子，闭着眼睛干都没出过差错，今天怎么会割到手指？早晨小葵上学时说晚上放学不用他去接，她和红运他们一起回来。会不会是小葵要出什么事？

德昌甩了甩手指上的血，三步并作两步，大步流星地跨出横垄地，向村子里奔去。

雨不知什么时候落了下来。

几个孩子叽里呱啦叫着撒腿往家跑。

德昌一把薅住跑在后面的一个半大孩子的书包带儿，定睛一看见是德兴的孙子，和小葵念一个班级，刚入学学校开家长会，因为父母外出打工都不在家，德昌和德兴一起会伴儿去替开的。

德昌劈头便问："看见小葵了吗？"

"邱老师带她到县里领奖去了。一早到学校跟老师请完假就走了。"

德昌松开手，那孩子泥鳅一样滑走了。

德昌站在雨地里，就有些懵。

邱老师家灰黑色的房脊终于出现在德昌模糊的视线中。

门前老枣树下杵着那辆黑色的自行车，车把上挂着小葵带着上学喝水的蓝色水瓶。

德昌的两条腿有点不受使唤，有几分哆嗦，软塌塌的，像踩在棉花上。

德昌踉踉跄跄奔到窗前，透过窗户看见小葵背对着自己坐在炕头上，身上围着一床花花绿绿的被子。再往地下看，德昌顿时像被雷劈住了——那个人赤裸着上身，正兜着头往下扒身上的套头衫！

老婆子戴着掉了一只腿的老花镜盘腿坐在炕上，一边做着针线活一边看着电视。记不清这台18寸的电视机看了多少年了，屏幕上冬天旷野上一样洒着雪花，可是从里面传出来的每一个字却都像一根根刺，直刺进德昌的心里——电视机内正在播映某小学校长猥亵、性侵女童的新闻。

老婆子停住手里的针线活，眼睛直视着电视机，咬牙切齿地痛骂那个丧尽天良伤天害理的校长，然后又以她能想到的种种酷刑恶狠狠地惩治那个禽兽不如的畜生。

那天，他大喝一声，一个健步踹开堂屋的房门冲了进去，那家伙往下扒衣服的手停住了，脑袋从里面伸出来，见是他，脸上明显一惊。他感到火苗子噌噌从眼睛里往外蹿，他怒目而视，恨不得冲上去，把那家伙一把把撕成碎片。小葵一只手里举着一个棒棒糖，另一只手里拿着那个红色的获奖证书让他看。他一个巴掌把获奖证书扫到了地上，然后拦腰把小葵夹在腋下，腾腾走出了房门。

真是知人知面不知心，都怪自己，占小便宜险些吃了大亏，原以为这个老家伙让小葵跟他学画画是好心，他还在心里好一顿感激他，谁知这个衣冠禽兽却是在打小葵的主意。想到这，德昌的牙咬得咯嘣咯嘣直响。事后，德昌还在后怕，假如那天他晚去一会儿……他不敢往下想下去。

这几天，德昌让老婆子加紧看住小葵。早晨德昌也不让小葵和那几个孩子坐瘸老五的三轮车上学了，而是早早起来，把一切事都撂下，亲自推着自行车把小葵送到学校，亲眼看见小葵背着书包走进校门。放学照例推着自行车，提前一大截时间赶到校门口，把小葵接回来。回家后更是不准离家半步，寸步不离开他的眼皮底下。老婆子对他的所作所为很不理解，嘟嘟囔囔地在他耳根下面刨根问底儿。他像只豹子似的咆哮了一声，让你看着就看着得了，哪那些废话！老婆子低声嘟囔他吃错药了，也就不再往下问了。

德昌以为没事了，谁知那个姓邱的却恬不知耻地找上门来了。先是跟他道歉，不该瞒着他私自带小葵去县城领奖，然后又说起那些他听得耳朵都出茧子的车轮话，什么小葵有画画方面的天赋，不跟他继续学下去可惜了；什么他是真心想把小葵培养成才等等。德昌怒不可遏地操起一根木棒，真想冲那个脑袋抡过去。他挥舞着木棒，把家里的鸡鸭鹅狗撵得满院子跑。那老家伙才知趣地讪讪走了。

今天傍晚吃完饭，老婆子忙着洗涮收拾锅台灶脑儿，德昌爬上了房顶。天气预报说半夜要下雨，晾在上面的苞米棒子要用塑料布苫好，压严实，以防被风刮开，淋潮捂了，一年的收成就泡汤了。等德昌忙活完了在房顶上直起腰，突然看见小葵沿着村路从村西向这边跑了回来。德昌一屁股坐在了房顶上——那个方向正是邱老师家的方向！

德昌火冒三丈，连滚带爬地从房顶上下来，冲到小葵面前，冲小葵怒目而视，“你刚才去哪儿了？”

“去……去同学家问作业了。”小葵支支吾吾地回答。

德昌一眼看见小葵手里拿着的半块向日葵，“你手上拿的啥玩意？”

小葵急忙把手里的东西藏在了背后。

“跟你说了一百遍，不让你去他家你偏当成耳旁风！我让你去！

让你去！”德昌气不打一处来，拽过小葵挥起巴掌，落在小葵的屁股上。

“为什么不让我跟邱爷爷学画画？为什么？”小葵边哭边尖着嗓子喊叫。

小葵的哭叫声把老婆子招来了。

老婆子从德昌手里把小葵拉扯过去，冲着德昌大着嗓门儿嚷：“你魔怔了啊！虎巴地打什么孩子？”

德昌呼哧呼哧地喘着粗气不吭声。

老婆子收起针线活儿，挪到小葵身旁，给睡梦中的小葵掖了掖被角儿。小葵好像做梦了，嘴角一抽一抽的。

老婆子不满地瞥了德昌一眼，埋怨道："好好的打孩子，发什么神经！”

德昌没吭声。

老婆子又问了一句："孩子跟邱老师学画画学得好好的，抽冷子你就横巴拉竖挡着地不让学了，到底咋了？”

德昌仍旧没吭声。

老婆子操起针线笸箩里的线团撇了过来，“咋瘪茄子了？”

德昌不耐烦地吼了一嗓子，“睡觉！”

“跟我摽什么劲！”“啪”的一声老婆子闭了灯。

德昌慢慢腾腾地卷起一支旱烟，点着火抽了起来。他不知道怎么跟老婆子说。即便跟她说了又有什么用？

德昌吧嗒吧嗒抽着烟。他想把小葵送到城里庆志两口子身边，这样那个禽兽就没办法了。转念一想又在心里否定了。小葵去了城里势必要上学，上学必定要收学费，庆志两口子在城里起早贪黑，除了房租水电吃喝拉撒，那两个钱还不够孩子念书的。要不就搬家，离开这个鬼地方！想到这，德昌的心里止不住疼了一下。祖祖辈辈生活在转山营子，他像熟悉自己的手脚一样熟悉这里的山这里的水，这里有他住了几十年的老屋，有他赖以生存的土地，难不成老了老了还要背井离乡四处漂泊?

屋子里漆黑一片。只看见炕头一豆火星在一明一暗。

9

德昌坐在屋门口的门槛上，脚边放着一碗水，弓着上身在磨镰刀。日积月累磨刀石已经被磨得呈蚕豆形，“霍霍”的声音沉闷而顿挫，德昌的脊背上耸起了一座陡峭的山峰。

昨天晚上吃过晚饭，小葵趴在炕上写作业。德昌不经意间往小葵的书包里瞥了一眼，两盒红蓝相间的颜料笔触目惊心地映入德昌的眼里。自从不让小葵和姓邱的老家伙学画画后，德昌就把那些画画用的纸笔统统扔进了灶坑内。小葵的书包里怎么还会有画画的笔?不用问，一定是姓邱的老家伙给小葵新买的。这个老不死的!还死乞白赖的，作死啊!

镰刀的刃口上闪着荧荧的光。德昌凝视了好一会儿，慢慢站起身，把镰刀夹在腋下，向院门口走去。

院子里那一片向日葵谦逊地低垂着脑袋，它们终于走完了短暂的一生，彻底成熟了。还有几天就是霜降了，邱老师决定把那些成熟的圆盘割下来，码在窗台上。等到彻底晾干了，用木棍儿在圆盘的背面不停敲打，葵花籽就掉下来了，再用簸箕簸干净，留着冬天的时候给小葵炒着吃。炒熟的毛嗑比现在的要香得多。小葵前天跑来的时候听他这么一说，馋得小嘴直流口水。前天小葵也是在他这里待了不长时间就跑了回去，说时间长了他爷爷会发现的。他把新买的画笔塞到小葵的书包里，嘱咐小葵没事的时候多练笔。小葵答应着，一溜烟儿跑了。他站在院门口注视着小葵渐渐远去的身影心怀感伤。他一直搞不明白小葵跟自己学画画学得好好的，德昌怎么突然间不让小葵继续学了。还有领奖回来那天，他把小葵安顿在炕头上盖上棉被，以防小葵着凉感冒，自己刚想把身上淋湿的衣服脱下来，德昌突然闯了进来，铁青着脸，夹起小葵就走。即便是自己不对，偷着带小葵去领奖，自己也赔了不是，也不至于如此动怒吧？这个老武哥，到底咋的了呢？

邱老师拿着镰刀从仓房里出来，一眼看见德昌走进了院子。

邱老师心中一喜。自从领奖那天从他这儿气冲冲走了，到现在快一个来月了，老武哥也未踏进他的家门。今天怎么来了？看来这老哥对自己的误会解除了。

邱老师急忙同德昌打招呼，“来了老武哥。”

德昌铁青着一张脸点点头。

邱老师说：“老武哥，我一直想跟你唠唠嗑，你也不给我机会，好端端的，你咋不让小葵跟我学画画了？”

德昌盯着邱老师的脸问：“你还想教小葵画画？”

邱老师说：“那当然了。小葵这孩子聪明、伶俐，又遭人疼……”

德昌咬着牙一字一顿地说：“以后让小葵跟你学！”

邱老师喜上眉梢，太好了太好了！

德昌扭过头，望了望院中低垂的向日葵，说：“眼瞅着就到霜降了，该收了吧。”

邱老师说：“是啊是啊！正想今儿个收呢。”

德昌说：“我来帮你。”

邱老师说：“好好好。收了晾干留着冬天给小葵炒着吃，小葵最爱嗑毛嗑了。”

德昌看了邱老师一眼，率先走进了地里。

德昌一手握着向日葵的杆，一手挥起镰刀，手起刀落，褐色的圆盘和向日葵杆一分为二。邱老师跟在后面，接过葵花盘，走到屋檐下的窗台旁，逐一摆在上面。

德昌挥舞着镰刀，机械地砍着那些衰老的花盘。

邱老师在身后说："老武哥你看这大盘怎么样？够沉实的吧？家里攒的那点大粪都让我上了。"

德昌没吭声。

邱老师又说："这点向日葵种得值！一来小葵照着把生写了，还获了奖。二来还收了这么多的毛嗑。这都收下来我约莫能有个几十斤。过年你不用上集买毛嗑了，这些足够小葵吃到过完年！"

德昌感到自己的喉咙像被人用手死死地卡住了，他艰难地喘息着。

喋喋不休的鼓噪声又在耳旁响起，完了我再留点种，等明年开春春暖花开了，我再种上一片，小葵就又有吃的了。我最爱看小葵嗑瓜子时的样子，那一张小嘴……

德昌猛地回过头，见面前那张嘴像鱼嘴一样，一张一合，脖子上的喉结像一条虫子，丑陋地蠕动着。

一道银光闪过，周遭变得阒静无声。几盘掉在地上的太阳在德昌的眼前四散开来…….

芙 蓉

一

最近一两年，芙蓉对婚宴、乔迁宴或者满月酒之类的热闹场合特别抵触。倒不是心疼那几个钱，三百二百的，走得不是很大。再说走人情这事都是礼尚往来，人家有事你去了，你家有事人家也照样会来，就当是把钱存进了银行，不过没利息罢了。芙蓉打怵的是觥筹交错之余相互之间的询问，儿子姑娘在哪个单位上班？孙子（孙女）外孙（外孙女）几岁了？上小学了吧？对于类似这样的询问，芙蓉是既喜欢又有些反感。前者是女儿小已本科毕业后又考了研究生，如今在一家科研单位搞研发；后者是小已至今还是孤家寡人，未婚嫁，当然也就谈不上延续后代自己升级当外婆的事。前者招来的是艳羡的目光以及啧啧的赞许，让芙蓉的虚荣心大大地满足了一把；后者引发的则是“多大了怎么还不找”“该找了”一类的进一步关切的询问。更有甚者，比如今天参加的婚宴，好几年未见的韦丽在听了芙蓉轻描淡写地报出小已的年龄后，大着嗓门叫道："什么？都 29 了还没处，那不成剩女了吗？"害得芙蓉只喝了几口饮料就离开了婚宴现场。

芙蓉蜷缩在沙发上，看看墙上的时钟，还不到 8 点，女儿小已还没回来。临去参加婚宴前，芙蓉打电话告诉小已，让她晚上去外婆那儿吃。芙蓉感觉有点饿了，起身去了厨房。因为准备晚上去参加婚宴，家里什么饭菜都没有。芙蓉冲了杯牛奶，拿了一块点心，重新回到客厅。

都是那个韦丽！婚宴桌上勾人食欲的清蒸石斑鱼，淮杞甲鱼乌鸡汤，芙蓉一口都没来得及尝。说起这个韦丽，原来没退休前和芙蓉是一个单位的，两个人关系一般，退休后就不再走动了，没想到今天在婚宴上遇到了。芙蓉本想低头混过去算了，没想到韦丽几步奔了过来，把她拉到了她那桌。韦丽是东北人，真应了那句话，江山易改本性难移，十几年过去了，还和从前一样，说话语速极快，分贝也高，有些大呼小叫的。不到两分钟，芙蓉就把她近年来的家庭概况了解了个底儿清——你不想听都不行，直往你耳朵里灌——老伴老梁也退休了，闲来无事，她如今就是"小三"。芙蓉吓了一跳，不明就里地望着韦丽。韦丽嘎嘎地笑着，说就是跳点小舞，做点小饭，接个小孩。她的大胖孙子今年十岁了，上小学四年级，早晨送晚上接，都由她全权负责。韦丽早婚早育，芙蓉结婚时，韦丽领着儿子来参加的婚礼，虎头虎脑的儿子脖子上已经系着红领巾了。到了韦丽的儿子，又是早婚，一来二去就早出了一代人，芙蓉还没晋升到丈母娘的位置上，人家韦丽已经当了十来年的奶奶了。韦丽当胸给了芙蓉一拳，"你怎么样？还一个人单着呢？"芙蓉对这个问题有些反感，只好用点头回应。韦丽机关枪似的说："我说你可真行！都到了这个年纪了，还记着那件事呢？谁年轻时没犯点错误，我和你说，还是原配贴心贴肺，被窝打拳没外手，和老宋重新凑到一起过算了。”芙蓉说：“我和小巳我们娘俩过得蛮好的。”说完芙蓉就后悔了，直想抡起巴掌抽自己嘴巴。芙蓉知道，接下来韦丽要问的话题一定转移到了女儿小巳身上。果不其然，韦丽问道：“姑娘孩子多大了？上小学了吧？也是你接送呗？”芙蓉没办法，只好凑近韦丽耳旁，把小巳至今还未嫁的事说了。韦丽的眼睛就瞪圆了，嗓门也提高了几个分贝，冒出了上面那句话，惹得一桌子人的目光聚光灯似的都聚集到了她们这边。芙蓉赶忙找了个借口，匆匆走掉了。

芙蓉不紧不慢地吃着东西。

这时，茶几上的电话响了起来。芙蓉看了一眼，是个生号。是谁来的电话呢？

芙蓉拿起听筒，刚“喂”了一声，就听见韦丽嘎嘎的笑声。芙蓉这才想起，韦丽跟她要了家里的电话号码。

韦丽急吼吼地说：“人家都急着当丈母娘，你可倒好，一点不急。你没听说嘛，现在的女孩25岁就称得上剩女了。”

芙蓉说：“这个说法可是有点危言耸听。”

韦丽说：“还危言耸听？人家是有根据的。男人一般都想娶个比自己小个十岁八岁的吧，你想想，三十多岁的男人对应的女人是多大岁数？哪个男人愿意找个老菜薹！”

芙蓉不想在这个问题上过多纠缠，刚想找个别的什么话题岔开，听见韦丽说：“小巳都29了，你知不知道人家管这个年龄段还没嫁出去的姑娘叫什么？叫‘必剩客’哦。”

芙蓉心里说，这韦丽还知道不少时尚词儿呢。

韦丽接着说：“回家我就把小巳的事跟我们家老梁说了。你说巧不巧，常和老梁杀上两盘的一个棋友的儿子刚好没处对象，姓严，严格的严，小伙子我见过，长得浓眉大眼一表人才，在一家制药厂做销售经理，比小巳大三岁，今年32了，岁数也相当，给小巳介绍介绍怎么样？”

芙蓉知道韦丽最愿意给人做媒当月老，在厂里上班时就成全了好几对，可是没想到办事效率这么快。芙蓉一时不知说什么好。

这工夫，韦丽在电话里大包大揽给芙蓉做了主，“我看这样，我和老梁先去跟老严打个招呼，把小已的情况和他们说说，没意见两个孩子就找个时间见见面。这事宜早不宜晚。我先撂了。老梁，走！咱俩去老严家走一趟！”

芙蓉忙冲电话里喊：“哎，韦丽，你先别忙。你听我说……”

“还说什么？我问你，你到底是不是小已亲妈？自己姑娘的事怎么就不着急呢？搁在我身上早火上房了。”韦丽急急地说，好像小已是她的亲生女儿，她才是小已的亲妈。

芙蓉安顿韦丽说：“我还没跟小已说呢，也许小已有中意的了呢。这样，等小已回来我问问她，没有你再去问人家，好吧？”

“好吧。”韦丽的语气中颇有几分无奈，接着说，“芙蓉我跟你说，小已的事可耽误不得，这女孩子的年龄一过了二十八九就跟那发着高烧的水银柱似的，噌噌地往上蹿！千万含糊不得呀！”韦丽推心置腹地说。

“我知道，我知道。谢谢你了啊！”说完，芙蓉急忙把听筒扣在了电话机上，长长地出了一口气。

芙蓉从来没把小已的年龄提到议事日程上来，好像小已的年龄压根不存在似的。如今，小已参加工作了，自己也退休了，老妈的身体呢，还算硬朗，“女儿国”的日子从来没像现在这样过得这么舒坦。这样不是蛮好嘛，干吗非要把不相干的臭男人加进来，打扰她们平静的好日子！

芙蓉正躺在沙发上闭着眼睛想着，电话又响了起来。芙蓉看也没看，就抓起了听筒，抓起听筒后她就后悔了——前夫宋雨吞吞吐吐的声音传了过来。芙蓉最不想听的就是这个声音，语速极慢，可怜巴巴的，含着几分愧疚。可是隔上一段时间，这个声音就会通过听筒传过来。芙蓉不止一次地下决心把家里的座机号换了，省得这个人没完没了地打电话过来。宋雨的通话内容每次都差不多，吃饭了吗？最近身体怎么样？至于问到小已的时候，内容会根据小已目前的状况而变换。比如小已上学时，会问到小已的学习成绩怎么样；小已上班了，宋雨会问到小已工作得如何，是不是顺心。芙蓉都会用“好”“嗯”等简短得不能再简短的字词作答。

这次也是一样。芙蓉皱着眉头哼哈地把宋雨老生常谈的内容答了一遍后，说：“没什么事我挂了。”

宋雨在那边喊了一声：“别……先别挂……”

芙蓉的眉头又皱了起来，不耐烦地问：“还有什么事？”

好半天才听见宋雨的声音，“小已该找对象，该结婚了……”

这个问题最近一两年来宋雨不止一次地提起，提得芙蓉心里烦糟糟的。她怒不可遏地抢白道：“结什么婚！完了她老公出去嫖娼拍饼子，让她老妈的悲剧在她的身上再重新上演一次？”

宋雨在那边没了声音。

撂了电话，芙蓉的胸膛还在剧烈起伏着，明天就去把座机号换了！

芙蓉看看时间，9点多了，重新拿起话筒刚想给小已打个电话，传来了钥匙哗啦哗啦开锁的声音。门开了，小已走了进来。

芙蓉问了问晚上和外婆吃了什么，外婆的心情怎么样，小已一一用最简短的话语作了回答，然后就回自己房间去了。

芙蓉没把韦丽刚才电话里的内容向小已透露，好像把那件事忘得一干二净，当然也没把宋雨来电话的事告诉小已，好像刚才她只是一个人在家，它们统统没发生过一样。

二

第二天，芙蓉去了妈家。隔上个三天两天的，芙蓉就去妈家一趟。老妈今年81了，一个人住在旧城区。依芙蓉的意思，早就想把老妈住的老房子卖了，搬到她这儿来住，也便于她照顾。可是妈不愿意，说她一个人在那儿待惯了，上她家那么高的楼上住不接地气，说什么也不来。芙蓉没了办法，只好时不时地过去看看。帮老妈做做饭，收拾收拾卫生。

走到街上，芙蓉给妈打了一个电话，问她想吃什么，她买好给她带过去。每次去妈那儿之前，芙蓉都要打电话问问。每次都是白问，妈从不点名吃什么，芙蓉就按妈喜欢的口味买，清淡软烂一些的就可以。这次，妈在电话里沉吟了一下，说："带几只欢喜坨过来吧。"

妈所说的"欢喜坨"是过去的老名字，芙蓉更习惯叫它大麻元，是一种黏食，糯米面的，里面是豆沙馅子，外面滚上一层白芝麻，入油锅内炸熟，特点是糯软香甜，麻仁香浓。妈以前不怎么喜欢吃，嫌是油炸食品，倒是她小时候和爸喜欢吃。如今妈怎么想起这口儿来了？

芙蓉在一家小食摊上买了六只大麻元，又到菜市场买了几样时令蔬菜和水果，坐上公交，向老城区而来。

妈住的是从前她们家的老房子，不宽的巷子，两侧依次排列着看上去有几分沧桑的房屋。

巷子口的阴凉处坐着几个摇着蒲扇的老邻居。芙蓉用方言同他们打着招呼，走进巷子向自家方向走去。

芙蓉曾劝妈没事到巷子口和这些老街坊聊聊天，可是妈不愿出来凑这份热闹，说一个人待在家里蛮好的。芙蓉能理解妈，其实有时候越是在热闹的人群中反而越是会感到一种寂寞。

院门虚掩着，芙蓉推开院门，满院子葳蕤的绿意迎面扑来。院子不是很大，有两铺炕大小，却栽满了一株株的木芙蓉，显得有些拥挤。记得小时候，院子里就是这样，不过数量没这么多。如今妈充分利用了这有限的空间，见缝插针把能栽的地方都栽上了木芙蓉。妈特别喜欢那种别致的花朵，所以给芙蓉起了这个名字。时令刚刚入夏，还未到花开时节，到了九、十月份，疏枝密叶间点缀着数不清的明丽的花朵，白的如雪，粉的似霞，云蒸霞蔚花团锦簇的，把整个院子装点得就像一座小花园。

妈正在树下的一把藤椅上坐着。每次芙蓉来，妈差不多都坐在那里，双目微合，像一座雕塑。

在芙蓉的印象中，妈属于言语金贵的人，很少说话，更多的时候是望着院子里的这些木芙蓉发呆。小时候，芙蓉也很少看见父母在一起交谈。爸经常说的一句话是：你妈是天上掉下来的。的确，妈长得很美，化了妆上台更美。妈年轻时是汉剧团小有名气的旦角。爸却是陶瓷厂的一名工人，成年累月一身工作服，走在人群中普通得一时半会儿找不出来。后来听妈说，妈是因为家里成分不好，才嫁给了三代贫农根正苗红的父亲的。

芙蓉同妈打了声招呼，把装着大麻元的塑料袋递给了妈。时间不长，大麻元装在袋子里还温热着呢，这个时候吃正好。

妈从藤椅旁站起身来，拿着袋子向屋内走去。

芙蓉也跟着走进屋内。去卧室换下床上原来的床单，从柜子里找出干净的铺上。妈有洁癖，差不多一个星期就得换一次床单。

抱着床单从卧室出来时，芙蓉看见妈从碗橱内拿出一只盘子，又操起筷子，把袋子里的大麻元逐一夹到盘子内，然后端端正正放在了柜子上。

芙蓉怔怔地望着妈。

妈低声说："今天是你爸的生日……"

芙蓉抱着床单走了出去。

芙蓉倒了一点洗衣液在盆子里，然后把盆子放在院子里的水管下，拧开水龙头，水哗哗地流了出来，盆子里立刻升腾起白色的泡沫。

芙蓉抬眼看见妈站在柜子前，手里拿着抹布，正在一下一下擦着上面的一个塑像。那是一个白色的陶瓷塑像，是爸为妈制作的。当年妈是市里汉剧团的演员，在陶瓷厂上班的爸照着妈在《水漫金山寺》中饰演的白娘子的剧照，烧制了这个塑像。自从爸出了那件事后，这个塑像就不知哪儿去了。芙蓉以为妈把它摔碎了，没想到这么多年后又冒了出来。

水从泡沫下面淌了出来，流到了芙蓉的脚边，芙蓉才觉察到，慌忙关上了水龙头。

芙蓉把床单按进水盆里，白色的泡沫无声地在她的眼前一点一点消散着……

那一年，芙蓉 13 岁。

那一天，是芙蓉人生的转折点。刚上初一的她，上课没多久肚子就开始隐隐作痛，后来越来越厉害。她和老师请了假，向家中跑去。

芙蓉刚要掏钥匙开门，发现院门没锁。芙蓉心中一喜，妈下乡演出回来了？妈所在的汉剧团经常下乡演出，这次就走了两三天了。芙蓉推开院门，一辆加重自行车靠在旁边，看来是爸回来了，爸怎么没上班？芙蓉顾不上多想，一边向上房走一边抬脚准备脱鞋。妈有洁癖，必须换鞋才能进屋。芙蓉奔到上房门口，刚要换上用旧凉鞋剪去后带儿做成的拖鞋，猛然看见一双黑绒拉带儿布鞋放在门口的地方。布鞋很大，已经走样了，鞋面上还沾着泥巴，像两条歪歪扭扭沾了泥浆的鱼。芙蓉马上判断出来，这不是妈妈的鞋。妈妈的脚没这么大，而且妈妈从不会让自己的鞋造成这副模样。即便是下乡演出，不管回来多晚，妈也都要把弄脏了的鞋子刷干净，放在窗台上晾着。关键是妈妈经常在室内穿的拖鞋不见了。妈是个寒婆婆，怕冷，经常是大夏天手脚还是冰凉，爸就用旧毛线给妈钩了几双拖鞋在家穿，既实用又暖和。爸的手巧得很，会打毛衣，还会用钩针钩毛活儿。家里来客人了？芙蓉推了一下外屋的房门，没推开，门从里面闩上了。芙蓉抬头向屋内望去，见木芙蓉掩映下的窗户上拉着紫色的窗帘。芙蓉走到窗前，分开窗前纷披的枝条，透过窗帘一角的缝隙往里看。瞬间，芙蓉骇然地捂住了自己的嘴巴——床上，两具白亮亮的身体虫子一样纠缠在一起。芙蓉的脑袋里"轰"的一声，木桩一样杵在窗前。

芙蓉躲在密实的树丛后，看见爸和一个身穿和他同样工作服的女人从屋内走了出来，女人为爸整理着凌乱的头发，然后爸走到院门口，推开院门向巷子内张望了一下，才和女人走了出去。

那一天芙蓉来了初潮。从那以后，芙蓉看见那些盛开的殷红的花朵，就会想起那天。

那天晚上，妈从乡下演出回来了。芙蓉想都没想，竹筒倒豆子似的把看见的事对妈和盘托出。那天晚上，妈就搬到了她的小屋，和她挤在一张小床上。大约半年后，爸妈离了婚。爸从家中搬了出去。芙蓉清晰地记得，那天妈扎着围裙，把大屋里里外外来了个大扫除，该扔的扔，该洗的洗，最后又去商店买来了新床单被罩，母女俩才搬了过去。

后来，听说爸不知为什么并没和那个女人结婚，一直一个人生活，直到90年代末患肺癌去世。芙蓉记得好像是爸和妈离婚后的第二年，有一天放学从学校出来，看见爸站在离校门口不远的一棵银杏树下，靠着自行车正在抽烟。芙蓉装作没看见，扭过头去大步往前走。她不想见他，看见他就会想起那天，心底就会涌起一丝厌恶。爸在后面大声喊着她的名字，叮铃咣当地推着自行车赶了上来。芙蓉没有停住脚步，自顾向前走着。爸推着自行车，边走边问了一些她学习上的情况，她哼哈敷衍着。爸停顿了一会儿又问："你妈……她还好吗？"芙蓉颇有几分报复地大声说："好啊！蛮好的！"爸垂下头说："那就好。"然后忽然想起什么似的，从自行车前筐内的黑色人造革兜子内拿出一双黑色的套鞋，对芙蓉说，"厂里发的，我要了双36的，你妈下乡演出用得上。"芙蓉没接，昂着头边走边说："我们自己买！"第二天早上，芙蓉和妈推开房门，忽然看见院子当中扔着一个黑色的袋子。芙蓉跑过去捡起来，打开一看，正是昨天那双黑色的套鞋。

芙蓉没有考上大学，念的是职业中专。学校里百分之八十是女生，当初芙蓉和妈选择这个学校也是出于这个原因。芙蓉的三年中专念得很是风平浪静，那百分之二十的异性对于芙蓉来说简直可以说是近似于零，甚至还会升起一丝反感。心理上的排斥势必会带来生理上的反应。看见男人，芙蓉的心里就会涌上来肮脏、龌龊这样一些词，继而像逃避瘟疫一样离他们远远的。

走出校门，走上工作岗位后，芙蓉对异性仍旧提不起兴趣。单位有个副厂长的儿子，一米八五的大个儿，长得和那个时期热映的电视剧《上海滩》中的许文强有些神似，家庭条件更是没说的，是厂里不少女孩追逐的对象。副厂长儿子明显对她有好感，两次的"偶遇"后，第三次就把一张电影票塞到了她的手里。芙蓉像碰到了烫手的山芋似的推开了副厂长儿子的手。副厂长的儿子重新把电影票塞给她，说了一声"晚上电影院门口不见不散"。还没容芙蓉再推脱，便冲芙蓉微笑着挥挥手，端起双臂撒开两条长腿跑远了。芙蓉怔怔地望着手里的电影票，如临大敌，不知如何是好。那天晚上，她躲在距离电影院不远处的一棵树后，紧张地观望着不住在电影院门前翘首瞩望的副厂长儿子。然后一口气跑到江边，徘徊到半夜才回到家。第二天，副厂长的儿子找到她，还没等人家发问，芙蓉就把那张过期的电影票塞到了副厂长儿子的怀里，随后逃也似的夺门而出。

还有几个不畏艰巨的异性企图与芙蓉演绎一段可歌可泣的爱情故事，都是还没开始就已经结束。久而久之，不再有异性靠近芙蓉。芙蓉过了一段很是波澜不惊的生活。每天下班回到家，吃过晚饭后，和妈搬了各自的椅子，坐在院子里的花丛旁。这个时候，母女俩通常不会交流什么，她们默言注视着西边天际的夕阳，不动声色地将那些花朵染成金色。芙蓉觉得这种状态很好，也很受用，可以想些什么，也可以什么也不想。

不知什么时候，妈出现在了芙蓉身后。

芙蓉从水盆里捞出床单，用力拧成麻花状。

“昨晚小已过来，我看见她眼角已经出现皱纹了……”妈坐在藤椅上轻声说。

顿了一会儿，芙蓉又听见妈缓缓地说：“小已该找婆家了……”

芙蓉拧着床单的双手停住了。

三

芙蓉以为韦丽不会当真，如今是多一事不如少一事，尤其是在这类婚姻大事上，过好了没说的，过不好离婚了说不定还会埋怨你这个介绍人，谁愿意跟着操那份心。没想到韦丽真把小已的事当成事了，没过上两天又打来了电话，劈头就问芙蓉：“你问没问啊？也不给我来个电话！”芙蓉愣住了，有几分懵懂地问韦丽：“你让我问什么？问哪个？”韦丽“嗨”了一声，“你这人记性怎么那么差呢？你不是说问问小已是不是有中意的小伙子吗？完了给我电话，我这左等右等，等得花儿都要谢了。”芙蓉这才想起来那个话头，只好说小已处了一个，正谈着呢。韦丽颇有几分失望的样子，“唉”了一声，撂了电话。

这天早晨，芙蓉去卫生间，猛然看见内裤上遍布星星点点的殷红。“老朋友”已经快两年没光顾了，怎么又来串门了？芙蓉就隔着卫生间的玻璃门喊小已，让她把她的卫生护垫拿一个给她。

不一会儿小已拿着一包护垫推门走了进来，望着芙蓉一会儿，说：“去医院看看吧。”

芙蓉说：“还能有么大事？不用去。”

下午，妈打来了电话，说让芙蓉去医院给她开点钙片，她的腿夜里总抽筋。芙蓉便拿着妈的医保卡去了医院，站在扶梯上上楼时，看见电子屏上显示的有关癌症的几大讯号，其中一条震住了她：绝经后不明原因的阴道出血。

芙蓉思忖了一会儿，挂号去了妇科。

身穿白大褂的妇科医生经过初步检查后说：“出血量不是很大，这样，你回去观察两天，如果出血量有所增多，你再过来做进一步的检查。”

两天后，芙蓉再次去了医院。在这两天里，下面的出血量非但没有减少，反而向相反的方向发展了，有了势不可挡之势。

听了芙蓉的叙述，原来那个妇科医生说：“现在的出血量增加了，我建议你做个子宫内膜活检。绝经后子宫出血是恶性疾病的信号。”

后面一句话把芙蓉吓住了。

芙蓉做了刮宫术，活检病理结果要等一周后才能出来。因为做了刮宫术，怕感染，这期间，芙蓉遵照医嘱，每天到医院来输液抗炎。

芙蓉不想让任何人知道，包括妈和小已。但是，想瞒住妈可以，这几天随便找个什么借口，暂时不去妈妈那儿就行了。想不让小已知道几乎不可能。小已每天的轨迹差不多就是单位家里两点一线。

周六周日休息那两天，小已都是陪着芙蓉来医院输液。芙蓉躺在输液大厅的沙发上，小已坐在一旁。小已还是不怎么说话，但是会时不时地抬头查看输液管子内液体的流速以及所剩容量，及时招呼护士换药瓶。小已扬起的脸正对着芙蓉，芙蓉看见小已曾经红扑扑的苹果一样的脸庞，不知什么时候变得有些干瘪，像贮藏不好的苹果失去了水分，眼角也现出了几条不深不浅的鱼尾纹。自己有多长时间没有注视到小已的脸了？芙蓉的内心里突然涌上一种恐惧，自己还有小已，如果自己不在了，剩下小已一个人怎么办？

芙蓉仿佛看见了世界末日，怔怔地注视着女儿。

29 岁那年，芙蓉才和宋雨结了婚。这个年龄放在今天好像没什么，顶多算得上轻量级的剩女，但是在二十多年前的县城，芙蓉已经算得上骨灰级的老姑娘了。一直以来，母女俩始终沉浸在她们“女儿国”的小范围，外界的风起云涌、世事变幻好像对她们没有一丝的影响，妈好像也把正一天一天向芙蓉逼近的年龄忘记了。直到有一天，芙蓉下班回家，看见院子里停着那辆曾经在横梁上度过她童年的自行车。芙蓉知道谁来了，芙蓉想回避，去外边溜达一圈，等他走了再回来。可是那天是妈的生日，她买了好多的菜，左提右挎的。正磨蹭着不知是进是退，站在木芙蓉树下的爸扭头看见了她，快走几步奔到她跟前，把她手里的菜接了过去，放在了门口处。然后上下打量着芙蓉。最后讷讷地说：“我走了。”芙蓉木然地站在那儿，没有反应。妈的嘴唇翕动了一下，但是没发出声音。那天晚上的那顿饭，母女俩吃得很是沉闷。晚饭后，母女俩照常坐在窗前的木芙蓉树下，妈沉吟了一会儿，缓缓地说：“芙蓉，该找个婆家了。”芙蓉听了就是一愣，怔怔地望着妈，不理解妈为什么提起这个话题。

曾几何时，母女俩是城门失火殃及池鱼，对那个有别于她们的群体下的结论相同，统统一棒子打死，大有同仇敌忾之意。如今妈这是怎么了？芙蓉说：“妈，我不找！咱娘俩这样过得不是蛮好吗？”妈声音低沉地说：“妈晓得那件事影响了你……可是总不能这样一辈子吧？等妈老了，剩下你一个人怎么办？”

后来，芙蓉才知道，妈之所以改变了原来对她终身大事的想法，是因为那天她回来之前，爸对于她的终身大事和妈谈了很久。

宋雨是妈挑的。宋雨出身农家，老家在距离市内两百多里的乡下，是个不折不扣的乡里伢。没处上半年，妈就让他们两个人匆匆忙忙结了婚。新婚之夜，奔三的她在疼痛与恐惧中由一个女孩变成了一个女人。说实话，芙蓉一开始对宋雨还是有些排斥的。不过婚后，宋雨洗衣做饭，打扫卫生，家务活哪样都拿得起放得下。渐渐地，芙蓉从宋雨身上改变了对男人的看法，也渐渐在心中接受了宋雨。只是，她对夫妻间的那种事还是觉得很肮脏，每次差不多都是宋雨苦苦哀求，她才皱着眉草草应付了事。麻木的撞击和灼痛，在芙蓉心里产生一种难以忍受的厌恶感，完了还要跑到卫生间打开水龙头，把自己里里外外冲洗干净，好像她刚接触到什么污秽的东西，不洗干净心里就难受得不得了。韦丽私下跟她咬耳朵问她和宋雨一个礼拜几次，感觉如何，说她和她家小梁两三天就要办一次，还说那种欲仙欲死的感觉，死了也值了。芙蓉厌恶地望着韦丽，觉得韦丽真是下贱得很，怎么问出这么恶浊的问题，可以这么说，就是在那种腌臜与罪恶感中孕育了小已。小已降生后，她和宋雨之间发生那种事的机会就更少了。奶瓶子、尿布，孩子的哭闹，女儿的出生使家里被一种混乱无序的忙碌包围着，芙蓉自然把全部的精力放在了女儿的身上，后来干脆和女儿睡一个床。

谁知宋雨会出了那么大的一件事。

小已上初中那年的夏天，她正在厂里上夜班，保卫科科长来车间找她。她随着保卫科长走出车间来到一个没人的地方，科长低声对她说："刚才派出所来电话，宋雨出了点事，被关在派出所，让你去把他接出来。"芙蓉没头没脑地问："宋雨出了么事？怎么在派出所？"科长沉吟了一会儿说："你去了就知道了。"芙蓉的耳旁就响起了和车间内相似的机器的轰鸣声。她向前走了一步，听见保卫科长在后面喊："哎，芙蓉，别忘了带点钱过去。"芙蓉停住脚步，转身怔怔地望着保卫科长。保卫科长说："带五千过去吧。"芙蓉耳朵里的声音雪崩一样响了起来。

宋雨是在一洗浴中心被抓的。公安机关半夜对洗浴中心进行突击检查，宋雨是为数不多的嫖娼者中的一个。芙蓉赶到派出所，见宋雨双手抱着一蓬乱草似的脑袋蹲在地上。芙蓉交了五千块钱罚款，然后头也不回地走出了派出所。

跌跌撞撞地回到家，芙蓉的身体抖成了打摆子的病人。宋雨跪在芙蓉面前痛哭流涕，说自己喝醉了，一时昏了头，并对天起誓，这是第一次，也是最后一次，以后再也不会发生这种事情了。

为此，芙蓉体验了一把喝醉的感受。她喝了半瓶子的高度白酒，直吐得翻江倒海，但是心里还是异常清醒。

像当年向妈毫不犹豫地告密一样，她毫不犹豫地同宋雨去了民政局。当妈得知情况后，他们手中的红色结婚证早已经变成了绿色的离婚证，宋雨也成了她的前夫。

芙蓉有了一种紧迫感。她给韦丽打了电话，接电话的是老梁，说韦丽去省里参加文艺会演去了，得三天两天的才能回来。老梁问芙蓉有什么事。芙蓉想跟老梁说说，想了想又咽了回去，心里盼着韦丽快点从省里回来。

这天，护士刚为芙蓉输上液，芙蓉就看见一个花白的头颅出现在输液大厅门口，向里面张望着。

芙蓉扬起胳膊，冲妈招着手。

妈一步一步缓慢向这边走了过来。

芙蓉的鼻子一下子酸了，眼睛也跟着湿润起来。

妈坐在了芙蓉的身边，伸出手在芙蓉的手背上抚摸着。

“是小已告诉你的？”芙蓉拿起纸巾擦着眼睛。

妈点着头，“没事的，不要怕。”

芙蓉咬着嘴唇用力点着头。

芙蓉抬起头，“妈，我想……给小已找个对象……”

妈点着头，拍着芙蓉的手背，眼里也涌上了一汪浑浊的液体。

子宫内膜活检报告终于出来了，是由于内分泌失调所致的功能性子宫出血，没什么大事。

虚惊一场！欣慰之余芙蓉却没因此懈怠下来，她又给韦丽打了电话。

韦丽有几分炫耀地汇报了她所在的老年秧歌队在省文艺会演中获得了第一名。“嘎嘎”的一阵欢笑声后，韦丽问芙蓉找她什么事。

芙蓉嗫嚅地说：“上次你说的那个老梁棋友儿子的事……”

韦丽大声问：“小已不是处对象了吗？”

芙蓉只好说分手了，然后问：“那孩子怎么样？”

韦丽说：“没的说！一米八的大个，白白净净的，长得跟电影明星似的！”

芙蓉说：“我说的是人品。”

韦丽说：“人品就更不用说了，为人厚道，好学上进，对长辈彬彬有礼，见到我离大老远就打招呼，不笑不说话。你就放一百个心吧，错不了。”

芙蓉问：“家里条件怎么样？”

韦丽说：“老严老两口子都退休了，退休金足够花，我担保以后小两口绝对没负担，只有老的搭小的。”

芙蓉思忖了一会儿，说："那你给牵牵线儿？"

韦丽来了精神，拍着胸脯，芙蓉在电话里听得真真切切，"这事包在我身上了！等着，我这就去说！"

还没到晚上，韦丽的电话就过来了，说她下午就马不停蹄地和老梁去了老严家，把小已的基本情况向对方说了一遍，老严和小严都没什么意见，只是小严这两天有个大单子要跑去了外地，估计三两天就会回来，回来后找个机会两个人见个面。芙蓉忙答应下来。

晚上，小已下班回来了。母女俩吃过晚饭，小已和以往一样，闷声不响地在厨房洗碗。

透过开着的房门，芙蓉注视着女儿。

高一的暑期，芙蓉发现小已出了问题，一个戴着眼镜的男生经常骑着单车，一只脚撑着地，在楼下等着小已一起上学。芙蓉趴在窗口往下看，小已从楼道内跑出来，那个男生就会笑着冲小已一偏头，小已会心地一笑，跑过去跃上车后座，一只手搂住男生的腰。男生喊了一嗓子，"走喽！"铃声和欢笑声伴随着两个青春的身影远去。

芙蓉如临大敌。她语重心长地跟女儿长谈了一个晚上，告诫小已不能早恋，并历数了早恋带来的种种不良后果。小已嬉笑着说她和那个男生之间只不过是有好感而已，谈不上什么早恋，让芙蓉不要紧张兮兮草木皆兵的。芙蓉还是不放心，她给女儿班主任打了电话，然后又通过班主任，和男生的父母通了电话。

那天晚上，小已放学回来，把书包重重地掼在沙发上，冲着她歇斯底里地嚷道："现在你满意了吧？！早恋，和男生关系暧昧，全校通报，你女儿出尽了风头！成了一高中的名人了！"

芙蓉没想到校方会做出这样的举措，但是她觉得虽说重了些，校方的本意还是好的，是对学生负责。最后的结果是，芙蓉为小已转了学。

接下来的两年小已的高中生活过得还算平静。

高三报自愿时，芙蓉坚持让女儿报了本市的一所大学。虽然不是什么 211 名牌大学，但是师资力量也还算雄厚，环境也不错，最主要的是离家近，不用住校，芙蓉照顾起来方便。

有人说，大学不谈一场恋爱，就等于挂科。对于这种说法，芙蓉一直耿耿于怀。大二时，芙蓉发现有一段时间小已的心情出奇得好，人还没上楼，欢快的歌声已经透过门缝飘了进来，整个人也变得容光焕发的。还有夜里很晚了小已还不睡，芙蓉趴在卧室门上，听见从里面不断传来的手机短信的提示音。直觉告诉芙蓉，女儿恋爱了。为了抓到有力的证据，芙蓉趁着小已在卫生间洗澡的工夫，偷着翻看了小已的短信记录，手机内还没来得及删去的热辣辣的短信内容表明小已真的坠入了爱河。芙蓉如坐针毡，审问了小已一番，得知对方是系里的一个专业老师，由于崇拜和景仰，小已和大她七八岁的老师上演了一场师生恋。芙蓉得知情况后坚决反对。理由是小已心智发展尚未成熟，不适合在求学阶段谈恋爱。小已说他们可以相处几年，等小已大学毕业后参加工作了，他们再结婚，两三年的时间足够使她成熟起来。不管小已怎么说，芙蓉始终坚持自己的看法，不同意。芙蓉背着小已，和那个老师通了电话，编造了小已如何冷漠自私，如何空虚脆弱。电话那头的那个老师的声音渐渐弱了下去。小已回来后，气急败坏地质问芙蓉为什么无中生有败坏她的品质。芙蓉没了办法，只好把爸和宋雨当年犯的错误对小已述说了一遍，并声泪俱下地说：“妈没别的恶意，真的是怕你再受到伤害……”小已听后怔在了那里。

那场师生恋总算在芙蓉的极力阻挠下平息下来了。只是从那以后，小已变得闷声不语，回到家也很少和芙蓉说话。要知道，从前小已回到家总是叽叽喳喳地把学校里发生的事向芙蓉学说一遍。那段时间，除了电视里的声音，晚上在家中几乎半天听不到娘俩的说话声。

好在，后来小已的日子还算过得平静。芙蓉在后面跟踪了几次，小已都是形单影只，自己一个人独来独往。

小已刚要往自己房间去，芙蓉叫住了她，“小已，过来坐。”

小已停住了脚步，站在原地望着芙蓉，好一会儿才走了过来坐在沙发上。

芙蓉沉吟了一会儿，嗓子像被人卡住了一样，吭吭哧哧地说：“小已，你韦丽阿姨给你介绍了一个男朋友……”

小已闻听就怔住了。

芙蓉说：“那个男孩出差去了，等回来见个面。”

小已没有吭声，站起身来，向自己的房间走去。

四

过了没两天，韦丽打来了电话，说小严出差回来了，想和小已见个面。

韦丽说：“这种事宜早不宜晚，就定明天上午了！周六，正好两个孩子都休息有时间。就定在我家，明天上午 10 点。”芙蓉满口答应。

芙蓉把第二天与小严相亲的事告诉了小已，小已没说话，回了房间。

沉默就是默许。芙蓉跟进房间打开衣橱，为小已准备明天相亲的行头。小已的衣服不是很多，芙蓉拿起来一套，征求小已的意见。小已对着电脑屏幕看都不看一眼。芙蓉急了，说：“你倒是看看啊！”小已用目光瞟了一眼，说：“蛮好。”芙蓉说：“我觉得显得过于呆板了，再说穿什么鞋子配？”芙蓉自我否认了。左挑右选，芙蓉总能找出不合适的理由，直后悔没去给小已买一套。女人的衣柜里永远缺一件衣服，这话说得真是不假。最后芙蓉给小已选了一条白色的连衣裙，姑且就是它吧。征求小已的意见，小已仍旧是蛮好。

这一夜，芙蓉几乎没睡。她翻来覆去左思右想，既高兴又有些担心，高兴的是女儿要找男朋友了，担心的是怕女儿重蹈母亲和她的覆辙。

第二天早上，芙蓉早早起了床，做好了饭，刚想去敲小已卧室的门。门开了，小已穿着昨天穿过的T恤和牛仔裤走了出来。

芙蓉打量着小已，问："怎么还穿原来的衣服？昨天晚上我为你选的那条裙子呢？"

小已头也不抬地说："就这套蛮好。"

芙蓉想说让小已穿得正式点儿，还没等张口，小已进了卫生间。

吃过了早饭，小已走到了门口，换上了鞋，对芙蓉说单位有点事，她去看看。

芙蓉说："妈和你一起走，完了一块去你韦丽阿姨家。"

小已顿了顿说："你先去吧，我从单位直接过去。"

芙蓉想了想也好，嘱咐小已看着点时间，别迟到了。小已应着出了门。

芙蓉收拾完毕，下楼直接去了韦丽家。

到了韦丽家，见从沙发旁站起一个小伙子。芙蓉有预感，这个小伙子一定是韦丽为小已介绍的那个。

果不其然，韦丽为芙蓉做了介绍，正是那个小严。

小伙子有些拘谨，屁股搭在沙发一角，眼睛直视着地板不说话。芙蓉打量着小伙子，长相敦厚，眉眼也算过得去。

韦丽问："小已呢？"

芙蓉说："单位有点事，一会儿就到。"

韦丽就发挥起她的三寸不烂之舌，夸完了小已的品貌，又夸小伙子的优点，在她眼里两个人都是尽善尽美的完人，没一点缺点。

聊了一会儿，眼看着九点半了，还不见小已的影子。芙蓉摸出手机给小已打电话，响了好一会儿小已才接了电话。

芙蓉问："你到哪儿了？"

小已停了一会儿说："我马上出来。"说着挂了电话。

芙蓉和韦丽又聊了一会儿，芙蓉看看时间，已经10点多了，还是不见小已。小已的单位离韦丽家不是很远，打车也就十分钟八分钟的，怎么这么长时间还不到？

芙蓉再次拨打小已的手机。里面显示的声音让她一怔——小已关机了。

韦丽看见芙蓉的脸色，把芙蓉拉到卧室问："怎么回事？"

芙蓉掩饰说："可能是手机没电了，关机了。"

韦丽说："刚才不是说已经出来了吗？这么长时间，也应该到了啊？"

芙蓉掏出手机，接连重播了几次小已的电话，都是关机。每天晚上小已都会把手机充满电以备第二天使用，不可能没电了呀！

芙蓉站在窗口，向小已该来的方向不住地眺望着。她的脖子酸了，眼睛花了，小已还是杳无踪影。

韦丽望着芙蓉，急得直跺脚。

芙蓉给妈打了电话，问小已是不是在她那儿，妈说没有。芙蓉又往小已的单位打了电话，单位的门卫说今天休息，根本就没有人来上班。

最后，芙蓉对韦丽说："你告诉小严，就说小已单位临时有点事，来不了了。"

韦丽出了卧室，把芙蓉的话对小严学说了一遍。小严疑惑地望着韦丽，告辞下了楼。

韦丽关上门问："到底怎么回事？小已不愿意见面相亲？"

芙蓉没说话，急匆匆离开了韦丽家。

回到家，芙蓉刚用钥匙打开门，就看见小已早晨穿的鞋子赫然摆在门口的鞋架上。

芙蓉推开卧室的门，看见小已躺在床上，瞪着两眼望着天花板。

“你这孩子跑回家怎么不告诉妈一声？手机还关机！你到底怎么回事？”芙蓉气冲冲地问。

小已翻过身去，把脸转向了一侧。

芙蓉在门口站了一会儿，慢慢走回到沙发旁，像刚跑完了一场马拉松似的，一屁股坐在了沙发上。

韦丽打来了电话，竹筒倒豆子般数落着芙蓉，“小已这孩子你要不想见，事先说好了啊，这叫办的什么事！这孩子到底怎么回事呀？”

芙蓉也不说什么原因，只是连声赔着不是，只有她心里明白小已是怎么回事。

刚撂了韦丽的电话，妈的电话就过来了。芙蓉只好实话实说把事情说了一遍。

妈沉默了好一会儿，最后对芙蓉说：“你让小已到我这儿来一趟。”

小已从妈那儿回来后，什么也没说，进了自己的房间。

芙蓉给妈打了电话，问妈到底和小已怎么说的。妈什么也没说，只是问了韦丽家的电话。

过了几天，韦丽“嘎嘎”的笑声又回响在了芙蓉的耳旁。

这一次的相亲定在了芙蓉家楼下的茶楼内。对方名叫何肖，比小已大了两岁，硕士研究生毕业，在一家国企做行政工作，收入还可以。有一套80平的婚房，父母付的首付，月供自己负担。小伙子形象高大，人很稳重，谈吐也很得体有礼貌，给芙蓉的印象不错。只是整个过程中小已很少说话，只顾闷头喝茶。韦丽忙着打着圆场，和何肖找着话题攀谈。

回来后，芙蓉问小已对何肖的印象如何。小已没反应，进了房间。

第二天韦丽就打来了电话，问小已对何肖感觉怎么样。芙蓉只好谎称小已还没回来，自己还未来得及问。韦丽说这个何肖是她老邻居的孩子，她是从小看着长大的，绝对错不了。

撂了电话，芙蓉叹了口气，小已没反应，一定和上次一样，又无疾而终了。芙蓉的心里心急火燎的，心想等晚上小已回来，自己和她好好谈谈。

没想到，傍晚，芙蓉刚准备做饭，小已给她打来了电话，说不回去吃饭了。还没等芙蓉发问，小已又补充了一句，和何肖出去吃饭。芙蓉听了长出了一口气。

晚上，十点多钟，小已回来了，后面跟着何肖。

小已转身对何肖说："你回去吧。"

芙蓉见状急忙请何肖进屋坐。

何肖站在门口说："阿姨，时间不早了，我就不打扰了，您早点休息吧。"说完把目光转向小已，轻声说，"那我走了。"

小已垂着眼帘说："走吧。"

何肖和芙蓉道了一声"再见"，转身向楼下走去。

小已关上门，回了自己房间。

芙蓉想问问小已两个人都去什么地方玩了，晚饭吃了点什么，两个人聊得怎么样，见小已回了房间，也只好作罢。

韦丽打来了电话，疯疯吵吵地说让芙蓉请她这个媒人的客，告诉芙蓉说，通过这段时间的接触，何肖对小已很满意，没什么意见，就是小已话少了点儿，不过，他就喜欢这种稳重类型的，整天叽叽喳喳，嘴上没个闲着时候的，他反倒受不了了。最后韦丽笑嘻嘻地说："你就等着当丈母娘吧。"

芙蓉悬着的一颗心放下了。

五

芙蓉又回老房子看望妈。走在街上照例打电话给妈，问她想吃什么。妈说什么都不用你买，今天家里有菜。妈腿脚不太利索，从不轻易上街，芙蓉刚想问个究竟，妈把电话撂了。

芙蓉进了院子，掩映在枝叶间的粉白色的花朵映入了芙蓉的眼帘，木芙蓉开花了！

妈拎着喷壶，正在给木芙蓉浇水。对于这些木芙蓉，妈真的像侍弄孩子一样悉心照料着。

芙蓉接过妈手中的喷壶，往花朵上淋着水。

妈坐在藤椅上，问小已和何肖两个人相处得怎么样。

自从小已和何肖谈恋爱后，差不多每天晚上，妈都会打来电话，询问两个孩子的进展情况。每次芙蓉来看她，也总是不时询问近况。

芙蓉说看样子还可以，开始约会了。不过小已还和从前一样，话仍然不多。

水流变细了，喷壶的重量也变轻了。芙蓉向水龙头旁的水缸走去。那里面的水是妈几天前接的，困在里面的，困过的水温度接近室外的温度，才可以浇花。

芙蓉刚要把手中的喷壶往水缸内探去，忽然看见旁边地上放着一个盆子，几条手指粗细的腹黑色的鳝鱼在里面摇头摆尾地扭着身体。

"哪来的鳝鱼？"芙蓉问。

妈的脸上透出几分神秘，“你别管了，想怎么吃？我看还是红烧吧。”

芙蓉望着妈，正想追问下去，院门响了一下。芙蓉扭头望去，见宋雨走了进来，手里拎着青菜和水果。

芙蓉把目光转向了妈。

妈吩咐宋雨说：“把菜给芙蓉吧，你负责把那几条鳝鱼收拾了，完了做红烧鳝鱼吧，多少年没尝你的手艺了。”

宋雨嘴里答应着，看了芙蓉一眼，把菜递给了芙蓉。

芙蓉接过菜。

宋雨走过去，端起盆子进了厨房，不多时，从厨房传来了乓乓的刀背拍击案板的声音。芙蓉没做过红烧鳝鱼，但是她知道，鳝鱼要用刀背从脊椎骨处拍平，这样做出来的鱼才会卷曲。没离婚前，有一次也是在妈这儿，宋雨也是做这道菜。望着卷曲如拱桥的鱼片，芙蓉问起其中的奥妙，才知道的。

母女俩择着菜。厨房的窗子敞开着，一颗毛发稀疏的脑袋时隐时现。

妈向厨房内望了一眼，轻声说：“是我让他来的。都过去这么多年了，还记着那件事有什么用，得饶人处且饶人吧。”

宋雨从敞开的门口探出大半个身子来，“妈，郫县豆瓣酱放在什么地方了？”说完，好像也意识到称谓错了，径自杵在了那里。

妈脸上浮现出一抹笑容，“在你头顶上方右边那个柜子里。”

杵在那儿的大半个身子缩了回去。

不多时，浓郁的香辣味从厨房飘了出来，弥漫在小院内。

宋雨腰里系着围裙走出厨房，手里端着做好的鳝鱼。妈见状忙让芙蓉把竖在墙角的桌子在木芙蓉树下支开。

摆好桌子，芙蓉去了厨房，看见炉灶上擦拭得很干净，好像刚才这里没经历过一番煎炒烹炸似的。宋雨有个习惯，炒菜的同时就用抹布把炉灶周围擦拭干净了，这么多年了还是没变。

芙蓉端着电饭锅走出厨房。

宋雨见状忙说："我来盛饭。"

妈抬手制止了宋雨，说："让芙蓉盛，你坐下歇会儿。"

宋雨拘谨地坐下了。

三个人围坐在桌子旁。盘中鳝鱼自然卷曲，汪在红油中，上面点缀着红椒和香菜，红绿搭配，看上去很好看。

妈夹起一块鳝鱼放进嘴里，点着头说："嗯，味道不错，和原来一样。"说着又夹起一块放在芙蓉的碗里，"你尝尝。"

芙蓉夹起鳝鱼放进嘴里慢慢嚼着，没说话。还是老味道，爽脆微辣中带着点甜。宋雨做这道菜有个特点，郫县豆瓣酱放得不是很多，而且会放一点糖，这样做出的鳝鱼不是很咸很辣，微辣中恰到好处地透着点甜。

妈对宋雨的手艺赞不绝口。芙蓉只顾低头数着米饭粒。妈极力寻找着话题。宋雨回答着妈的问话，目光时不时瞥向芙蓉。

吃完饭，宋雨在厨房叮叮当当洗涮着盘盘碗碗。芙蓉和妈坐在院中。宋雨背对着门口，弓着腰，头顶上方一处光秃秃地泛着光。

妈轻叹一声，"也老了啊！"

芙蓉没说话。

离婚前，宋雨几乎也是把厨房内的事务承包了。从小看惯了爸晃动在厨房的身影，芙蓉差不多习惯了那种生活，弄得芙蓉两手不沾阳春水，好久没有看见这个情景了。

宋雨收拾完碗筷，从厨房走了出来。

"……没什么事我先走了。"这句话开头的称谓部分，宋雨明显顿了一下。

"再坐一会儿吧，你拿来的红茶还没喝呢，我去拿给你们。"妈说着欲从藤椅上起身。

“您别忙了，”宋雨看了芙蓉一眼，“有事您叫我。我先走了。”

“好，有事我打电话给你。”妈说。

宋雨点头，重新看了芙蓉一眼，垂着头走了。

母女俩坐在院中的木芙蓉树下。

妈说了一句话，让芙蓉一愣。

“人活着的时候，该珍惜就得珍惜。等人没了，你想珍惜都没处找了。”

芙蓉把目光转向了敞开的窗子。屋内的柜子上，端庄地摆着那座白娘子的塑像，上面纤尘不染。

六

周六，韦丽风风火火地跑了来，对芙蓉说，何肖的父母刚和她通了电话，说周日请芙蓉去他们家做客，商讨一下两个孩子的终身大事。这段时间何肖和小已差不多每天晚上都出去约会，芙蓉叶觉得这件事应该水到渠成了。韦丽说完又不由分说拉着芙蓉去了商场，说她这个媒人明天要隆重出场，怎么也得买套新衣服武装武装。

两个人逛了一上午商场，中午又就近在商场美食广场吃了一顿酸菜鱼，当然是芙蓉请的客。韦丽“嘎嘎”笑着说，这次是非正式的，等两个孩子结婚了，还要正儿八经地请她这个劳苦功高的大媒大吃一顿。芙蓉笑着答应。

芙蓉回到家，见小已房间的门敞着。芙蓉走过去，小已侧着身躺在床上，背对着自己。

芙蓉问：“不是到郊外玩去了吗？怎么回来这么早？”

早晨，小已和何肖去了郊外秋游。芙蓉想，还不得晚上才能回来，没想到中午就回来了。

小已没吭声。

芙蓉又问："你韦丽阿姨说，何肖他家明天请我们过去，商量你们俩的事，何肖和你说了吧？"

小巳"嗯"了一声。

第二天早晨，芙蓉刚收拾完，门就被敲响了。

小巳走过去开了门，见是何肖，淡淡地问："你怎么来这么早？"

何肖眉开眼笑地说："我来接阿姨和你。"

芙蓉说："是何肖呀！快进来坐。"

何肖走进室内，向芙蓉问了好，规规矩矩地坐在沙发上。

芙蓉赶忙让小巳去换衣服。

小巳皱着眉头进了卫生间。

芙蓉和何肖攀谈了几句。等小巳走出卫生间，芙蓉就愣住了，小巳身上穿的还是昨天的那套衣服。

芙蓉走到小巳跟前，低声道："怎么还穿这套？"随后提高声音，说，"今天穿何肖给你买的那条连衣裙，我给你放在卫生间浴架上了。"说着把小巳重新推进了卫生间。

过了好一会儿，小巳才穿着连衣裙走了出来。何肖打量着小巳，脸上露出欣赏的笑容。

芙蓉和小巳在何肖的引领下走进何家时，韦丽已经在沙发上坐着，和何肖父母侃侃而谈呢。

见芙蓉母女进来，韦丽扑到小巳面前拉着小巳的手不住地打量，嘴里啧啧地赞叹说"我们小巳真是个美人坯子！何肖，你真是有福气哟！"

何肖望着小巳，一脸的喜气。

小巳垂着头，望着地板。

何家真是盛情得很，做了一桌子的菜。何肖的父母带领儿子不住地敬酒，芙蓉只是象征性地抿了几口，韦丽却是杯杯见底，豪爽得很。芙蓉不得不佩服韦丽的好酒量。

酒过三巡菜过五味，何肖的父亲说："我看没什么问题，那就找个好日子，让两个孩子把证领了吧，岁数都不小了。"

小已端着的杯子的手歪了一下，里面的饮料洒了出来，泼溅在了裙子上。坐在一旁的何肖急忙从纸巾盒里抽出几张纸巾，为小已擦拭着。

何肖的父亲冲着坐在旁边的妻子使了个眼色，何肖的母亲拿出一个盒子，从里面拿出一只翠绿色的镯子，说："这是我们何家祖传的，何肖的奶奶传给了我，小已，今天我把它传给你了。"

韦丽带头鼓起掌来，大声嚷着对何肖说："傻小子，还不给小已带上，这可比什么都珍贵！"

何肖拿起镯子，含笑望着小已。小已有些惊恐地向后缩着手臂。

芙蓉的心跟着向后缩着。

韦丽笑着说："小已害羞了。"

何肖握住小已的手，把手镯戴在了小已的手腕上。

芙蓉知道，这不是一只普通的镯子，这只镯子具有非同一般的代表性。同时这只镯子也具有了非同一般的重量，它让芙蓉的心终于落了地。

何肖家准备开始对婚房进行装修。何肖来家中征求小已的意见，问小已喜欢什么风格的，是中式还是欧式的。小已愣怔了一会儿，说："你看着装就行了。"何肖得令，乐颠颠地走了。

何家开始了紧锣密鼓的装修。何肖时不时地打来电话请示汇报，问小已瓷砖用什么牌子，地板用原木颜色的行不行，小已总说你看着买吧。

芙蓉让小已下了班过去看看，毕竟是自己的新房，以后要住在那里的。小已总共去了两回，每次都没站上几分钟就回来了，好像正在装修的婚房和她没多大关系似的。芙蓉本来还想多说小已几句，何肖却说正装修的房子有甲醛等有害气体，对身体不好，他一个人在那儿盯着就行，话语中颇有几分心疼的意味。听何肖这么一说，芙蓉也只好作罢了。

这天，芙蓉又去妈家。推开院门，芙蓉不由得大惊失色——妈歪在一株木芙蓉下，正在不住地呻吟着。芙蓉扔了手里的东西飞奔过去，拽着妈的手臂，想把妈扶起来。妈指着右腿，呻吟声更大了。

芙蓉手忙脚乱地掏出手机，情急之下，不知怎么竟拨通了宋雨的电话，带着哭音说："妈在家摔倒了……"

撂了电话，芙蓉才想起来，怎么给宋雨打了电话，应该打 120 啊！慌忙又拨打了急救电话。

宋雨比 120 急救车早到一步。

宋雨冲进院子，问："给 120 打电话了吗？"

芙蓉哭着点头，说："快点把妈扶起来呀！"

"不能动！"宋雨大喊一声，蹲下身，问，"右腿敢动弹吗？"

妈摇着头。

宋雨说："千万别乱动妈。弄不好会加重伤情的！"

芙蓉说："那怎么办啊？"

宋雨环顾四周，看见竖立在窗下的搓衣板，几步奔过去拿了过来，又奔到厨房内，拿出围裙撕成几条，指挥着芙蓉轻拿轻放，帮妈固定好伤腿。

这时，外面，一阵急救车的警笛声由远及近传了过来。

妈的小腿摔骨折了，需要住院治疗。

住院期间，宋雨白天跑前跑后，到了晚上，还让芙蓉回去休息，他在医院陪床盯着。一天早上，芙蓉提着早餐走进病房，看见宋雨拿着毛巾正在给妈擦脸，同一病房的病友羡慕地对妈说："你这儿子真孝顺！"妈没有否认，笑着点点头。

半个月后，妈可以出院了。伤筋动骨一百天，芙蓉正发愁回家行动不便怎么办呢，宋雨变戏法似的从出租车后备箱内拿出一个轮椅，把妈从出租车上背下来后，直接安放在了轮椅内。宋雨在前面推着轮椅。芙蓉跟在后面，看见这些天来宋雨明显瘦了，裤子穿在腿上愈发显得肥了，有些松松垮垮的。

回到家，宋雨还是照常天天来忙前忙后，饭菜也是换着花样做。妈坐在轮椅上，悄声对芙蓉说："妈这一次摔得值！"

有一天，宋雨手里提着一只甲鱼走进院内，宰杀后一通忙碌，放进砂锅内炖着。

砂锅在炉灶上咕嘟咕嘟冒着热气，宋雨佝偻的身影矗立在炉灶前。

芙蓉站在院子里，想起妈说的该珍惜就应该珍惜的话，妈用她的后半生得出了这个结论，那么自己呢？

吃饭的时候，宋雨给妈和芙蓉各盛了一碗甲鱼汤，却没给自己盛。芙蓉起身去了厨房，从砂锅内盛了一碗甲鱼汤，端出来放在了宋雨的面前。

宋雨把碗推开，说："我不喝，你和妈喝吧。"说完意识到称谓错了，低下头去。

芙蓉把碗往宋雨面前一推，"让你喝你就喝！"

宋雨望着芙蓉，然后像犯错的孩子似的把碗挪到自己面前，低下头喝汤。

妈望着两个人，意味深长地笑了。

芙蓉终于盼来了小已和何肖领证这一天。

芙蓉给小已打电话，手机响了一会儿，没人接。芙蓉想，也许正在拍照，忙着呢。正想着，手机响了，芙蓉接听，却是何肖的声音，说小已去卫生间了。今天来登记的人很多，他们拿了号，正在等着呢。芙蓉放下心来。

放下电话，芙蓉看见坐在一旁轮椅内的妈和宋雨都在侧目注视着自己。芙蓉便把事情讲给妈和宋雨听。

妈提高音量，大声吩咐宋雨，“你去多买点菜，一会儿等两个孩子登记完了，让他们到这儿来，今天咱们一家好好吃个团圆饭！”

宋雨答应一声就往外走，走到院门口又转了回来。芙蓉和妈一起瞪着宋雨，宋雨憨憨一笑，说：“钱都在外衣口袋里了。”

芙蓉一看，宋雨身上只穿着一件薄毛衫，不由得笑了。

天气已经微凉，不过阳光很是和煦，芙蓉在妈的膝盖上加了一条薄毯，推着妈坐在木芙蓉下。

妈说：“等两个孩子登记完了，你和宋雨也找个时间去把证换回来吧。等两个孩子办喜事时，好向父母行礼，团团圆圆的才是一个家。”

芙蓉点头。

妈接着问：“芙蓉，你还记得你小时候，窗子右边长着一棵三醉芙蓉吗？”

妈说的“三醉芙蓉”是指芙蓉中的一个稀有品种，很是奇怪，早上开的花是白色的，中午转为粉色的，下午就变成深红色的了。芙蓉依稀记得窗前有一棵，后来不知什么原因，死掉了。

停了一会儿，妈又说：“还有一种名叫鸳鸯芙蓉你可记得，花一半是红的，一半是白的……”

芙蓉记得的确有那么一棵木芙蓉，上面开着一半红一半白的花朵，上小学时，同学们来了，就在那棵树下写作业。这么多年了，妈还记着。

妈说："那两棵木芙蓉都是你爸从别处移来的。你爸听说我喜欢，去郊县用自行车驮回来的，路上不小心还摔了一跤，右腿膝盖处还留下了一块疤……"

爸的右腿膝盖处是有一块褐色的疤痕，芙蓉小时候总用手去摸着。芙蓉久久地凝视着妈。

"开了木芙蓉，一年秋已空……"妈轻叹一声。

有风吹来，妈满头的银发在风中抖着，目光长久地停留在那一地缤纷的落红上——时令已是深秋了。

一阵手机的铃声把母女二人惊醒过来。芙蓉打开手机，见是何肖的号码。因为怕一时找不到小已，芙蓉在手机内存了何肖的号码。

两个人想必是登记完了，要过这边来？芙蓉按了接听键，何肖劈头便问："阿姨，小已去你那儿了吗？"

芙蓉的心往下一沉，问："小已不是和你在民政局登记吗？"

何肖着急地说："小已说她去门口透透风，马上就排到我们的号了，我打她手机，她却关机了。"

芙蓉的手机便杵在了耳朵旁……

家　事

1

这一天是四月的第一天。

这一天对于许花园来说并不意味着什么整蛊搞笑的愚人节，倒是每每这个日子眼前便会浮现出那个面如冠玉风华绝代的“哥哥”。和大多数影迷一样，张国荣的电影中，许花园最喜欢的还是他和王祖贤领衔主演的87版《倩女幽魂》。影片在内地公映那天，正好是她和老公李功达结婚20周年纪念日，她想让老公李功达陪自己一起去看，李功达说：“有什么意思，你自己去吧，我公司有事脱离不开。”许花园心里不悦，当年她和李功达谈恋爱时父母不同意，他们两个偷偷摸摸跑出来约会，李功达最爱带她去的地方就是电影院。每一次走进电影院，李功达都激动地拉着她的手说，过节了！如今却一步也不想迈进了。转念一想，许花园也就释然了。当年李功达只是一个给人打工的穷小子，如今是占地20多亩、厂房3万多平方米、员工 1000 多人的镁制品有限公司的总经理，没有时间也是可以理解的。许花园只好叫上闺蜜罗捷一起去了影院。看到后面那场，天光渐亮，朝阳从破败的窗纸缝隙间射进来，哥哥死命抵住窗户，为小倩遮住阳光。阳光倏然倾斜在他的身上，他抱起金塔，痛彻心扉地喊了一声“小倩”，这个时候许花园潸然泪下，为那张如玉的面孔动容，为那场人鬼之间的绝恋神伤，真应了那句歌词：梦里依稀，依稀有泪光。尤其是每年的这个日子，许花园都在痴想，哥哥并没有真的离去，只是活在另外一个世界上，活在不一样的烟火中。

倒是一大早女儿李俏发来的一条微信把这一天的特殊意义彰显了出来。女儿的微信内容只有短短的四个字：我怀孕了。这四个字当头一棒，把许花园打得晕头转向。李俏在省城上大一没几天，身边的男朋友却走马灯似的换了不下四五个，说她她还振振有词：男人就像脚上的鞋子，不亲自试一试，怎么才能知道合不合脚？这下出事了吧！许花园抓起手机，直接给李俏打了过去。李俏面对许花园的质问哈哈大笑，“老妈，被整了吧？你忘了，今天是愚人节！”许花园心中的一块石头“扑通”一声掉在了地上。她骂了一声“死丫头！”，刚要问问女儿在大学的学习和生活情况，只听见李俏急急地说：“老妈，不跟你说了，我有约！哎，帮我把信用卡还了啊！这个是真的，不是整你们玩的！”说完挂了电话。

许花园想，哪天找时间一定跟女儿好好谈谈。学校有几个老师的孩子也在外地念大学，一个月的生活费也就一千多块钱，李俏却是他们的好几倍，穿的用的全是世界顶级品牌。自从办了信用卡后，更是三天两头打电话回来让你还款。小小年纪，这么大手大脚怎么行？许花园早就想和李功达说说，可是李功达这几天特别忙，一早起来手机就没闲过。这段时间李功达正准备谈一个项目，对方是澳大利亚的一家公司，县里另外一家光华镁制品有限公司也有这个意向，两家竞争得很激烈，弄得李功达吃不香睡不好的。许花园看在眼里疼在心上，也就打消了和李功达说女儿花钱如流水的念头。

李功达从卫生间出来，拿起鞋柜上的公文包，说了一声“我走了”，推门走了出去。

许花园往窗外望去，见外甥大勇靠在奔驰轿车旁，正在给什么人打电话，说得眉飞色舞的。大勇是大姐的儿子，高中混到毕业后直接考了个驾照进了功达公司，给李功达当了司机。开始时许花园还担心大勇干不好，不过没过多长时间她就发现自己的担心是多余的，这小子还算有眼色，开门关门，跑前跑后的，从李功达嘴里没说出个“不”字，相反逢年过节的，还能得到个不大不小的红包。这不，许花园看见，还没等李功达走到轿车旁，大勇早就拉开了后面的车门，并把手挡在了车门上方。等李功达把身体移进车里后，大勇才轻轻地关上车门，随后颠颠地跑到驾驶一侧，打开车门钻了进去。望着大勇，许花园想起了大勇新处不久的女朋友，大勇带着到家里来过两次。这么说吧，跟大勇很不相配。大勇长得跟黑铁塔似的又胖又黑，人家姑娘长得白白净净小巧玲珑的，年龄也小大勇好几岁，很有眼色，第一次到家里来就“二姨、二姨父”地叫个不停，嘴巴像抹了蜜，还钻到厨房在许花园身旁围前围后的，最后还把楼上李俏的房间收拾了一遍，高兴得李俏把好几件没上身的新衣服都拱手相让。

大姐夫父子俩，还有弟弟两口子都在功达公司上班。亲戚里道的自然不会安排在又苦又累的生产一线，并且还要给个一官半职的。如今大姐夫在车队担任队长，每天给下面的司机分配点活儿，其实不去分配大家也一样干活儿；弟弟是质检站站长，手底下管着几个质检员，一个人闲着半个身子；弟妹被安排在公司卫生所，工人磕了碰了给包扎一下，重了就直接送医院了。说心里话，许花园极不赞成自己家的亲戚到公司上班，可又不能不让他们去。大姐夫和弟弟都是下岗工人，大姐夫身体不好，大姐动不动就哭丧个脸来找许花园借钱看病；弟弟游手好闲，大钱挣不着小钱不稀挣，两口子动不动就动起手来。到公司上班后，大姐也不来借钱了，弟弟两口子也不打仗了。

许花园简单收拾了一下家里，便起身向学校而来。许花园是县第一初级中学的一名语文老师。还有两个多月她班上的孩子就要面对学生生涯中仅次于高考的严峻考验——中考，作为班主任，她更是有一种紧迫感。

刚出家门，手机响了。许花园从包里掏出手机一看，是江如海的电话。春节前许花园姐弟几个在酒店为母亲过生日，江如海在隔壁包房吃饭，中间出来遇到许花园，便问许花园认不认识他。许花园望着江如海摇摇头。江如海说他可是记得许花园，当年的学霸和校花。原来是初中时的同学，只是同年级不同班。从那以后算是有了联系，当然只是限于春节群发祝福微信之类的联系。江如海开了一家小广告公司，承揽一些为客户制作传单条幅牌匾之类饿不死也撑不着的小业务。这个学期开学前几天，江如海找到许花园，笑嘻嘻的一口一个老同学，想为他的二胎儿子办转班。许花园磨不开面子，找孙校长帮江如海办了此事。江如海感恩戴德的，说哪天一定请许花园吃饭，以表感激之情。今天打电话正是为此事。许花园说，不用了，孩子在班级挺好就行。江如海说他已经在东城大酒店定了房间。许花园婉言拒绝了，然后挂了手机。

许花园走进校园，一边在甬路上走着，一边向冲她问好的学生们点头微笑。身旁柳丝拂面，花苞欲放，操场上几个男生在生龙活虎地投篮，万物都积蓄了生长的激情和力量。正欣赏着，有人从后面拍了她一下。许花园回过头，见是英语组的陆老师。

陆老师笑嘻嘻地对许花园说：“恭喜许副校长！贺喜许副校长！”

许花园前一段时间报名参加了副校长的竞聘，经过竞聘演讲、面试、笔试，现已进入组织考察阶段，最后结果还要等教育局的审批。

许花园说："别瞎说，没影儿的事呢。"

陆老师摆摆手，满不在乎地说："早晚的事！那两个哪是你的竞争对手！"然后又说，"到时候许副校长可得请客哦！"

嘻嘻哈哈间，两个人走进教学楼各奔东西。

许花园进了教室，见学生们各自坐在自己的座位上，都在闷头上早自习。别的班主任动不动就给学生们上课，什么珍惜时间，一寸光阴一寸金啦，什么少壮不努力，老大徒伤悲啦，跟个碎嘴婆婆似的。许花园只是在开学的时候讲了一遍，这么大的孩子什么不懂。别的班级一般都是四五十个学生，许花园的班级六十都出了头儿，站在讲台上往下面一看，黑压压的一群小脑瓜儿。每到九月份开学季，孙校长就愁了，整天处理的就一件事，往许花园班级转新生。一些学生家长指名要把孩子转到许花园班级，左压右压还是超出别的班级一二十个学苗。也难怪，许花园教学能力强，年年是优秀教师，谁不愿意把孩子送到这样的老师班上呢。

第一节没课，许花园在班级转了一圈出了教室，向办公室走去。经过卫生间时，许花园拐了进去。

许花园蹲在隔间内，心里想着竞聘副校长的事。自己的竞聘演讲、面试和笔试成绩都不错，进入考察阶段应该也没什么问题，自己的教学能力业务素质都是有目共睹的。正想着，听见有人边说话边走进卫生间。

一个问："你说副校长这把交椅最后谁会坐上去？"

另一个说："那还用问吗？秃子头上的虱子——明摆着的，许花园啊！"

许花园听出来了，前面说话的是数学组的小邱老师，去年刚大学毕业到学校的，后面的是英语组的陆老师。

小邱老师说："可人家杨主任是教务主任、年级组长、教研组长，也是有相当实力的。"

陆老师说："光有能力那又怎么样？知道功达矿业的老总李功达是谁老公吗？许花园的老公！你来得晚，不了解情况。去年校庆那天，孙校长颠颠地就围着李功达转。李功达不是钱就是物，拿个十万八万的眼都不眨一下！投之以李，报之以桃，你再看孙校长，什么荣誉落了许花园，什么优秀教师、骨干教师、十佳班主任，你想不要都不行！这回你知道这里的猫腻了吧？"

小邱老师说："是这样啊！"

许花园越听越气，这个陆老师怎么当面一套背后一套呢。她在隔间里使劲咳嗽了两声，外面传来急促的踢踢踏踏的脚步声，然后没了动静。

这个小插曲让许花园的情绪很是失落。她想去找孙校长，要求退出副校长的竞聘。不过，很快，许花园就打消了这个念头，为什么要退出竞聘？自己的那些荣誉都是通过自身的努力获得的，自己的教学能力是有目共睹的，争着往她的班级转学就是证据！自己从没让老公为自己说话。嘴长在她们身上，让她们去说吧！

这种不好的情绪没能延续多久，第二节上课的铃声响了。许花园像听见号角的战士，很快精神抖擞地投入到传道授业解惑中去了。

下课后，许花园看见有好几个未接来电，都是江如海打来的。许花园上课时从来都是把手机调成静音，她觉得这是一个教师最起码的师德。许花园没回电话，她知道江如海一定还是为请她吃饭一事来的电话，她觉得江如海实在没这个必要。

中午在食堂吃饭时，江如海又打来了电话，说他联系上了罗捷，就当老同学相聚，聊聊天，总可以吧。许花园只好应允下来，撂了电话，又跟罗捷通了话，罗捷说她正找江如海有事，想在他那儿印一些传单。于是两个人约好下班一起过去。

下午，模拟考试的成绩出来了，学校百名大榜，班级占了四十多个，差不多达到了百分之五十，一般学生都考出了个人最佳水平。许花园对学生们的中考信心十足。

下班后，许花园在校门口等到了罗捷，两个人一起往东城大酒店走。一路上，许花园把上午偷听到的事跟罗捷说了。罗捷扭头看了看许花园的脸色，说："看来没影响到你的情绪啊！"许花园说："让她们去说吧。我要用事实说话！"罗捷说："这就对了。"

两个人刚迈步上了东城大酒店的台阶，厚重的玻璃门就被身穿红旗袍的迎宾小姐打开了。江如海急忙从大厅沙发旁站起身迎上前来，同两个人寒暄了几句，三个人向包房走去。

江如海很是盛情，天上飞的、地上跑的、水里游的摆了一大桌子。

许花园说："江总这也太盛情了吧？"

江如海摆摆手说："可别羞臊我了，什么江总，跟要饭的差不多。"

觥筹交错间，江如海问罗捷："老同学，最近又拆散了多少对啊？"

罗捷说："什么叫拆散？那叫解脱！还各自一个美好的人生。"

江如海又问："你说那些打离婚的是不是大多数都是男人犯错误？"

罗捷说："也有女方。男方占大多数。"

江如海说："现在的男人百分之九十在外面都有情人，特别是在事业上有成就的男人，有一个算一个，百分百有情人，而且不止一个。”看见许花园突然改口说，“李总除外！”

罗捷说：“转得挺快呀！”

江如海嘿嘿一笑。

中途，许花园从包房出来准备去卫生间，见江如海站在走廊上捂着嘴正低声打电话，见许花园吓了一跳，脸上立刻变了颜色。许花园一笑，拐进了卫生间。

结束时，三个人走出包房，江如海边走边大声寒暄着。拐过走廊，走在前面的许花园不小心和一个身穿大红旗袍的女服务员撞了个满怀，女服务员的手机被撞到了地上。许花园连说“对不起对不起”，并蹲下身把手机从地上捡了起来，让女服务员看看摔坏了没有。递给女服务员时，手机屏幕正对着自己。许花园低头一看，禁不住大惊失色——上面，一个女孩亲昵地搂着一个男人的脖子，两个人额头碰着额头，鼻子碰着鼻子，亲热得不得了，而那个男人正是李功达！

女服务员一把从许花园手里夺过手机，说了一声“没事儿”，沿着走廊向后面跑去。许花园刚喊了一声“哎”，那个红色的身影已没了踪迹。

许花园呆呆地站在原地。

江如海问：“怎么了？”

许花园连忙掩饰说：“没啥。”

罗捷从后面赶上来，拉着许花园向门口走去。

2

没开灯，许花园摸黑一个人靠在卧室床头上，她的眼前过电影一般浮现着女服务员手机屏幕上的照片。那张照片对于她来说，简直就是晴天霹雳。她怎么也想不到李功达会背着她做出这样的事。三十多年前，李功达和许花园还只是初中同学。后来许花园考上了师范，成为一名师范毕业的光荣的人民老师。李功达名落孙山，到化肥厂当了一名不在编制的临时工，那时许花园的父亲还是县化肥厂的厂长，他本想像给大女儿一样为二女儿在厂内觅得一个门当户对的乘龙快婿，穷小子李功达却不知天高厚恋上了人民教师。一打听原来上初中时李功达就死缠烂打开始追许花园。让许花园父母焦虑的是，他们的宝贝女儿竟然也爱上了李功达这个穷小子。高高在上的厂长大人绝不允许唱戏中才有的千金小姐爱上穷书生的俗段子在他家出现，他们召开了由许家全体成员参加的规劝大会。父亲的理由很简单，门不当户不对，根本不是一个层次上的；母亲把许花园嫁给李功达后会出现的窘境和困难一一设想了出来，来自农村，没有正式工作，在县里没有立足之地等等，以阻止许花园的下嫁；大姐许迎春更是把亲戚朋友左邻右舍，能找到的，能想到的贫穷富贵的例子挖掘出来说服许花园。许花园尽管孤军奋战，但她始终坚信一点不动摇，非李功达不嫁！父亲最后火冒三丈，把许花园赶出了家门。这一赶倒成全了一对年轻人。两个人只简单地举行了个仪式，发了喜糖把喜事办了。嫁给副厂长儿子的大姐许迎春结婚时还照了婚纱照，结婚那天还穿着洁白的婚纱，乘坐父亲的桑塔纳专车，后面还跟着两辆面包车，车队沿着县城主要街道风风光光地兜了一圈。到了许花园结婚那天，没有婚纱，没有车队，更没有父母的祝福，李功达骑着自行车，后面载着许花园，两个人回到了李功达的乡下老家。洞房花烛之夜，李功达打了一盆洗脚水放在了许花园的面前，然后伸手去脱许花园脚上的鞋。许花园向后挣脱着要自己来，李功达固执地把许花园的双脚按到水盆里，温柔地洗着，边洗边动情地说："我不会说什么甜言蜜语，从今以后我天天给你洗脚，洗一辈子！”想起李功达当初说的话，许花园止不住鼻子发酸，如今看来，那些誓言只不过是愚人节的一句玩笑话罢了。

快半夜时，许花园听见房门响了一下，接着传来了熟悉的脚步声。脚步声很轻，在卧室门口停了一下，进了卫生间，然后是轻微的洗漱声，再后来声音消失在客卧内。

许花园翻来覆去睡不着。以前，李功达都是在主卧睡，春节过后却主动提出搬到客卧去睡，原因是应酬多回来太晚影响许花园休息。过完年后许花园的确有半夜醒后入睡困难的毛病。难道是从那个时候起李功达在外面就有外遇了？迷迷糊糊地，许花园总算睡着了，却没头没脑地做了一夜的梦，梦见李功达拉着一个女人的手在前面跑，她在后面追，却总是追不上。李功达和那个女的回头嘲讽地冲她哈哈大笑。

早晨起来后，许花园感觉脑袋里面像住了一窝马蜂，闹闹嚷嚷地嗡嗡乱飞。她靠在床头使劲按着太阳穴。

李功达走进卧室，见许花园正在按太阳穴，急忙坐到许花园身后，替许花园按起来，边按边问：“怎么？感冒了？”

许花园说：“没有。”

李功达说：“那是昨晚我回来晚影响你休息了？”

许花园想了想说：“昨晚从东城大酒店回来脑袋就疼，可能撞到什么不该看到的东西了吧。”

李功达的手停了一下，说：“人民教师怎么还宣扬起迷信来了。”接着在许花园的肩上拍了一下，说，“好点儿没？要不让大勇送你去医院？”

许花园说：“去什么医院！不去！”

李功达说：“那我给孙校长打电话，帮你请天假？”

许花园说：“不用！”

这时，李功达的手机响了起来。

李功达接电话，简单说了几句便结束通话，边往门口走边对许花园说：“公司有事我先走了。你吃片药，不行还是去医院吧。”

许花园没吭声。她望着李功达的背影想，刚才自己提到东城大酒店时，李功达的手为什么不自觉地停了一下？心里有鬼了是不是？

不管发生什么事，学校还是要去的，那么多学生等着她呢。许花园吃了一片止痛片，简单吃了几口早餐，急忙赶往学校。

上午第二节下课后，李功达的电话过来了，问：“头还疼吗？吃药没有？”许花园恹恹地回答：“好了。”

平时许花园生病李功达也会打电话过来问问好没好，许花园没觉得什么。这次许花园却觉得李功达是做了亏心事才打来电话的。

许花园决定晚上下班找那个女服务员谈谈。

下班后，许花园边往东城大酒店走边想，无数次在电视剧中看到的原配与小三交锋的桥段，想不到也会在自己身上上演。想来真是可笑。

正是酒店生意兴隆的时刻，酒店上方闪烁的七彩霓虹，营造出一片浮华的气氛。

许花园刚踏上酒店门前的台阶，厚重的玻璃门就开了，一个身着大红旗袍的迎宾小姐彬彬有礼地问候：欢迎光临！

许花园死死地盯着那个女迎宾，不是昨晚那个迎宾。许花园记得那个迎宾是长头发，而面前这个迎宾是短头发。

许花园问：“昨晚那个迎宾小姐呢？长头发的。”

女迎宾说：“您是找王雪吧？她不在这干了。”

许花园一愣，疑惑地重复了一句，“不干了？”

女迎宾点点头，“是的，今天早上辞职不干的。”

一个身穿西装经理模样的女人走了过来。

女迎宾说："经理，这位女士找王雪。"

女经理说："您找她，我还找她呢。昨晚干得好好的，今天早上打电话来说不干了，收拾收拾东西就走人了。你说不想在这儿干了不提前说我好找人，这抽冷子说不干就不干了，让我一时半会儿上哪找人去！"

许花园只看见女经理的嘴在动，却听不见她在说什么了。

周六一早，许花园起床看见李功达已经走了。那天从东城大酒店出来后，许花园的胸脯剧烈地起伏着，行动够迅速的呀！昨晚事情败露了，今天就把人转移走了！准备金屋藏娇了啊！回家后她想，其实想找到那个王雪也不是很难，酒店应聘服务员时势必会要看她们的身份证，也一定会留下身份证复印件，根据身份证上的信息找一个人不难。可是找到王雪又怎么样？这种事小三固然可恨，可是一个巴掌拍不响，男人起决定性作用。这些天，许花园一直在等李功达主动向她坦白。可是等了好几天，也不见李功达有主动坦白的迹象。许花园几次三番用话点他，李功达仍旧无动于衷。许花园终于忍不住了。一个人犯了错误，能主动承认，说明这个人还有救，如果死不改悔拒不承认，那这个人基本就没救了。昨天晚上许花园终于和李功达摊牌了。许花园开门见山问李功达："你们什么开始的？"李功达问："你说的什么没头没脑的？和谁开始？干啥？"许花园说："东城大酒店那个女迎宾王雪。你们在一起几年了？"李功达说："你说的什么服务员，我根本就不认识。"许花园说："我看见你们在一起的照片了。"李功达说："我和女服务员的照片？你确定是我？"许花园说："我还没到老眼昏花的年纪！"李功达说："证据呢？拿来我看看。"许花园提高嗓门儿，"你把人转移走了反过来跟我要证据，亏你做得出！"李功达说："你越说我越糊涂了。"许花园厉声说："李功达，你还想抵赖多久？你还是个男人吗？做了就做了，改正错误，你还死不承认！”最后李功达说让许花园冷静冷静，然后起身去了客卧。在许花园来看，李功达就是在抵赖，在逃脱。这让许花园气愤至极，浑身直哆嗦。

周二上午，竞聘副校长的结果下来了，和众人议论的一样，许花园顺利竞聘为实验中学副校长，主抓教学。这个喜讯也没让许花园的心情彻底好起来。李功达的拒不承认让她想起来就气不打一处来。

以前许花园最瞧不起学校一些女老师偷看自己老公的手机，她觉得每个人都应该有隐私权，包括自己最亲密的人。自从出了这件事后，许花园也曾深更半夜做贼似的起来查看李功达的手机。许花园悲哀地想，自己怎么和最瞧不起的人为伍了。查看的结果是一无所获。许花园想，自己真是太幼稚了，微信短信通话记录李功达不会删除吗？她又鬼使神差地去了移动大厅，同样也是一无所获。通话账单属于用户隐私，只有机主携带机主身份证件才能到营业厅查询。

许花园想给罗捷打电话，把心中的怒气倒倒，不找个人说说她会怕把自己憋死。自己和罗捷同桌三年，好到什么程度，罗捷曾戏谑地说："两个人好得只有两样东西不能共用，一个是老公，一个是牙刷。”罗捷在民政局负责办理离婚，发现老公有外遇后原谅了那个负心人，谁知她老公一而再，再而三，致使那个女的怀孕了。罗捷没想到自己会近水楼台，利用职务之便给自己与老公离了婚。那段日子是罗捷最难熬的日子，罗捷像祥林嫂似的反反复复对许花园诉说，许花园成了她最忠诚的倾听者。许花园很喜欢罗捷的这种坦诚，不像学校里有的老师，明明两口子在家里打得跟仇人似的，在外面却学明星十指相扣大秀恩爱，项链是生日老公送的，包是情人节老公给买的。以为大家都不知道怎么回事，其实地球人都知道。

电话里人声嘈杂的。许花园问罗捷在哪儿，罗捷大声说挤地铁呢。许花园一愣，这才想起罗捷前几天打电话告诉她说要休年假去北京看上大学的闺女。罗捷问许花园什么事。许花园思忖一下说没事儿，然后问罗捷什么时候回来。罗捷说三两天就回去。许花园想，等罗捷回来再说吧，这种事也不是在电话里三句两句话就能说清楚的。

挂了电话，许花园的心里还是堵得连点缝儿都没有。她重新拿起手机，想给姐姐许迎春打个电话。这种事实在不能对父母讲，父母跟她上火，血压再上来，她就更不得消停了；弟弟弟妹更不能讲，弟弟是个炮仗脾气，点火就着，万一去找李功达算账，弄得一鸣二声的让人贻笑大方，弟妹就更不能讲了，虽说嘴上二姐长二姐短的不笑不说话，可毕竟是外姓人，家里的事最好别让外姓人知道。想来想去，只有对姐姐许迎春可以讲。一母同胞，一不会笑话自己，二还可以给自己出出主意。

电话接通后，许花园没听见姐姐许迎春的动静，先听到"哗啦哗啦"洗牌的声音。大姐许迎春家楼下有个棋牌室，吃完早饭，爷俩上班后，许迎春就长在了那里。许花园对许迎春热衷打麻将这件事很是反感，劝说大姐年纪也不算大，出去干点啥不比打麻将强。许迎春说如今爷俩儿每个月旱涝保收，好几千块到手，还用得着她风来雨去受累。

许迎春的声音合着洗牌声传了过来，"富婆妹妹有啥吩咐？"

许花园鼻子一酸，哽咽着说："你到我家来一趟……"

电话里传来许迎春大呼小叫的声音，"咋还哭上了？出啥事了？"

许花园抽泣着说："你来吧。"

不多时，许迎春急三火四地赶来了，进门劈头盖脑便问："出啥事了？”

许花园垂下眼帘说：“李功达在外面有女人了。”

“有……有女人了？”许迎春眨着眼睛，然后“噌”地站了起来，速度之快简直有些迅雷不及掩耳，“那你不上去挠那个狐狸精满脸花！那个狐狸精在哪儿？把她揪出来示众！前几天我在网上有个原配在大街上把小三扒光了暴打，活该！就得这么对待她们！姐带你找她算账去！”

许花园低声说：“她已经走了。”

许迎春瞪大了眼睛，“跑了？咋回事？你快跟姐说说！”

许花园把经过讲了一遍。

许迎春跺着脚痛心疾首地说：“当晚儿你就应该把她揪住，还能让她跑了！等等，让我想想，她在东城大酒店当服务员，那里一定留有身份证复印件！照着上面的地址还怕找不着她！她就是钻耗子洞里我也要把她揪出来！”

接着许迎春在客厅内边走边痛骂小三不要脸，年纪轻轻的，干什么不好，偏要做千人指万人唾的小三，大有小三站在面前就会纸人般撕碎之势。

许花园惊异地望着许迎春。她非常奇怪，大姐从得知这件事后，愤怒声讨的都是那个小三，没有责骂李功达一句，好像这种事的发生跟李功达没有一点关系，都是那个小三一人所为。

接下来大姐更令许花园惊诧了。

许迎春说：“以前没听说功达出过这样的事，是不是今年你带毕业班忙得顾不上功达，疏忽了功达？男人就像小孩，你不能只顾自己，要多陪陪功达。”

许花园怔怔地望着大姐。

许迎春忽然凑近许花园，压低声音说：“姐问你一件事，你在那件事上是不是怠慢了功达？在那件事上男人就像贪吃的孩子，你得让他吃饱，还有一点，姐跟你说，在床上别像根木头似的。你要是像录像片里演的那样，他还能出去打野食儿吗？”

许花园闻听冲许迎春吼道：“你说的什么乱七八糟的！莫非李功达出轨都是我的过错了？我叫你来想听你安慰安慰我，你可倒好！胳膊肘往外拐！”

许迎春结结巴巴地嗫嚅道：“我是说，没有……没有那个狐狸精勾搭，功达也许不会……犯错误……”

许花园气愤地说：“犯错误不要紧，你改呀！你知道现在我最气愤的是什么吗？不是那个小三，是李功达的态度，事到如今他还死不承认！这是改正错误的诚意吗？我要和他离婚！”

许迎春张大嘴巴怔在了那里。

许花园烦躁地摆着手，“你先回去吧，我想静一静。”

许迎春张口想说什么，看见许花园拧着眉的样子，只好闭上了嘴，一步三回头地向门口走去。

中午没到，许花园正躺在沙发上烦躁，房门被谨慎地敲响了。许花园以为是钟点工来了，走过去打开房门，发现许迎春站在门前，手里提着一购物袋食品。

“还没吃饭吧？姐给你做。”许迎春巴结地说，随后从许花园身边挤了进去。

没用多长时间，午饭就做好了。许迎春把饭菜一一摆在餐桌上，随后盛好大半碗饭，并和筷子一起递到了许花园的面前。许花园只好接了过去，垂着眼帘机械地扒拉着碗里的饭粒儿。

许迎春试探地问：“你真确定相片上那个人就是功达？”

许花园没好气地说：“他就是变成灰我都认得！还死不承认！我非跟他离婚不可！”

许迎春立马环顾四周，好像屋子里还有外人似的，紧张兮兮地说："这话你就是嘴上说说解解气，可千万不能随便乱说！尤其是在功达面前提。"

许花园擎着筷子，生气地问："为什么不能提？"

许迎春说："你傻呀，一分钱掰两瓣儿花时不离婚，如今要啥有啥反倒主动要离。你这个时候跟功达离婚，你就掉进圈套里了，就是把万贯家产拱手让给了那个小三。你前脚离了，后脚那个小三就能扶正。现在这帮小三做梦都想这样的好事。那样真应了那句话，牛打江山马坐殿。你可不能便宜了那个狐狸精。"

许花园怒不可遏地说："可李功达到现在连承认都不承认，还有改正错误的诚意吗？你让我怎么跟他生活下去？"

许迎春说："姐跟你说，男人找小三无非是图她们年轻，逢场作戏，有几个当真的。你就当猫头鹰，睁一只眼闭一只眼，只要能保住你这个家，保住你正宫的宝座就行，较什么真！"

许花园说："我的眼里揉不得沙子！"

许迎春说："揉不得也得揉！姐说一句话你别不爱听，别看你是个光荣的人民教师，没有功达你能在学校干得风生水起，能当上副校长吗？那都是冲功达给学校的赞助。"

许花园厉声说："我是凭我自己的实力竞聘上的副校长，跟他李功达一毛钱关系也没有！"说完推开饭碗，怒气冲冲走回沙发旁，一屁股坐在上面生闷气。

许迎春端着饭碗，忧心忡忡地望着许花园。

许迎春走了没多会儿，许花园刚想静一静，手机突然响了。许花园拿起手机，刚说了一声"喂"，弟弟许开阳的声音就急三火四地冲击着许花园的耳膜，"二姐，你跟李功达提离婚的事儿没？"许花园反问道："你怎么知道我要和李功达离婚？是不是大姐告诉你的？"许开阳急急地问："你别管了，我问你，提离婚的事儿没？"

许花园说："他出差去了还没回来，跟鬼提去啊！"许开阳在电话里一拍巴掌，说："谢天谢地！你在家等着我，我马上过去！"

许花园放下手机，心里说，一定是大姐把自己要和李功达离婚的事告诉弟弟的，大姐可真是的，狗肚子存不住二两酥油！

还没等许花园继续想下去，房门被擂响了。许花园刚把防盗门开了道缝儿，许开阳就不管不顾地闯了进来，劈头便问："二姐，你真要和李功达离婚？"

许花园点头。

许开阳急吼吼地说："现在就是李功达想和你离婚，你都不能答应！你咋还主动要和人家离婚？你脑袋进水啦！"

许花园问："我为什么不能跟他离婚？"

许开阳把许花园按在沙发上，说："二姐，具体的经过大姐都跟我说了。弟弟帮你分析一下，你发现李功达出轨了，一怒之下想和李功达离婚，这你就大错特错了。你知道你这样做谁最高兴？那个小三啊！你和李功达离了，人家正好上位。你可千万不能上他们的当！再问你，你知道小三最怕什么？"

许花园问："怕什么？"

许开阳说："一个字：拖。拖它个三年五年的，她得不到名分，又怕人老珠黄，自然就打退堂鼓了。所以说，现在绝对不能离婚。你听弟弟的没错。"

许花园说："可是他背叛我，还不承认错误。"

许开阳说："男人谁还不犯点错误，生理功能决定的，经不住撩拨和诱惑的，没把持住，犯点错误也是可以理解的。跟你实说了吧！别说李功达那么大的企业家，就是我这样的小人物也犯过类似的小错误。"

许花园一愣，"你……"

许开阳笑嘻嘻地说："逢场作戏而已。其实咱家徐丽娜对我那点事儿早就心知肚明，可人家一不跟我闹二不离婚。聪明人啊！她知道她自己这个年纪姥姥不亲舅舅不爱的，离了上哪儿找我条件这么好的，成天吃香的喝辣的。所以说，你得向徐丽娜学习。”

许花园说："我学不来。”

许开阳急了，“二姐，你要是跟李功达离了婚，你前脚离，徐丽娜后脚就能跟我离你信不信？”

许花园问："关你们什么事？”

许开阳说："你和李功达离了，我们还咋在公司待着，还不都得下岗。我这个年纪，要技术没技术，要体力没体力，哪个地方肯要？二姐你就可怜可怜弟弟吧，你能眼睁睁看着你弟弟妻离子散家破人亡吗？”许开阳撒娇地摇着许花园的手臂。

许花园呆住了，弟弟一番劝她不要离婚的主题思想原来在这儿了。

第二天一大早，大姐又带着父母来了。

母亲的意思和大姐的差不多一致，绝对不能离，不能把万贯家产拱手让给小三，息事宁人，忍了。

父亲的意思更是清晰明了，离婚是伤风败俗的事，是要让左邻右舍笑话的，他可丢不起这个脸。

许花园听明白了。如今爱虚荣的父亲已经把炫耀李功达作为他在老哥们儿面前的资本和必修课。她要是和李功达离了婚，父亲拿什么炫耀？那么大姐呢？自然是为老公和儿子的饭碗着想了。想到这，许花园的心里一阵苍凉。

老两口子坐在沙发上喋喋不休说了半天，许花园还是坚持离婚。

许迎春急了，劈头盖脸地冲许花园开了炮，“听人劝吃饱饭，你咋不听劝呢！我们大家嘴皮子都要磨破了，为的啥？还不都是为你着想……”

许花园也不示弱，她大声吼道："为我着想？我跟李功达离了，你们的脸面没了，工作也没了，我看你们根本就是替你们自己着想！为自己的利益着想！"

三个人一时被震住了。

3

还没等下火车，罗捷就接到了许花园的电话，说她在学校附近的咖啡厅等她。

罗捷没回家，直接去了咖啡厅。在北京这几天，她就不断接到许花园的微信，问她几时到家。问她有什么事还不说，罗捷预料到，许花园一定遇到了什么大事。跟闺女亲热了两天，罗捷便往回赶。

离咖啡厅还有一段距离，罗捷就看见许花园站在门口冲她这边抻着脖子眺望。见罗捷走过来，许花园像见到久别的亲人似的扑了过去。

落座屁股还没热，罗捷便把事情的细枝末叶搞清楚了。

罗捷盯着许花园的眼睛问："你打算怎么办？"

许花园说："我要和他离婚。"

罗捷沉吟了一会儿说："我建议你和李功达再好好谈谈。"

许花园说："我不是不想和他谈，他要是承认了以后不再犯我也可以既往不咎。可是他竟然躲着我不跟我对话！他没做亏心事为什么要躲着我？现在我一想到他和那个女的，我就恶心……"

罗捷咬牙切齿地说："臭男人都是一路货色！"然后轻声问，"你和叔叔阿姨说了吗？他们什么意见？"

许花园冷笑道："他们口口声声为我好劝我不要离婚，目的却是不要伤害到他们的各自利益！"

罗捷深有感触地说："他们没有切身经历过，不知道忍是什么滋味。那是心上一把刀……"

两个女人的手在桌子上握在了一起。

许花园沿着滨江路慢慢往前走。

春回大地，柳丝轻拂。许花园的心情却和这个有声有色的春天的黄昏大相径庭。五月一日是学校的五十年校庆，早在一年前，学校就把这个具有纪念意义的庆典提到了议事日程。为了这次活动，下半年新学期开学后的工作计划的中心工作就是校庆，成立了筹备领导小组，下设宣传组、文艺组、接待组、校志组以及后勤安全保障等七八个工作组。上午的校务会上，孙校长着重宣布，准备在校庆的庆典仪式上宣布任命李功达为第一初级中学的名誉校长。所有人的目光都集中到了许花园身上，许花园如坐针毡。散会后，孙校长把许花园留了下来，给许花园泡了一杯茶，然后拉着她的手坐在沙发上，笑微微地说："李总对母校的教育事业给予了无尽的关怀和热心的支持，请向李总转告我本人和全校师生的谢意。今天校务会上的决定先不要转告给李总，改日我会亲自登门相告，并送上请柬。"然后拍着她的手说，"李总真是个好人，你真是有福气啊！"许花园说："校长，我准备和李功达离婚……"孙校长一愣，忙问："怎么回事？闹矛盾了？这两口子过日子哪有舌头碰不着牙的，哪能上升到离婚的程度。"许花园低声说："他有外遇。"孙校长说："这不可能吧？"许花园说："是真的。"孙校长说："逢场作戏而已吧？商场上的事你也了解，逼到那儿不得已而为之也是有的。你应该理解。"许花园说："不是您想的那样。"孙校长说："这个，男人嘛，犯点类似的错误也是情有可原，何况是李总那么大的企业家。要给男人一个改正错误的机会。"许花园说："我给了他改正的机会，可是他……"许花园摇摇头，"所以我不想维持这种婚姻。"孙校长一下子抓紧了许花园的手，颇有几分紧张和焦急地说："你可千万不能冲动啊！这关系到……”许花园一下子听出来孙校长的潜台词，她明白了孙校长的紧张和焦急了，如果她和李功达离了婚，那么李功达还会给学校捐资吗？

已经傍晚时分，广场上一些吃过晚饭的大妈描红抹绿正在跳广场舞，身旁不时掠过悠闲散步的男男女女。没有应酬的时候，吃过晚饭后，自己也和李功达在这条路上散过步，如今好几天连李功达的人影也看不见。大勇来家里替李功达取过一些换洗衣服道出了李功达的行踪，不是出差就是在公司办公室睡。末了，大勇又吭哧吭哧劝她不要和二姨夫离婚，说如果他们两个离婚的话，他女朋友也会和他分手。许花园不解地问为什么。大勇说自己充其量就是个高中混子，女朋友大小不济是个大学生，如果不是冲着自己的经济实力，怎么也不会和他在一起。许花园又是一愣。她没想到，自己的一件家事，却能在家里家外掀起这么剧烈的轩然大波。

回到家天已经华灯初上了，许花园远远看见一个人坐在自己家的别墅门口，走近一看，竟是母亲，手里提了一塑料袋青菜。

许花园打开大门，母亲和她一起进了院儿，把手里的青菜递给许花园说：“好几天没给自己做顿像样的饭了吧？”

许花园接过母亲递过来的青菜。母亲拉着许花园的手，坐在葡萄架下的石凳上，低声说：“妈的确有为自己打算过，是妈不对……”停顿一下，又轻声说，“可妈真替你将来担忧……忍忍吧。你爸年轻的时候也犯过这样的错误……”

许花园抬起头惊异地望着母亲。

母亲望着远处说：“后来化肥厂倒闭了，你爸没权了，也老了，慢慢地也就断了……忍忍就过去了。”

许花园盯着母亲问：“忍到什么时候，到老吗？”

母亲没有吭声，缓缓站起身，慢慢向门口走去。

这期间，许花园不断接到大姐许迎春和弟弟许开阳的电话，内容还是老一套，苦口婆心地劝许花园不要离婚。许花园懒得理他们，听他们没嘟囔上几句就撂了电话。你不愿理我不要紧，我自己主动找上门来。许迎春三天两头跑到许花园家来，麻将也不打了。周日，罗捷来到家里陪许花园说说话。罗捷问："李功达还不承认？"许花园点点头。罗捷叹口气说："给他点时间。"两个人聊了一会儿，罗捷起身告辞。许花园刚把罗捷送到大门口，许迎春就到了。许迎春望着罗捷的背影问："她来干吗？"许迎春认识罗捷，知道罗捷在民政局工作。许花园故意说："征求一下她的意见。"许迎春说："自家的事跟外人说什么！她能给你出什么好主意。"许花园说："她是过来人，自然懂得我的痛。"许迎春问："她是不是让你跟功达离婚？"许花园说："是又怎么样？"许迎春怒不可遏地说："有数的，宁拆十座庙，不拆一桩婚。我看她是职业病！是嫉妒！看你过得比她好，心里不平衡。"许花园望着许迎春义愤填膺的样子，说："我要去学校。"许迎春只好出了大门。临走时还不忘谆谆叮嘱许花园不要听罗捷的。

许花园期待中的事情依旧没有出现。李功达和战争年代的革命烈士一般视死如归，咬紧牙关死不承认，气得许花园一宿一宿大瞪着两眼睡不着觉。你不让我睡觉，我也不让你睡觉！只要李功达回家来，许花园就抓住不放松，不承认错误就别想睡觉！后来，李功达索性住在公司不回来了。

许花园又找到了大勇。这种事任何人都可以瞒住，最瞒不住的就是司机。许花园问大勇李功达外面是不是有情人，大勇摇头说没发现。许花园不相信，说大勇被李功达收买了，跟李功达定了攻守同盟。大勇起誓发愿，说他真的没有。许花园转念一想，李功达本人也有驾照，他完全可以不用大勇，自己驾车出去跟情人幽会。企图从大勇那里寻找蛛丝马迹，让李功达在铁证面前低头承认错误，又以失败告终。

孙校长几乎每天都会到办公室来劝许花园，劝她一定要冷静，要理性对待，要有一颗包容的心。许花园对孙校长这种抱有目的的劝说报以的是沉默，后来干脆不回办公室，一天到晚在教室跟学生在一起待着。

许花园决定把事情告诉女儿李俏。她和罗捷商量过了，李俏已经是成年人了，应该有知情权。

周五，许花园给李俏打了电话，让她周六回来一趟。李俏在电话里说她没空儿，要去商场扫货。许花园严肃地说："你必须回来，有大事跟你说。"李俏忙问："出什么事了？我爸公司破产了还是得大病了？"许花园没好气地说："都不是。"李俏在电话里念着"阿弥陀佛"，然后说"只要老爸没事儿就不是什么大事"。许花园说了一句"回来说"，撂了电话。

周六晚上，李俏才晃荡回来，进门巡视了一番，一屁股坐在沙发上，问许花园什么事。

许花园把事情对李俏全盘托出。并说要和李功达离婚。

李俏听后不以为然地说："就这点事把我叫回来呀？"

许花园吃惊地问："这事还小吗？"

李俏说："有情人有什么大惊小怪的，现在的男人哪有没有情人的，只要她对你的地位不构成威胁，姑且就不要去管它。"

许花园不悦地问："你怎么这么说话？"

李俏说："先别说和我爸离婚的事。你能确定照片上的那个男人就是我爸？"

许花园说："我跟你爸过了二十多年，还能认错人怎么的！"

李俏摸着沙发扶手说："那好。咱们先解决首要的问题。"

许花园问："什么是首要问题？"

李俏说："找那个女的。"

许花园说："那个女的不难找到，可你找到又有什么用！现在的首要问题是你爸！你爸现在根本就不承认！"

李俏纠正道："妈你说得不对，现在的首要问题不是我爸。"

许花园跺着脚说："你怎么搞不清楚呢。"

李俏说："这件事交给我好了。"

许花园问："你觉得有必要吗？"

李俏说："非常有必要。妈你不用管了，一个星期后给你结果。"

没用上一个星期，第三天的晚上，李俏兴冲冲回到家，见到许花园洋洋自得地说："搞定了。"

许花园问："搞定什么了？"

李俏说："我到东城大酒店轻而易举就拿到了那个女服务员的身份证复印件，然后照着上面的地址到那个小山村走了一趟。那个女的家正在盖房子，我把一叠人民币甩在她面前，告诫她以后想要纠缠我爸也可以，不过就不是现在这样了。那个贱货一声没吭，她爹颠颠地跑过来拿起钱揣进了怀里，点头哈腰地说一定照办。多大个事儿嘛。妈，跟您说，只要是钱能解决的问题，都不是问题。"

许花园思忖了一下问："你爸承认了吗？"

李俏说："妈你怎么总抓住这个问题不放呢？承认很重要吗？"

许花园说："这是态度问题！怎么不重要！"

李俏摆摆手，"这件事告一段落，以后您也不要在我爸跟前提了，OK？"

许花园说："你可以摆平了这个叫王雪的，可是以后出现张雪、李雪、赵雪怎么办？你还一一摆平吗？我跟你说，你摆平她们不重要，重要在你爸！”

李俏低头眨着眼沉思着。

第一初级中学五十年校庆如期举行，校门口矗立着巨大的彩虹门，上书“热烈庆祝一中五十华诞”。进了校门，相隔不远又矗立着的一道道的彩虹门。甬道两侧，彩旗飘扬，盆花锦簇。一条条祝贺的彩色条幅从教学楼的顶部垂落下来，市县有关领导、老校友、老教工都前来祝贺。当孙校长宣布庆典仪式开始，五十响礼炮震耳鸣响，五十只和平鸽展翅翱翔，欢呼声鼓掌声四起不绝。

李功达被众星捧月般走上主席台，在中央座位上落座。左边是县里领导，右边是孙校长。许花园坐在后面座位上，凝神注视着那个熟悉的背影，什么时候变得这么难以捉摸了呢？

掌声雷动中，李功达上前作致辞。

李功达说：“值此母校建校十周年纪念日之际，谨向母校致以最热烈的祝贺。首先，向母校的领导和老师致以崇高的敬礼，向参加校庆的各位领导和校友致以诚挚的问候。是一中，教育我们牢记‘团结、勤奋、求实、创新’八字校训。使我们懂得友情、努力、诚实、思考的重要意义。这里曾留下我们青春的足迹，曾留下我们开怀的笑声……”

说着，李功达把目光转向主席台上的许花园。

许花园没有回应，把目光转向一旁，凝视着校园中的一切。虽然和三十年前有很大出入，但是那些难以磨灭的情景依然深刻在她的记忆中。

李功达接着说：“作为一中的校友，我深切感激母校的栽培，也密切关注着母校的建设和发展，希望能有机会为母校贡献绵薄之力。愿母校在未来的日子里更加辉煌！”说完，从座位下拿起一个巨型的支票，上面是捐献的金额：二十万。

庆典酒会结束后，孙校长亲自把李功达送上了车，并让许花园跟着回家。许花园说学校还有很多事没有忙完，孙校长把她推上车，说："怎么忙也用不着你，你现在的任务就是回去照顾好李总。"随后关上了车门。大勇发动了车子，走出好远，许花园回头看见孙校长还站在校门口冲他们这边挥手致意。

回到家，李功达酒意微醺地坐在沙发上，许花园从卫生间出来，李功达拍了拍身旁的地方，意思是让许花园坐。许花园理都没理，坐在了另外一只单人沙发上。

李俏也从省城回来了，见李功达高兴，便从楼上跑下来，搂着李功达的脖子，从手机里翻出来一张照片让李功达看。

李俏说："老爸，给你养养眼，欣赏一下美女。你看好看不？"

李功达说："如今的美女都戴着面具，看不得。哪有你妈当年好看。你妈当年，那真是……"

许花园斜了李功达一眼。从校庆庆典到回家，她一直没和他说一句话。李功达没话找话地和她搭讪，许花园也只是保持沉默。

李俏说："这可是咱们校的校花，号称九头身的'小吴佩慈'。"

李功达问："没P过？"

李俏松开李功达的脖子，惊讶地问："老爸你还懂这个？"

李功达洋洋自得地问："你以为只有你们这些新新人类懂得？"

李俏笑嘻嘻地说："还行，不算out。我敢对天发誓，一丢丢也没P过，绝对高颜值。"

李功达说："如果真没P过还算有点姿色。"

李俏说："是吧，我就说合格嘛。"说着把两张A4纸放在里李功达的面前。

李功达问："这是什么？"

李俏说："你自己看看。"

李功达拿起纸张，念道："合同。协议。甲方李功达，乙方顾小已。这个顾小已是谁？我跟她签什么协议？"

李俏努了一下嘴说："往下看。"

李功达收回目光接着往下看。

随着目光的下移，许花园看见李功达的脸色渐渐变得异常难看起来。还没等许花园搞清楚怎么回事，只见李功达抡起胳膊，猛地把手里的纸张狠狠地摔在了面前的茶几上，上面的水果、杯子散落一地。与此同时，李功达狮子般的怒吼声也在耳旁炸响："混蛋！你知道你这是在干什么吗？你这是在侮辱你爸！"说完，大步奔向门口，摔门而去。

许花园呆呆地望着李俏。

李俏嘴里发出"扑哧"一声。

许花园捡起散在地上的两页纸张，定睛观看。

协　议

甲方：李功达

乙方：顾小已

为了维护甲乙双方的感情，不影响各自的学习、工作和家庭，甲乙双方经过再三思考，特制定以下协议：

1. 甲方为乙方提供住房一套，要求至少是一房一厅，房租水电等一切费用由甲方承担。

2. 甲方每月支付乙方生活费，费用人民币五千元整。乙方不得再以其他任何理由向甲方索要费用和礼物，除非甲方愿意主动赠送。

3. 甲乙双方在三年内仅仅为包养关系。乙方在包养期间内每星期至少陪侍甲方两次，期间不得谈恋爱找男朋友，更不得与除甲方以外其他任何男人上床，一经发现，甲方将坚决停止本协议并有权要求乙方赔偿以前所有费用。

4. 乙方必须主动采取避孕措施，如有意外，后果自负。

5. 协议解除后，甲方为乙方提供的一切（包括住房、轿车）全部归乙方所有。但是绝不可以涉及名分。

6. 本协议内容为绝对隐私。本协议只有一式两份，甲乙双方均有义务保守秘密，否则一切后果自负。

甲方：（签名）年月日

乙方：（签名）年月日

许花园拿着协议怔怔地望着李俏，“你这是干什么？”

李俏说：“我替我爸办好啊！”

许花园说：“可是你……”

李俏说：“这叫防患于未然。这是个协议的时代，一切按条款行事，以防后患。”

第二天晚上，许花园刚迈步走进院子，就见大勇站在葡萄架下，脸色阴沉着。

许花园问：“怎么了？”

大勇垂头丧气地说：“公司跟澳大利亚的合同没签下来，被光华公司抢去了。只差了一步，二姨夫这几天头疼多睡了一会儿……”

许花园透过窗子，看见李功达背对着外面坐在沙发上，垂着脑袋，身子弯成了一张弓。

许花园开门轻轻走进室内。

李功达抬起头望了许花园一会儿，低声说：“咱们离婚吧。”

改天，两个人去民政局办了离婚手续。

李功达沉着脸走出去后，许花园扑在罗捷的肩上失声痛哭起来。

4

虽说和李功达离了婚，许花园却还住在原来的别墅内。李功达什么也没要，都留给了许花园。

转眼就到了学生中考的日子。忙完了那三天，许花园回到家身心俱疲，一下子栽倒在了沙发上。

偌大的别墅内静得令人恐惧。

突然，传来了一阵谨慎的小心翼翼的敲门声。

会是谁呢？不会是大姐和弟弟，自从她和李功达离婚后，虽然大姐夫、外甥、弟弟、弟妹几个人都没下岗，但日子也是过得如履薄冰，生怕哪一天李功达一声令下，他们就卷铺盖回家了。也不会是父母，父亲得知她和李功达离婚的消息后血压飙升到了一百八九，母亲也是一天天唉声叹气。那么还会有谁来看望自己呢？

许花园爬起来，走到门口开了门，见一个扎着马尾的女孩站在面前，看模样有些眼熟。许花园猛地想起来了，这个女孩就是东城大酒店那个王雪！

许花园板着面孔问：“你来干什么？李功达已经不住在这儿了。”

王雪低下头，轻声说：“许老师，我是来找你的。”

许花园说：“找我干什么？”

王雪忽然哭着说：“许老师，我对不起您……”

许花园轻蔑地看了王雪一眼，“你们这种人还知道对不起？”

王雪抽泣着说：“我知道您不会原谅我……是光华镁制品公司的于总让我这么做的。他找人合成了我和李总的照片，然后让广告公司的江总把您叫到东城大酒店吃饭，然后让我装作被您撞掉手机，让您看见上面的照片……我对不起李总……”

许花园一愣，问："江如海？"

王雪点点头。

许花园问："他们为什么要这么做？"

王雪说："说是李总跟他竞争什么，具体我说不清楚。"

许花园问："他们给了你什么好处？"

王雪说："我不知道于总给了江如海多少钱，反正他给了我一万……我家盖房子正没钱，所以我就答应了。这些天我的心里愧疚得很，我对不起您和李总……"

许花园无力地靠在了门框上。

刘冠军的不惑之年

1

一只手把着车把，后背斜背着黑色的鱼竿包，车筐里的红色塑料桶内是小半桶海鲶鱼。随着自行车的颠簸，青黑色的脊背叠在一起，你挤我我挨你的，好不热闹。刘冠军嘴里飞出的口哨声和铃声一起，像一串轻捷的云雀，飞翔在晚风中。

刘冠军一只脚着地，来了个漂亮的漂移，自行车便从只剩下半个膀子的小区大门拐了进去。

这是个 80 年代兴建的小区。一单元四楼 402，住着刘冠军和他的老婆徐丽娜以及他十二岁的儿子刘天鳌。

“回来啦冠军？”住在一楼的吴师傅坐在单元门门口，旁边是他坐在轮椅内的老伴。

“回来了！”刘冠军从自行车上下来。

“我看看今天收获咋样？”吴师傅探过头来，“哟，都是黑背儿的呢，在盐滩钓的吧？”

刘冠军微笑着点点头。

这种鱼其实在辽河内也有，不过脊背都是黄色的，只有盐滩内的海鲶鱼脊背才是青黑色的，肉质比辽河里的也紧实细腻，价格上自然也要比辽河里的贵。

吴师傅说：“足有五六斤吧？个头儿也不小。今儿个早晨我去买菜，你猜这么长的扔巴卖多少钱一斤？十五六块！赶上一斤好排骨的价儿了。”

过去，海鲶鱼很不受待见，打上来的海鲶鱼没人要，看见网里有海鲶鱼通常都扔出来，所以就有了“扔巴”这个名。不过现如今这扔巴的身价倍增，再也没人扔了。

刘冠军说：“我给您拣几条，您拿回去给大婶熬碗汤，补补身子。”

吴师傅连忙摆手，“你留着吃吧，好不容易钓的。”

刘冠军说：“这么多我们家哪吃得了。”说着从车筐底下翻出一个塑料袋，抖开，递给吴师傅，“您撑着。”

刘冠军从车筐里拎起塑料桶，往塑料袋内倒着。

吴师傅喊：“行了行了，够多了。”

刘冠军这才把塑料桶直立过来，然后又在里面翻找出一条一尺多长的，扔进了吴师傅的塑料袋内。

吴师傅老伴连声道谢，说：“冠军钓的鱼咱是没少吃啊！”

刘冠军拍拍自行车后座，笑笑说：“我的这辆‘奔驰’也没少放在您家呀！”

吴师傅老伴说：“咱不是住在一楼，方便嘛，省得你往四楼扛。”

吴师傅说：“还出去吗？不出去就把自行车推屋去。”

“好嘞。”刘冠军把塑料桶放在地上，推起自行车向吴师傅家敞开的铁门走去。

刘冠军拎着塑料桶上到四楼。四楼一共有三户人家，两边各一家，中间一家。刘冠军在中间那户门前停下，掏出钥匙打开房门走了进去。

房子是父母留给刘冠军的，不算大，六十二平方米，进门刀把状的一条，很不规整，放了一张折叠沙发，权且算作客厅。东西各一间卧室，中间那屋是吃饭的地方，阳台被刘冠军改做了厨房。这种格局叫三朝阳，优点是三间屋子都能见到阳光，冬天室内温度比别人家要高两度，缺点是夏天室内的温度也要比别人家高两度。每到夏天老婆徐丽娜就嚷热死了，刘冠军就说："冬天你家比别人家暖和时你咋不记着了。"老婆看他的眼神就明显白眼仁儿多于黑眼仁儿。

刘冠军换上拖鞋，直奔右手边的卫生间洗了手，然后拎起塑料桶去了厨房。

阳台改成的厨房只能容一个人转身，两个人进来就撞屁股。好在老婆徐丽娜出现在厨房的时候很少，大多数都是刘冠军一个人的身影在厨房内忙乎。

先撬开脑袋两侧的腮盖，把里面粉红色的鱼鳃去除，再用大拇指从肛门处往前一推，内脏跟着就出来了，一条海鲶鱼就漂亮地收拾得了。然后，刘冠军就开始大展他的厨艺了。

刘冠军从来没把做饭当作一种负担，相反当成了一种享受，眼看着各种食材在你的手下变成美味的佳肴，不是享受是什么？

今天是周六，儿子天鳌从补习班放学直接去了他姥姥家，晚上不回来。老婆徐丽娜今天中午去参加同事家的乔迁宴，中午酒足饭饱的，晚上给她炖个海鲶鱼炖豆腐，连汤带水的，好好滋润滋润她。

刘冠军对自己的厨艺很是引以为傲。一个海鲶鱼，他能做出若干道菜来，酱炖、红烧、椒盐。吃不了还可以用盐腌了，用线穿起来挂在太阳底下晒成鱼干，吃的时候上锅一蒸，又是一道香蒸海鲶鱼。刘冠军还有一道创新的私房菜，海鲶鱼炖茄子，炖好了端上桌，儿子吃得不抬头，呼噜呼噜像头小猪在吃食。

腾腾的蒸汽扑扑地鼓着锅盖，刘冠军把火苗调到最小，让它慢慢咕嘟着，文火慢炖才能把鱼的鲜味炖出来，炖鱼汤的最高境界是炖出的汤是奶白色的，鲜得很，根本不用放味精。

刘冠军坐在饭桌旁的椅子上，拿过鱼竿包，拉开拉链，把他的宝贝玩意从里面一一掏了出来，拿过毛巾一样一样擦拭着。

刘冠军恋上钓鱼有小半年了。老婆徐丽娜说他不务正业，更不要提拿钱给置办钓鱼的家什了。这个难不倒刘冠军，他去旧货市场走了一趟，花了仨瓜俩枣的价买了两节碳素管，再把儿子放过不要的废风筝骨架拆下来，加上一段自行车支座的废弹簧，几条钢丝，一盘尼龙线，一个自制鱼竿就得了。现在的年轻人都流行什么 DIY，自己也赶一回时髦。光 DIY 个鱼竿还不行，人靠衣装佛靠金装，刘冠军又用楼下不知谁家废弃不要的人造革沙发面料做了个鱼竿包，上了一条拉链，像模像样的，不比买的差。

别看是七拼八凑自己做的鱼竿，钓起鱼来一点也不比别的钓友从渔具店买的差。对于钓鱼，刘冠军摸索出一套经验，比如钓海鲶鱼，你就必须了解海鲶鱼的习性，这家伙喜欢吃活食儿，又有点傻，你就不能像钓鲤鱼、鲢鱼那样在那一动不动地坐着，你的手腕要时不时地动弹，给这智商低的家伙一个错觉。还有钓鱼用的饵料。海鲶鱼的饵料虽然很杂，但是最喜欢吃的还是海蚯蚓。海蚯蚓这种饵料很好找，可以就地取材，拿把小铲子往盐滩子里一挖，有的是。每次刘冠军收获的成果都比别的钓友多，惹得一帮钓友眼睛直冒火，羡慕嫉妒恨呢。

擦拭干净，刘冠军又把它们逐一装进包内。明天接着去！多钓点儿给老丈人送去，老丈人吃惯嘴儿了，每逢下酒必不可少一盘海鲶鱼。

鱼汤变成牛奶一样颜色时，门响了，老婆回来了。“嘭”的一声，徐丽娜把手里的包扔在沙发上，然后一屁股坐了下去。

“回来啦老婆？”刘冠军从小厨房探出半个脑袋，“等着，撒点香菜末儿就得！”

刘冠军捏起一点香菜末儿撒在鱼汤中央，然后端着汤碗，嘴里锵锵地打着鼓点，来到了老婆面前，“快看，我给你熬的海鲶鱼炖豆腐。你记不记得当年你生天鳌时奶水不足，我就给你炖了两回，你的奶水就小水泵似的往外呲，儿子吃都吃不了，你还让我吃……”

“去去去！端一边去！”徐丽娜不耐烦地把汤碗推向一边。

刘冠军把汤碗放在餐桌上，返回来关心地问："咋啦？哪儿不舒服了？"

“没心情！”徐丽娜把脖子扭向一旁。

刘冠军猛然想起今天中午老婆去参加同事的乔迁宴了，一定是老毛病又犯了。最近一年，老婆每逢参加完同事朋友的乔迁宴后，就心情低落，情绪大减。究其原因，都是比较惹的祸。人家房子的面积有多大，装修怎么怎么时尚豪华，然后很自然地一转弯，把话题引到自家的住房上。果不其然，不用问，老婆自己嘟囔上了，你看看人张姐家的房子，足有一百四五十平方米，双卫，带飘窗，光装修就花了十好几万。你再看看你住的，跟人家比起来，连狗窝都不如！简直就是白活一回！

白活一回，是老婆每次参加乔迁宴回来后出现频率最高的词汇。

最近这几年，他们所居住的这座城市的房价也和全国房地产的大气候一样，表面上喊着调控，价格却在蹭蹭地上涨，市中心好地段的价格已经上涨到每平方米一万五千元。不过刘冠军并没把这当回事，儿子天鳌还小，明年才上初中，等儿子大学毕业成家需要房子时，说不定房价已经降下来了呢。网上不是有人预言十年二十年后房价会大跌吗？真是说不定呢。刘冠军非常不理解网上出现的那些房姐房叔的所作所为，有一套房子就够了，要那么多房子有什么用？你总不能每天晚上换一个地方睡觉吧？累不累？！

刘冠军在老婆身旁坐下，拍拍徐丽娜的肩膀说："你就是三百平方米的别墅能咋的，有道是家有良田万顷，一日只需三餐；虽有豪宅千层，睡觉只需一床。我看咱这六十多平方米挺好，收拾起来也不累，一要欢儿就把卫生搞定了。咱三口人也够住。你知道你的烦恼从哪儿而来吗？比较。不要攀比，要学会知足常乐……"

"行了行了！你怎么一点志向一点上进心也没有呢？瞎了你爹妈给你起的名字！"徐丽娜冲刘冠军瞪着眼睛。

说到自己的名字，刘冠军承认当初他爹妈两位老人家给他起名字时的确有期望他锐意进取勇夺冠军的含义，从小到大，他的确生活在一个"比"字中，尤其是父亲早亡母亲带他独自生活后。他的母亲是一个小学老师，她不仅年年是先进工作者，模范教师，同时也要求儿子出类拔萃，学习成绩必须排行第一，必须是三好学生，有时达不到标准甚至体罚他。最近刘冠军从网上看见一则新闻，说美国耶鲁大学的一个华裔教授妈妈为两个女儿制定十大戒律，采用咒骂、威胁、贿赂、利诱等种种高压手段，要求孩子沿着父母为其选择的道路努力，被人们冠以"虎妈"的称号。刘冠军看后就想，这个华裔的"虎妈"其实只是步了他母亲的后尘而已。早在三十多年前，他的母亲已经提前在践行她所提倡的"虎妈式教育"。不仅在学习上，在生活上母亲也是不想让别人比下去，别人家的孩子有白衬衫，她宁可一天三顿稀粥咸菜，也要给儿子买上一件。必须升优秀的高中，念一流的大学。那年他的大学录取通知书下来了，是省城的一所211大学，他母亲的脸阴得像要下雨。她的期望一直是清华、北大、南开一类的一流大学。没有商量的余地，复读。最后是他的间歇性的头痛，他妈妈才勉强同意他去省城的那所211大学报到。大学毕业后，他被分到市图书馆（那时还是包分配的），做了一名图书管理员。对于这份工作他母亲一直耿耿于怀，好在这几年刘冠军熬到了副馆长的位置上，对他母亲也算一个安慰吧。

工作问题告一段落后，他母亲把重点转移到了刘冠军的终身大事上。这件事更马虎不得了。他母亲的原则是必须是正经大学毕业的本科生，家境要好，有一份体面的工作，相貌还要出众。刘冠军年轻时社会上还没出现什么婚恋网站，他母亲撒开大网，带着他走马灯似的和别人介绍的各种各样的姑娘见面。每次母亲总要有这样或者那样的原因，不是学历不行工作不体面，就是家境不好长相不过关，母亲的过分挑三拣四，使得刘冠军很快成了"剩男"队伍中的一员。面对儿子不容乐观的"奔三"年龄，母亲依然很淡定，依然坚持她的"宁缺毋滥"的原则。和现在的老婆徐丽娜相识纯属偶然，有一天晚上下班，刘冠军骑着自行车行驶在路上，忽然看见一旁的行人冲前面的一个扎着马尾的女孩指指点点地发笑。刘冠军仔细一看那女孩，原来是那女孩脚上的一只高跟鞋的鞋跟断掉了，走起路来一只脚高一只脚低的。这个女孩就是徐丽娜。徐丽娜见众人笑她，死死地咬着嘴唇，突然哈下腰去，把两只高跟鞋都脱了下来，一股脑地丢进了路边的垃圾箱内，然后一甩脑后的马尾，赤着脚大步向前走去。刘冠军在心里暗自发笑，还是个有脾气的拧主儿！刘冠军骑着车从徐丽娜身旁经过，猛然感觉后面有人把他的自行车拉住了，他回头一看，见徐丽娜瞪着一双大眼睛正注视着他。还没等刘冠军问徐丽娜有什么事，只见徐丽娜一跃坐在了后面的货架上。刘冠军就愣住了，这是什么意思？让我载她走？可是市内规定自行车不准载人。刘冠军发愣的工夫，只听徐丽娜指挥道："往前走，右拐有一家超市，载我过去买双拖鞋。"然后又补充了一句，"这段路上没有警察，放心吧连累不了你。"刘冠军只好上了车，载着徐丽娜奋力向前骑去。在超市门前停下，徐丽娜抬起自己的一只光着的脚说："雷锋，好事做到底，劳烦你跑一趟呗。"刘冠军只好好事做到底，迈步向超市走去。刘冠军花了十多块钱，替徐丽娜买了一双拖鞋。徐丽娜把拖鞋穿在脚上，试了试说："不大不小正合适。"说完从包内拿出钱包，从里面抽出一张百元的大钞递到刘冠军面前。刘冠军见这么大的面额，自己兜里没零钱，根本找不开，于是说："算了，我找不开。"徐丽娜说："那怎么行？我去破开。"刘冠军说："算了吧，十块八块的。"说完上了自行车向前驶去。本以为这件事就这么过去了，没想到第二天徐丽娜在那条路上截住了他，说什么也要把买拖鞋的钱还给他。一来二去两个人就恋上了。对于谈恋爱的事刘冠军没敢告诉他妈，徐丽娜的长相没的说，打不上一百分怎么也能打上八十分，不过徐丽娜的硬件条件达不到他母亲的标准。徐丽娜在一家合资的药业有限公司上班，大专学历，父母都是普通工人。这样的家境母亲根本不能同意。果不其然，刘冠军的母亲坚决反对两个人来往。徐丽娜倔劲上来了，没黑夜没白天地恶啃执业药师考试试题，拿到了执业药师资格证书，成了药业公司的质量部经理。刘冠军母亲从儿子嘴里知道这件事后，竟然默许了两个人的交往，大概她从这个个头不高的小女子身上依稀看见了自己年轻时的影子。结婚一年后，儿子出生了。他母亲给孩子取名天鳌，取天下第一独占鳌头之意。到了上幼儿园的年龄，徐丽娜不惜花去每月工资的一半，把天鳌送进了一家五星级的幼儿园。刘冠军认为大可不必，一个幼儿园上那么贵的干吗？徐丽娜和婆婆几乎是异口同声，不能让天鳌输在起跑线上！天鳌四岁那年，他母亲患肝癌去世，临终前，弥留之际还不忘拉住徐丽娜的手，虚弱地叮嘱道："一定要把天鳌……"徐丽娜流着泪说："妈，你放心吧，我一定要让天鳌独占鳌头！"

如今，老婆徐丽娜成了母亲的化身，每每听见他说类似知足的话，就说刘冠军不上进。这种时候刘冠军往往是掉转话题，转移老婆徐丽娜的注意力。

刘冠军坐在餐桌旁，一边喝着汤一边吱吱有声地咂着嘴儿，“好喝！真好喝！”

老婆果然被钓过来了。徐丽娜来到餐桌旁，刘冠军忙盛了一碗放在老婆面前，“来，好好补补。”

老婆瞪了刘冠军一眼，坐在椅子上喝了一口鱼汤，问：“给我爸送去了吗？”

女人就是一个矛盾体，一方面反对钓鱼，说自己钓鱼不务正业，另一方面你钓上来鱼她又让给她爸送去尝尝鲜。

刘冠军有几分愧疚地说：“给楼下吴师傅拣了几条……明天！明天我一定全都给咱爸送去！”

老婆皱着眉头，“怎么又给楼下？”

刘冠军说：“吴师傅他老伴不是刚出院嘛。再说咱不是总把咱的‘奔驰’放在人家……”

老婆把汤勺“咣”的一声扔在桌子上，“要么买辆车，要么坐公交，都四篇儿了连辆车也没混上！”

刘冠军知道，老婆的话题转到了购车上。刘冠军和别的男人不太一样，一般的男人都喜欢车，哪款豪车又新出了什么款的，什么报价，具体有什么特点，最高时速能达到多少等等，说起车来如数家珍，眼睛直冒绿光。刘冠军对车却一直不感冒，要是紧紧手，也能买上一辆中低档次的代步车，但是刘冠军觉得实在没必要。你看那些驾着私家车的，平时看似很威风，有车一族，私家车主，风光得很。遇上早晚上下班高峰期就傻了，各种不同型号不同价格的车辆把偌大的马路塞成了巨大的停车场，那帮家伙抓狂得恨不得把喇叭砸零碎。再说开出去连个车位都不好找，单位一个 80 后馆员常常把车停在距离图书馆两三站的地方，然后跑着来上班；而老婆说的第二种交通工具就更别提了，挤不上去不说，你就是使出吃奶的劲儿挤上去了，还要忍受不同体味和气息的侵袭，甚至感受着彼此骨骼的硬度。而他的“奔驰”却能见缝插针，鱼一样游弋其中，把那些疯狂捶着喇叭的家伙和装在大闷罐里的沙丁鱼们羡慕得眼蓝。老婆一直反对刘冠军骑自行车上班。刘冠军知道，老婆这是虚荣心作祟。人家的老公不是车接车送就是开着私家车，自己的老公却骑着最低等的自行车，让她脸上没光呢。刘冠军倒没觉得跌份儿，骑自行车既锻炼身体又环保，有什么不好呢？

刘冠军想把自己的这些看法说给老婆听，想了想又作罢了。以前刘冠军也不是没有说过，换来的却是老婆的一顿连珠炮似的抨击，论起耍嘴皮子十个自己恐怕也不是老婆的对手。刘冠军端起碗，用鱼汤把涌到嘴边的话咕噜咕噜冲了下去。

2

周一的早晨对于一些人来说，永远是最忙碌最焦头烂额的，比如老婆徐丽娜。从闹钟响起那一刻，老婆身上的各个器官，手、脚、眼睛、嘴巴，几乎都是在同时行动，穿衣服、洗漱、化妆、喊儿子起床，走马灯似的穿行于卧室、厕所和儿子卧室之间，没一会儿闲着的。

老婆洗漱完毕后，刘冠军才不慌不忙地走进厕所，从容不迫地出恭、洗漱，有时还会舒舒服服地冲个澡。

早餐刘冠军也从不糊弄，稀粥、馒头、小菜，儿子不喜欢吃这种中式的早餐，不要紧，有半西式的牛奶、面包、鸡蛋，儿子正是长身体的时候，营养一定得跟得上。老婆徐丽娜周一到周五的早上从不在家吃早饭，公司有食堂，供应早餐，再说时间也来不及。

“走啊儿子！班车快到了。”老婆徐丽娜一边往脚上套着高跟鞋，一边冲坐在餐桌旁的儿子天鳌喊。

天鳌嘴里正嚼着鸡蛋，冲站在门口的母亲摆摆手，囫囵不清地说："算了老妈，你先走吧，我还是坐我老爸的'奔驰'。"

天鳌说这话是有理由的。徐丽娜所在的药业公司在郊区，最近新上了通勤车，每天早晚负责接送工人上下班，正好顺路从天鳌的学校门口经过，天鳌就有机会蹭免费的顺风车。不过也有意想不到的时候，上周五早上遭遇了爆堵，害得天鳌上学迟到了二十多分钟，遭到了老师的一顿狠批。如今天鳌是一朝被蛇咬，十年怕井绳。

"不行！坐你爸的'奔驰'让同学怎么看？"徐丽娜冲天鳌瞪着眼睛。

天鳌说："我爸的'奔驰'挺好的啊！既凉快还能看街景，关键是从没迟到过！"

"你这孩子怎么不听话呢？"徐丽娜冲到天鳌跟前。

天鳌扬着脸说："你们公司班车今天要是再堵车呢，你还打算让我迟到吗？"

"不管你了！"徐丽娜推开房门，摔门而去。

天鳌一吐舌头，冲刘冠军做了个鬼脸。刘冠军把脑袋凑了上去，爷俩在一起叽叽喳喳地顶着脑门儿。

"爸，走吧。"天鳌抹抹嘴背上书包，对刘冠军说。

刘冠军边洗碗边回头冲天鳌说："不着急儿子，咱们让那些街上的机动车再飞一会儿！"

天鳌咯咯咯地笑弯了腰。

爷俩下了楼，见吴师傅已经把自行车停靠在了单元门旁。

天鳌脆生生地同吴师傅老两口打着招呼，"吴爷爷、吴奶奶早上好！"

吴师傅老伴笑眯眯地说："天鳌早上也好。"

吴师傅伸手在天鳌的脑袋上弹了一下，"这小鬼头，嘴就是甜！"

天鳌惊叫了一声，“爸爸的‘奔驰’好亮哦！”

昨天钓鱼回来，自行车被弄得轮子上都是泥巴，因为急着去老丈人家送鱼，也没来得及擦。

刘冠军不好意思地说：“吴师傅，您又帮我擦车了。谢谢您了！”

吴师傅一摆手，“谢什么，举手之劳。”

吴师傅老伴说：“让他活动活动，要不都堆缩成问号了。”

刘冠军笑了。

天鳌把书包从背上卸下来，放进车筐内，随后爬上了后面的货架。

刘冠军推着自行车说：“那咱走了啊！”

吴师傅说：“走吧。”

天鳌在后面挥手，“吴爷爷、吴奶奶再见！”

晨风拂面，刘冠军慢悠悠地骑着自行车。天鳌从后面抱着他的腰，小脑袋瓜儿贴在他的后背上，嘴里哼着儿歌。

太阳当空照，
花儿对我笑。
小鸟说：早早早，
你为什么背上小书包？

这首歌刘冠军经常听儿子唱，时间久了也能附和着跟上旋律了。他扭头冲坐在后面的天鳌喊：“儿子，爸爸给你伴奏好不好？”

“好啊！”天鳌响亮地回答。

刘冠军吹起了口哨。

天鳌唱得更欢了。

我去上学校，
天天不迟到。
爱学习，
爱劳动，
长大要为人民立功劳！

旁边的机动车道上又聚集了一长串的车，和高一声低一声的喇叭吼。从车窗内探出一个个脑袋，好奇地望着朗声歌唱的父子俩。刘冠军嘴角上扬，冲那些脑袋报以一笑。自行车载着父子俩，像这童声童气的歌声，像这欢快的口哨，倏地从他们旁边的自行车道上掠过。

上了图书馆门前的台阶，把自行车搬进一楼，刘冠军还在想，老婆总瞧不起自己的这辆自行车，自行车有什么不好？先说把儿子送到了学校，确保儿子不迟到，然后是自己一路顺风到达单位。那些气急败坏恨不得长出翅膀的私家车主们说不定还在路上堵着呢。

刘冠军迈着慢悠悠的步子来到指纹考勤机前，伸出右手食指不慌不忙地在上面按了一下——离上班时间还有二十多分钟呢。刘冠军差不多每天都会提前十分二十分的到单位，相反，那些开车来上班的80后们反倒像一个个毛兔子似的，进了门来，就像见到久别的恋人似的，奋不顾身地扑向考勤机，俯在上面呼呼喘着粗气。女孩则是香汗淋漓，娇喘吁吁。

一口气上到四楼，竟然呼吸平稳，一点气喘的意思都没有，常年骑自行车的好处就在于此。打开办公室，先开窗通风，然后搞卫生，抹桌子拖地。其实天天擦，室内一点也不脏，搞卫生对于刘冠军来说只是一种习惯。

在椅子上坐定，刘冠军欣赏着碧绿的叶片在杯子内起起伏伏翩跹起舞，这个时候，走廊内才传来轻重不一、节奏不同的脚步声。

刘冠军从这些脚步声上能准确地辨别出哪个人来了。比如，这串不疾不徐、沉稳有力的脚步声是孔馆长的。孔馆长身材魁梧，血脂有些高，还有不到半年退休，有些轻微的退休恐惧症，不知道退休后干什么。刘冠军想，有机会告诉孔馆长，退休以后和自己钓鱼去！闲来垂钓碧溪上，忽复乘舟梦日边，大野、清风，何等惬意的事！

从走廊内传来了一阵“哒哒”的高跟鞋敲击地面的声音，一只鞋跟坚实地落在地上，另一只随后跟上，透着一种波澜不惊从容不迫的笃定。这是副馆长秦芳菲发出来的。其实，刘冠军认为秦芳菲大可不必穿高跟鞋，秦芳菲的身高足有一米七，这个身高即便是穿平底鞋，也不会略逊一筹。馆里的女馆员们大都在办公室备上一双平底鞋，以把自己的脚从高跟鞋的束缚中解放出来。却从不见秦芳菲穿，秦芳菲的脚上始终套着颜色不同、款式各异的高跟鞋，刘冠军目测了一下，最低的鞋跟也有五厘米以上。秦芳菲的名言是：高跟鞋不仅决定一个女人的高度，更决定一个女人的心情。

高跟鞋声在办公室门口停了下来，秦芳菲一张妆容精致的脸露了出来，“早啊，冠军同志？”

刘冠军冲秦芳菲笑了笑，“你也早啊！”

“怎么早也没你早啊！”秦芳菲拉着长声，说完踩着高跟鞋“哒哒”地走了。

最近，刘冠军总觉得秦芳菲和以前有些不一样，说话也有些不阴不阳的，令人难以捉摸，莫不是有些“早更”？秦芳菲看上去比较年轻，其实也过了四篇了，有医学专家研究，现如今这个社会压力比较大，导致女性内分泌紊乱，更年期提前，老婆徐丽娜就是例子，动不动就发脾气，没来由也没任何征兆。

刘冠军兀自摇摇头，喝了一口茶，开始了他的工作。前不久，他去盐滩钓鱼，遇见了一个会讲故事的老者。老者给他讲了西大庙、海鲶鱼的传说等等好多的民间故事。由此他想到了图书馆的本职工作，收集一些有价值的地方文献，比如当地的名胜古迹、民俗和民间故事的传说。他及时向孔馆长做了汇报，并建议和文联、社科联等部门联系，争取收集到更全面的这方面的文献资料。孔馆长对这方面也很感兴趣，让他具体负责。这类文献的收集很烦琐也很麻烦，不过还是有成效的，他想在这方面做一个最全面最系统的收集。

不长时间，“哒哒”的高跟鞋敲击地面的声音又在走廊内响了起来。

脚步声在办公室门口又停了下来。刘冠军从电脑上方抬起头，见秦芳菲迈步走进了办公室。刘冠军双手扶着办公桌刚要站起身来，秦芳菲抬手制止了刘冠军，说了一句：“你忙，你忙。”说完迈步走出了办公室。

刘冠军坐在办公桌后，不禁又笑着摇摇头。女人真是难以捉摸的动物！

最近秦芳菲总和孔馆长请假外出，不知在忙什么。几年前秦芳菲和丈夫离婚后一直单身，没准有人搭桥，忙个人问题呢。这可是好事，刘冠军总觉得单身的女人和别人不一样，有些怪怪的。

儿子天鳌对刘冠军描述的大野清风的钓鱼意境早就心驰神往，不过，刘冠军对儿子的心驰神往只能报以无奈地耸耸肩摊开双手。他们家的最高首长不下命令，哪个敢胆大妄为抗旨不遵？他给天鳌递了个眼色，天鳌会意，摇着徐丽娜的胳膊连撒娇带装可怜。徐丽娜丝毫不为儿子的可怜相所动，板着脸一字一顿地说：“不——可——以！”

连续两个周末，徐丽娜都去公司加班，送儿子去补习班的任务就落在了刘冠军的头上。这个周六，刘冠军奉老婆的命令，刚要送天鳌去补习班，天鳌突然哈下腰捂住了肚子，嘴里连声“哎哟”着。刘冠军忙问：“怎么了？肚子疼？”天鳌连连点头。刘冠军只好给补习班老师打电话请了假，刚准备带天鳌去医院看看，天鳌却直起了腰，嘴里也不哼哼了。刘冠军狐疑地望着儿子，“赶紧如实招来，是不是装病？”天鳌一笑，“老爸，你真聪明！”刘冠军一刮儿子的鼻子，“小鬼心眼儿要什么阴谋？”天鳌涎着脸笑嘻嘻地说：“老爸，咱们今天去钓鱼怎么样？”刘冠军挠着后脑勺儿说：“这个恐怕不行，让你妈知道就死定了。”天鳌说：“咱们不会不让她知道。哎呀老爸，你就带我出去放松放松吧，整天不是学校就是补习班，除了学习还是学习，我这脑袋都大了！”对儿子所说的事实其实刘冠军深有体会，自己从小到大不就是这么过来的吗？刘冠军下定决心，“儿子，今天爸豁出去了，带你出去放松一天！”天鳌高呼了一声“老爸万岁”，一蹿高搂住了刘冠军的脖子。

这一天，天鳌真是来了个彻底的大放松。小家伙像一匹撒开了缰绳的小马驹，在盐滩上撒丫着欢呼奔跑。完了嚷着要跟刘冠军学钓鱼。刘冠军带着儿子，从盐滩上挖海蚯蚓开始，拴饵，找地点，抖饵，观察，你还别说，在刘冠军的指导下，天鳌还真钓上来一条半斤来重的海鲶鱼，兴奋得天鳌哇啦哇啦直叫。中午，爷俩还因地制宜，来了个现场烤鱼，吃得天鳌嘴巴四周像长了一圈黑胡茬儿。

为了以防万一，下午三四点钟，爷两个便依依不舍地打道回府了。

进了小区，刘冠军望着小塑料桶内的鱼，一拍大腿说：“糟了儿子！咱这罪证咋销毁？”

天鳌从自行车货架上跳下来说：“这好办！”

天鳌从车筐内取出小塑料桶，拎着来到吴师傅家窗前，抻着脖子喊："吴爷爷！吴爷爷！"

窗口处探出吴师傅半个头，"是天鳌啊！钓鱼回来啦？"

天鳌冲吴师傅一招手，"吴爷爷您出来一下。"

不一会儿，吴师傅推门走了出来。

天鳌把小塑料桶递给吴师傅，"吴爷爷，您帮忙把这些罪证销毁了吧。"

吴师傅会意地一笑，"我懂了，是怕你妈……可是这么多，怎么吃得了？"

刘冠军说："吴师傅，您把它用盐腌一会儿，完了用线穿上挂在窗口晾着，干了以后蒸着吃。"

吴师傅连连点头，"好，好。谢谢！谢谢！"

天鳌大声喊："吴爷爷，我们还要谢谢您呢。"

晚上，徐丽娜回到家，一进门就说："楼下吴师傅家窗户上挂了那么多鱼，腥死了！"

天鳌冲刘冠军一吐舌头，刘冠军瞪了天鳌一眼，天鳌"哧溜"一下钻进卧室写作业去了。

收拾完碗筷刘冠军从厨房出来，直接歪在沙发上看他从图书馆借回来的书。如果要刘冠军说出什么是他的大爱，他会毫不打奔儿地说是书。刘冠军暗自庆幸自己被分在了一个能够满足自己爱好的单位。去年，一个昔日的大学同学，如今也算成功人士的哥们儿做东，在省城召集搞同学聚会，刘冠军去参加了。昔日的同窗如今真是今非昔比，有的走了仕途做了官，有的经商成了成功人士，有的成了端着金饭碗的公务员。轮到刘冠军做介绍了，刘冠军大大方方地报出了自己的单位。当年，刘冠军在大学最爱光顾的地方就是学校的图书馆。常常下了课就泡在里面。用现在 80 后的语言说，不是在图书馆，就是在去图书馆的路上。那时他就想，假如在这个地方上班那该多好啊！所有的书可以成为他的精神食粮，都可以尽情地看。被分到图书馆后，他的母亲对这个单位很不满意，他却心花怒放。他终于实现了自己的梦想。他办了个借书证，工作之余一头扎进了书的海洋，政治、历史、地理、文学，没有他不看的。老婆对他的这种行为嗤之以鼻，说现在都什么年代了，还看书？刘冠军说，正像你喜欢看韩剧一样，个人爱好不同。

老婆徐丽娜现在就靠在卧室床头看着她百看不厌的韩剧，肩膀一耸一耸，鼻子一抽一抽的，地上扔着好几团揉成团儿的面巾纸。

天鳌从西边的小卧室出来，手里拿着一个作业本，兴冲冲地对刘冠军说："老爸，我写了一篇作文，念给你听听？"

刘冠军放下手里的书，"好啊！念吧。"

"今天，爸爸带我去……"天鳌忽然停住了。

刘冠军也一下子意识到了，忙冲天鳌努努嘴。

天鳌刚要往西边卧室里钻，徐丽娜从东卧室走了出来，"儿子，写了个什么作文？快让妈看看。"

天鳌用手护着作业本，"没……没啥……妈你快看韩剧去吧。"

徐丽娜说："播广告呢。来，拿来让妈欣赏欣赏。"

天鳌护着作业本往后退。

刘冠军打着圆场，"儿子没写完呢，写完再给你妈看。"

天鳌说："对对对。"说着撒腿就要往回跑。

"站住！"徐丽娜走到天鳌跟前，"拿来！"

天鳌磕磕巴巴地说："真……真没……写……"

"你拿来吧！"徐丽娜从天鳌手里夺过了作业本。

刘冠军急得一跺脚。百密一疏，怎么没想到在这个环节上露出马脚呢？儿子，你写什么作文啊！

徐丽娜念道："今天，爸爸带我去了盐滩钓鱼……"

徐丽娜把视线转向了刘冠军，"你带儿子去盐滩钓鱼了？"

天鳌大包大揽，“妈，是我让爸爸带我去的。”

徐丽娜厉声说：“你先闭嘴！一会儿找你算账！”然后目光灼灼地逼视着刘冠军，“好啊刘冠军，你就是这样带儿子学习的？学到盐滩上去了？你自己不务正业，不求上进，还连带着儿子，有你这样当爹的吗？”

刘冠军知道，这个时候任何的解释、说明，哪怕是吭一声，都无异于火上浇油，无疑都会惹火烧身。目前的情况下保持沉默俯首听从训斥，才是他的唯一选择。这也是刘冠军多年来摸索出来的经验。

“整天就知道钓鱼，你怎么不往周围看看，看看如今哪家不换房，哪个不买车！你再看看你自己，住在这套老得掉渣的破房子里，出门骑着除了铃不响其余啥都响的破自行车，你还有心思钓鱼？在图书馆那把椅子上坐了多少年了？八年了！八年，日本鬼子都被打跑了，你还能坐得住，真让我佩服你！”

这也是老婆的过人之处，不管从何事、何因都能引申开来，很自然地转移到他的不思进取、不求上进上面去。刘冠军只有使用他的法宝：沉默。和老婆讲道理，那就等于拿着鸡蛋往石头上碰。

徐丽娜喋喋不休，“你们孔馆长眼瞅着就到站了，还不赶紧行动，怎么还打算在你那个破位置上坐着，心甘情愿让那个娘们儿领导你？”

刘冠军明白徐丽娜指的是秦芳菲。对于升迁的事，刘冠军一直没放在心上。馆长负责馆内的全面工作，事多又杂，他坐在自己的位置上，看点自己喜欢的书，干点自己愿意做的事，刘冠军没觉得有什么不妥的。

“从明天开始，赶紧给我行动！让那娘们儿捷足先登了，你连哭的地方都没有！”徐丽娜转向天鳌，“还有你，好的地方不学，偏偏学不务正业、不求上进！”

天鳌据理力争，“妈，我觉得今天我的收获很大，我的作文就是证据！”

“你给我进屋学习去！”徐丽娜厉声喝道。

天鳌不服气地哼了一声，向自己的房间走去。

3

钓鱼事件很快被另一件事替代过去了，这件事就是刘冠军的升迁。徐丽娜是饭桌上催，床上催，只要一见到刘冠军的面就是催。这件事的具体程序应该是主管部门文化局推荐，然后是人事局审查。这就关系到必须和这两个单位的一把领导打交道，而这种事最是刘冠军的弱项，让他搞点什么文献的收集整理没得说，让他和领导打交道他的脑袋就大了。他咧着嘴对老婆徐丽娜说：“老婆，你杀了我得了。”徐丽娜瞪着刘冠军，不耐烦地摆摆手，说：“行了行了，我是服了你了。”

刘冠军以为这件事就此告一段落了，他仍旧沉浸在他的垂钓中。周日，老婆带着天鳌前脚刚走，刘冠军后脚就出了家门，从吴师傅家推出自行车，骑上直奔盐滩而去。还没到中午，就接到了老婆的电话，问他老毛病是不是又犯了？刘冠军嘿嘿一笑，说：“钓几条给咱爸当下酒菜。”老婆说：“你别拿我爸当挡箭牌好不好？”刘冠军又是嘿嘿一笑。给老丈人当下酒菜，这是刘冠军经常找的一个理由，这个理由可以在一定程度上赦免他的罪行。

晚上，把鱼给老丈人送去，留下几条拿回家给儿子做椒盐的。这小家伙最近几天有些挑食，正是长身体的年纪，营养不全面可不行。

进了家门，见老婆儿子都已经回来了。老婆正在卧室看着电视，儿子在自己房间写作业。刘冠军没和老婆打招呼，直奔厨房忙活开了。这也是减轻罪行的可行途径。

天鳌蹑手蹑脚地从自己房间出来钻进小厨房，压低声音问："老爸，你又去啦？"

刘冠军低声说："你姥爷想吃。"

天鳌冲刘冠军一竖大拇指，"老爸，以后你就找这个借口。"

刘冠军伸手在天鳌的鼻子上刮了一下。

这时，老婆徐丽娜出现在餐厅内，"天鳌，回屋写作业去。"

天鳌一吐舌头，回了房间。

徐丽娜往小塑料桶内看了看，问："今天钓的怎么这么小？"

刘冠军讨好地说："大的都给咱爸送去了。"

徐丽娜问："下周末还去钓呗？"

刘冠军怔怔地望着老婆，一时不知如何回答，搞不清老婆这是在讽刺他还是正常性质的询问。

徐丽娜说："下周钓到大的别给我爸送去了，我有用。"

这可是开天辟地头一回。刘冠军连连答应，"哎，哎。"

徐丽娜在餐桌旁坐下，说："文化局那边我已经替你搞定了，就剩人事局了。"

刘冠军一愣，从小厨房探出脑袋，"搞……搞定了？你是怎么搞定的？给人行贿去了？"

徐丽娜说："行贿怎么了？关键时候就得行贿。"

刘冠军怕天鳌听见，小声问："你给人家送了多少钱？"

徐丽娜白了刘冠军一眼，"我倒想送钱，你不得挣回来吗？"

在老婆洋洋得意的叙述中刘冠军得知，徐丽娜了解到文化局一把领导是个女的，就提了燕窝、阿胶等补品去了女领导家。女领导正值女人的多事之秋，徐丽娜就运用自己所掌握的医药知识，给女领导上了一堂女人保健课，再适时地奉上那些补品，推荐的事就水到渠成了。

徐丽娜低头算着账，买这些东西花了不到三千块钱，如今你拿三千块钱能拿出手吗？下周再挑几条大一点的鱼给人送去，等于给她提提醒儿。

刘冠军低声说：“你这等于变相行贿。”

徐丽娜不耐烦起来，“变相行贿怎么了？现在这个社会你求人办事扎着两只手就去了？给你办明白了还说三道四的，有能耐你自己去啊！”

刘冠军想说自己现在挺好的，根本没必要给人送礼往上爬。话到嘴边又咽了回去，那样，老婆有一千句话在等着他，唾液星子不把他淹死也差不多。

“人事局的领导怎么搞定呢？”徐丽娜在那儿自言自语。

接下来，徐丽娜一直在为送人事局长什么礼物而大伤脑筋。对于这件事徐丽娜的分析具体如下：人事局长是关键，他上嘴唇一碰下嘴唇，说你不合格你就不合格，所以必须送有分量的礼物；还有，秦芳菲想必也在暗中运动，所以必须超过秦芳菲，否则就只能打水漂了。继而徐丽娜又在分析秦芳菲可能会给领导送什么，什么价位，搞得徐丽娜直喊脑袋都大了。刘冠军想劝老婆放手，放着挺好的日子不过自寻烦恼累不累。可是他没敢说，说完用脚趾头想都能想到什么后果。

一天晚上，刘冠军上了床，刚有了点兴致扳过老婆的身体，徐丽娜忽然扬手做了个暂停的手势，问：“你说人事局长有什么爱好？”

刘冠军摇摇头，说：“这我哪知道。”

徐丽娜说：“明天你找找人，从侧面了解一下人事局长有什么爱好。只要他有爱好就好办。”

刘冠军边开始行动边戏谑地说：“他要是好色呢？”

徐丽娜说："那就投之以色。一个人的爱好就是一个人的软肋，我们就投其所好，攻他的软肋。"

刘冠军停了一下，怔怔地望着徐丽娜。

徐丽娜拍了拍刘冠军的脸，"照我的话去办，保准错不了。"

刘冠军一边继续一边说："我在人事局没朋友。"

刘冠军的本意不想打听，你说直勾勾地问某位领导有什么爱好，那不是秃子头上的虱子——明摆着的事嘛。

徐丽娜说："找其他朋友从侧面了解一下。"

刘冠军说："我的那些朋友你又不是不知道，都是一些钓友。"

徐丽娜使劲推了刘冠军一把，"我说平时让你结交点有用的朋友，积累点用得着的人脉，你可倒好，一个用得上的也不交！交那些什么用处都没有的不务正业的家伙有什么用！"

刘冠军的兴致像一只鼓胀的皮球挨了一针，瞬间萎缩下来了。

没几天的晚上，徐丽娜突然问："贵一点的鱼竿多少钱？"

"几十万，上百万的都有。"刘冠军不明白老婆为什么会和他谈起这个问题，有些懵懂地望着老婆。

徐丽娜说："一万块钱能买什么样的鱼竿？"

刘冠军说："能买根很不错的。你问这干吗？"

徐丽娜很神秘地说："我打听到了，人事局的周局长爱好钓鱼，我们不妨买只鱼竿给他送去，既投其所好，又算不上行贿。有时间你再陪周局长出去钓钓鱼，有共同语言，好沟通，审查的事还愁搞不定？"

刘冠军说："这好吗？人家认识咱是谁呀，就给人送鱼竿，还陪出去钓鱼。"

徐丽娜说："我已经和周局的老婆联系上了，给他老婆的滋补品也送去了，等你黄花菜都凉了！这事不用你管了，你的任务是把鱼竿给周局送去，然后陪着钓鱼！”

老婆说干就干，没过一个星期，老婆从网上买的鱼竿就到货了，是日本进口达瓦牌子的，原装限量珍藏版，包装很是精美，送礼绝对拿得出手。

徐丽娜催促道：“赶紧给周局打电话，把鱼竿送去。”

刘冠军搪塞着说：“还是你打吧。”

徐丽娜用手指点了一下刘冠军的脑门儿，“我说你是不是爷们？”

刘冠军说：“我不知道怎么说。”

“来世咱俩换换吧，你托生女的，我托生男的。”徐丽娜一边嘟囔着，一边在手机上翻找号码。

电话通了，徐丽娜立马换上了一种甜得发腻的腔调，“喂，在家呀姐？周局在家吗？……在呀，那我一会儿过去。好，一会儿见。”

撂了电话，徐丽娜立马换回了原来的腔调，“还愣着干啥，走啊！”

刘冠军问：“现在就去啊？”

徐丽娜白了刘冠军一眼，说：“怎么？你还打算下个世纪去呗？送个礼还得老婆陪着，真有出息！”

这是刘冠军平生第一次送礼。说心里话，他是真心不想去。可不去的后果可想而知。如今自己是被逼上梁山，想不想去都得去！

敲开了周局家的门，夫妻俩发现家中只有周局老婆一个人。周局老婆解释说，周局临时有点事，出去了。老婆徐丽娜一副大失所望的神情，刘冠军倒没觉得怎么，甚至仿佛有点希望这样似的。两个人坐着等了一会儿，也不见周局回来，只好告辞出来了。

回到家，徐丽娜把周局家中和本人的手机号都抄给了刘冠军，告诉他勤和周局联系联系，周六周日约时间陪周局出去钓钓鱼。周五的晚上，徐丽娜下班回到家便问刘冠军给周局打电话了没有。刘冠军都撒谎说打过了，徐丽娜便急吼吼地问："咋样？周局说有时间吗？"刘冠军摇摇头。其实刘冠军根本没打电话过去。他简直难以想象陪领导钓鱼是一种什么情形，那恐怕不是去钓鱼，是一种折磨。接连两次，徐丽娜瞅刘冠军的眼神中就掺杂了怀疑的成分，有一次竟然当场让刘冠军打电话过去。刘冠军被逼无奈，只好拨了周局的手机。手机响了好一会儿那边才接。开口问哪一位？刘冠军报上了姓名。那边重复了一句，显然没想起是谁。徐丽娜龙拢着双手放在嘴巴四周，小声说："问问鱼竿怎么样？好用不？"刘冠军鹦鹉学舌似的把徐丽娜的话学了一遍，那边似乎才想起自己这个人。刘冠军嗓子内像卡了一口痰，吭哧了半天才问周局明天有时间没有，周局说周末两天去外地。刘冠军这才交差似的撂了电话。徐丽娜说："你倒是给他提个醒啊！说两句审查的事全指望您了，先表示感谢什么的啊！"刘冠军说："忘了。"徐丽娜瞪了刘冠军一眼，"你能记住什么！"

接下来徐丽娜又让刘冠军注意秦芳菲。秦芳菲还是正常来上班，时不时地和孔馆长请假出去。徐丽娜断定秦芳菲一定在暗中运作，要不然怎么总请假出去。徐丽娜是吃不好睡不着，整个人都瘦了一圈。

时间在老婆徐丽娜的煎熬中悄悄流逝过去了，孔馆长终于到站了，空出的那把交椅秦芳菲坐在了上面。

得到消息的当晚，老婆徐丽娜把自己的被子卷巴卷巴搬到了天鳌的房间，下班回到家也是鼻子不是鼻子脸不是脸的，简直成了点火就着的炮仗。刘冠军倒没觉得怎么样，到了这个岁数，刘冠军的内心多了一份淡薄，少了一份浮躁。年轻时的逞强和渴望，已变成了淡定、从容与平和。平时上上班看看书，闲暇时候钓钓鱼，干自己喜欢的工作，做自己有兴趣的事，多好！

一天晚上，馆里在一家酒店为秦芳菲庆祝，刘冠军一杯啤酒还没下肚，手机就响了。电话是老婆徐丽娜打来的，问他在哪儿。刘冠军刚如实向老婆汇报完，猛听见徐丽娜喊了一嗓子，“这个时候你还有心思给她庆祝，你的心可真大啊！赶紧给我回来！”刘冠军只好找了个借口，灰溜溜地回了家。回到家又遭到了徐丽娜一番损三孙子似的训斥。

4

天鳌今年念小学五年级，还有一年升初中。天鳌的学习成绩在班级属于中上等，不是怎么出类拔萃。对于成绩刘冠军不是十分看重，各行各业有很多精英都不是什么名牌大学毕业的，他们同样把自己的事业和人生演绎得风生水起。他从小就是在他老妈的“指挥棒下”一路走来的，深知过分看重孩子的考试成绩，相互攀比，会给孩子在心理上带来一种无形的压力，因此会使孩子对学习产生一种厌烦情绪和逆反心理。他本身就是个例子。如果他在高考最后冲刺阶段努努力，也许会考上某所名牌大学。他认为童年是一个人一生中最美好的时光，快乐应成为童年的主题，而不是每天做不完的书山题海。老婆徐丽娜的看法和他正相反。徐丽娜简直把分数当成了“命根儿”，天鳌要是考了个高分，她就眉飞色舞又是亲又是抱的，倘若考得分数低点儿，就又是训斥又是惩罚的。徐丽娜对天鳌要求极严格，周六周日不是英语就是奥数，日程排得满满的，跟上学没什么区别。

周六，天鳌学校召开家长会。开家长会这类事通常都是徐丽娜去，每到这个时候都是刘冠军负责送天鳌去补习班。刘冠军骑着自行车把天鳌送到了英语补习班，自己在外面等着。英语补习完了，刘冠军又马不停蹄地把天鳌送到了奥数班。一顿折腾下来，已经快下午四点了。

天鳌拖着书包从补习班出来，磨磨蹭蹭地不肯上自行车，“爸，咱走着回家吧……”

刘冠军知道，天鳌磨蹭时间不肯回家，主要是怕挨他妈的训。每次开完家长会，天鳌都会受到徐丽娜的一顿训斥。

刘冠军想了想说：“要不咱去你姥姥家待一会儿吧。”

“行！待到天黑再回家！”天鳌把书包扔进车筐，跨上了后座。

刘冠军的脚踩在踏板上刚要使劲，手机响了。刚按下接听键，就被徐丽娜超分贝的声音顶了回来，“你们爷俩在外面磨蹭什么呢？赶紧回来！”

撂了电话，刘冠军冲天鳌一咧嘴，天鳌重重地把脑袋杵在了刘冠军的后背上。

回到家，见徐丽娜坐在沙发上，脸色很不好看。每次开完家长会都是这样，刘冠军知道这都是比较带来的结果。总是和人家比，累不累啊？

徐丽娜把天鳌叫到跟前，指着卷纸，“你看看你的成绩！你平时都学什么了？”

天鳌低着头，“这次题深，考试成绩都不高……”

徐丽娜增大了分贝，“别找理由为自己开脱！人家王者和你同一个座儿，一样的老师，同样是一堂课 45 分钟，人家的成绩怎么就比你高？”

天鳌有些不服气地说：“我前座的梁帅才打了 70 多分，还不赶我的成绩高呢。”

徐丽娜一副恨铁不成钢的表情，“你可真有出息！你能不能向前看，和成绩高点的同学比？”

天鳌低下头望着自己的脚尖。

徐丽娜训斥天鳌道："怎么和你爸一样，一点上进心也没有？还在那儿站着干吗？赶紧回屋，把做错的题一律重新给我做一遍！"

刘冠军迈步向小厨房走去，自己的不求上进成了老婆口中的反面典型，猛然听见老婆喊自己，"刘冠军，你回来！"

刘冠军说："我去做饭。"

徐丽娜说："做饭着急什么？过来！"

刘冠军只好走回来，坐在另一只沙发上。

徐丽娜靠在沙发上叹口气说："今天这家长会开得，上老火了！以后再开家长会你去！"

刘冠军知道徐丽娜这话等于白说，每次她都说最不愿意去开家长会，可是每次开家长会，她还是会争着去。

徐丽娜说："今天，大家伙在一起都在研究去哪所学校念初中。天鳌眼瞅着就要小升初了，愁死我了！"

刘冠军说："儿子还有一年才小升初，你着的哪门子急？"

徐丽娜说："你懂什么？如今是电脑派位，通过电脑对区域内的几所对应初中进行摇号抽签，把孩子派送到片区内的初中就读。"

刘冠军说："那就派呗。"

徐丽娜瞪大了眼睛，"你说得轻巧！派到教学质量差的学校怎么办？"

刘冠军说："我看没啥。教学质量差能差到哪儿去？"

徐丽娜加重语气说："初中是关键时期，择校非常重要。择不到牛校，初中打不好基础，考不上重点高中，将来考名牌大学就是个问题。不进名牌大学，将来毕业了工作都不好找。"

刘冠军不以为然地说："名牌大学工作就好找了？扫大街、卖猪肉的有的是。"

徐丽娜瞪了刘冠军一眼，"你抬杠是不是？"

刘冠军不吭声了。

“你有权也行，孩子可以不‘就近’，一张条子就能进入好学校，你有权吗？你有钱也行，给学校赞助个三十万五十万的，校长抢着让你儿子进他的学校，你有钱吗？要不你单位好，人家梁帅他妈今天说，梁帅他爸的单位和实验中学是共建单位，孩子不用参加电脑派位，可以直接去实验中学入学。你们那个破单位，关键时候啥用也没有！”徐丽娜把手里的抹布一摔。

刘冠军只好继续保持沉默。

“爹不行，儿子也不行！要是个牛蛙，我何苦愁成这个样！”徐丽娜愤愤地说。

天鳌从西卧室探出脑袋来，“妈，我咋成田鸡了？”

徐丽娜不耐烦地说：“什么田鸡？牛蛙的谐音就是牛娃，就是学习成绩好的孩子。华杯赛和小英赛的双奖牛蛙，那些牛校的校长他得巴结咱，向咱伸出橄榄枝，你行吗？”

天鳌的脑袋从卧室门口处消失了。

刘冠军趁机去了小厨房。要是继续听老婆说，她能说到明天早晨天亮。

晚上，刘冠军洗完澡走进卧室，见徐丽娜靠在床头上，破例没有往脸上拍她的那些霜霜乳乳。每天晚上洗漱完毕，老婆都要盘腿坐在床上，面对着一些瓶瓶罐罐，在脸上拍打着。每次逛商场，徐丽娜都会在化妆品柜台前流连一会儿，然后叹口气离开。徐丽娜用不起世界顶级的化妆品，只能用一些中档的。今天这是怎么了？怎么把那道至关重要的程序省略掉了？

刘冠军的脑袋刚挨到枕头，老婆的身子就靠了过来。刘冠军想起来今天是周六，是办“一周大事”的日子。难得老婆主动，这可是十年九不遇的事。刘冠军刚要动手行动，徐丽娜一把推开了他，都火烧眉毛了，还有那个心思！

刘冠军就很泄气，重重地把脑袋撂在枕头上。

徐丽娜推了刘冠军一把，“哎，要不咱买套房吧。”

刘冠军把脑袋从枕头上抬起来。今天老婆也没去参加哪个朋友同事家乔迁宴啊，怎么又受刺激了？

刘冠军转过身去，“买什么房？咱这房子挺好。”

徐丽娜在刘冠军的后背上推了一把，“转过来！一提买房就这副德行！我要买房是为了儿子！”

刘冠军转过身，不解地望着老婆。

徐丽娜说：“我想在实验中学附近买套学区房，这样儿子就可以就近入学了。”

刘冠军说：“说得容易，学区房那是咱买得起的？”

徐丽娜说：“咱不是有住房公积金嘛，不够咱就贷款。我给你算算，咱俩每月拿出一个人的工资还房贷，20 年总能还清吧？不行就 30 年！”

刘冠军的眉头皱在了一起，“放着好好的日子不过，非要累了吧唧地当房奴，你是不是有啥毛病？”

徐丽娜给了刘冠军一巴掌，“你才有毛病呢！那你说，儿子上学怎么办？你给我想个辙吧！”

刘冠军没动静了。

徐丽娜说：“我再给你想个辙，咱银行里不是有 10 多万块钱吗？想法再借点儿，凑 20 万，托人找找关系，给牛校的校长或者教委的头儿送送礼……”

刘冠军打断徐丽娜，“行了，别说我没那 20 万，就是有，我也不去！”

“这也不行那也不行，你自己看着办吧，我不管了！”徐丽娜反身躺在床上，按灭了台灯。

5

一连几天，老婆徐丽娜的脸上都不开晴，刘冠军也没辙。其实刘冠军觉得实在没必要，电脑派位天鳌差不多会被派到27中，27中离家只有一站地，还省得上下学接送，天鳌自己来回走着就能回家。

一天晚上，一家三口刚吃完饭，刘冠军正在小厨房洗碗，听见徐丽娜的手机响了。徐丽娜接电话说：“你在上岛咖啡等我，我马上到。”

刘冠军从小厨房门口探出半个身子，见徐丽娜抓过背包，换上鞋，推开门急匆匆地下楼去了。

刘冠军也没怎么怀疑。

周五的晚上，刘冠军做好饭，左等右等也不见徐丽娜回来，天鳌都嚷着饿了。刘冠军只好拨通了老婆的手机。电话里乱糟糟的，看样子在饭店吃饭。一问果不其然，徐丽娜只说在饭店吃饭，不回去吃了，说完就撂了电话。

快九点了，徐丽娜回来了，进屋便去抽屉里找存折。找到存折后拿出一张放进背包内。然后对天鳌说：“明天早晨早点起来，妈给你占了个坑班，明天带你入坑考试去！”

“坑……坑班？”爷俩丈二和尚摸不着头脑，疑惑地望着徐丽娜。

“坑班就是牛校自办的培训班，可以确保孩子上牛校。”徐丽娜解释道。

天鳌咧着嘴说：“妈，我求求你，别再让我去辅导班了，现在那几个我都hold不住了……”

徐丽娜说：“从明天开始那几个辅导班不去了，全力去坑班迎战！”

刘冠军问：“你是从哪儿知道的这个什么坑班？”

徐丽娜有些骄傲地说：“知道这几天我都忙啥了吗？我就是在给儿子跑这个坑班。王者也在这个坑班，我就是从他妈妈那儿知道的。没钱没权就得改变孩子！”

刘冠军说：“我看这和辅导班一个性质，咱们应该冷思考。”

徐丽娜说：“等你冷思考完了，黄花菜都凉了。人家孩子从三四年级就去了，咱现在下手都有点晚了！”

其实，刘冠军对老婆让儿子去辅导班就持不同看法，他觉得这种填鸭式的硬灌实在没必要。刘冠军曾经参观过儿子所在的辅导班，几十个学生，黑压压坐了一屋子。辅导老师在前面讲着一道刘冠军看来都很艰深难解的奥数题。

刘冠军说：“我觉得咱们还是应该理性对待……”

徐丽娜打断刘冠军，“好不容易有一个退坑的我才争取到机会，明天必须去考试！”

第二天，徐丽娜早早就连喊带叫地把天鳌从床上揪了起来，草草地吃了一口早饭，娘俩就出发了。

到了晚上，徐丽娜才带着天鳌回来，进屋就嚷着让刘冠军多做两个菜，庆祝天鳌进坑。

刘冠军在小厨房做菜，徐丽娜破天荒地倚在小厨房门框上，滔滔不绝地讲着天鳌所在的是近两年才崛起的一个“万能坑”，优才班和龙虎班都会在这里点招，坑班的管理又是如何如何的好，简直像给那个坑班做广告。并且向刘冠军灌输了一些占坑的术语，比如：金坑、银坑、土坑、粪坑，还有，在外面等孩子叫蹲坑；家长之间叫坑友；已经被点招，叫什么过江、上岸、成功渡江、拿到船票或者天亮；重点中学的招生负责人或校长叫部队首长；面试叫干群见面会或者部队首长约见；学校表明录取意向的电话通知叫密电；被录取叫收院治疗。听得刘冠军云里雾里的，怎么跟谍战片似的？

做好了饭菜，刘冠军端到了桌上，嘴里喊着天鳌吃饭，喊了两声没反应，刘冠军走到西边卧室门口，看见天鳌拖鞋都没脱，趴在床上睡着了。

过了一个月，一天晚上回来，刘冠军见儿子的嘴撅得能拴住两个油瓶，就问天鳌怎么了。天鳌扭头瞥了徐丽娜一眼，说："你问我妈吧！"徐丽娜说："我又给天鳌占了一个坑。"刘冠军就愣了，说："你不是占了一个了嘛，怎么还要占？"徐丽娜说："你以为占上一个就够了，这得广泛撒网。人家的孩子都占了三四个，这个不行，还有那个呢。"

徐丽娜多占的结果是，每到周六周日，娘俩就跟旋转的陀螺一样奔走于不同的坑班，回到家，徐丽娜还给天鳌布置坑外的作业，采用题海战术，要求天鳌做海量的题，融会贯通，熟能生巧，弄得天鳌比上学还忙。

一天晚上放学，刘冠军去学校接儿子，见校门口的墙上贴着一张告示。刘冠军上前一看，见是教委下的通知，严禁坑班与小升初挂钩，增加学生以及家长的负担。

刘冠军看后不由得在心里大赞。小升初这种坑班根本没必要，不仅增加孩子学习上的压力，也增加了家长经济上的负担。一个坑班一年就要交两万多块钱，这还不是最高的，听老婆说有的一年要四五万。还有，孩子已经在学校学习了五天时间，应该放松放松，让大脑和身体以及神经充分休息一下。这时候硬往里灌，不但不会收到学习的效果，相反还会使孩子对学习产生逆反心理。教委整顿禁止坑班这件事真是大快人心。天鳌从校门出来后看见通知也一蹦老高。

回到家，刘冠军兴冲冲地把这件事跟徐丽娜说了。徐丽娜急忙操起手机给那些坑友打电话。得到确切消息后，徐丽娜像跋涉完两万五千里长征似的瘫坐在沙发上。

刘冠军说："严禁办坑班是好事……"

"好你个头！这是把儿子的出路堵上了你知不知道？明年儿子小升初怎么办？拿什么进重点中学！"徐丽娜烦躁地抓着脑袋上的头发。

坑班停了，周六周日天鳌闲了下来，天鳌不是去姥姥家，就是让刘冠军带着去科技馆，爷俩儿还去了一趟郊外，钓了大半天的鱼。当然是背着徐丽娜去的，不敢大张旗鼓地。那段时间，徐丽娜的脾气坏得简直是点火就着。爷俩儿如履薄冰，生怕惹着徐丽娜。徐丽娜是吃也吃不好，睡也睡不好，不停地给坑友打电话打探消息，整个人搞得不知所措六神无主的。

天鳌万分期待的暑假终于来了。天鳌早就想去大草原玩，刘冠军也想把年假休了，顺便带上岳父岳母，全家人出去旅旅游，感受感受大自然的气息。带上岳父岳母有两个目的，一是两位老人现在腿脚还算硬朗，带他们出去走走，过几年岁数大了恐怕就走不动了。最重要的是两位老人可以给他们做挡箭牌，有两位老人参加，估计徐丽娜不会反对。刘冠军其实在心里非常心疼徐丽娜，现代人压力够大的了，何必为自己再加砝码，把自己搞得那么累。

刘冠军带着钓的鱼和天鳌去发动两位老人，两位老人欣然同意。天鳌高兴得在地上不停地转圈儿，嘴里"耶耶"地喊着。

爷俩回到家，商量着怎么和徐丽娜摊牌。这时，传来了咚咚的急促上楼的脚步声。

天鳌说："是我妈回来了！咱俩先和她说，不行叫上姥爷姥姥！"

刘冠军点头。

门开了，徐丽娜风风火火地闯了进来，鞋都没来得及换，一把搂住刘冠军，在刘冠军的脸上很响地亲了一下，把刘冠军弄了个大红脸。老婆今天这是发的什么神经，也不知道避着孩子一点。

天鳌捂住脸说："我啥也没看见。"说着就要往自己卧室走，被徐丽娜一把搂住，脑门上同样被响亮地亲了一下，"儿子，坑班重新开班了！明天妈就带你去上课！"

天鳌结结巴巴地问："开……开班了？真的……假的？"

徐丽娜揉搓着天鳌的脸蛋，"臭儿子，当然是真的啦！"

天鳌一屁股坐在了沙发上。

刘冠军说："坑班真的重新开班了？你是从哪儿知道的？"

徐丽娜说："我们这帮坑友天天打探消息，眼睛都盼蓝了。我们和老师都通过电话了，这次是千真万确的啦！"

刘冠军说："教委不是明令禁止的吗？怎么又死灰复燃了？"

徐丽娜说："什么叫死灰复燃？别说得那么难听好不好？教委怎么了？什么事不是一阵风，风头过去了，自然就重新开始了嘛。"

6

真让徐丽娜说着了，坑班不但没能被制止，反倒有愈演愈烈之势。孔馆长退休后无所事事，和刘冠军钓了一阵子鱼，这一段时间也不去钓了。问其原因，说是没时间，周六周日要陪孙子蹲坑。

徐丽娜对给天鳌占坑这件事真是下了血本了，不但花了真金白银，还从单位辞了职，回来一心一意陪天鳌去蹲坑，说等儿子成功渡江了她再去上班。徐丽娜每天带着天鳌倒完了地铁倒公交，回家就摔摔打打的，埋怨刘冠军没有用，不顶个老爷们使唤。刘冠军要去送天鳌她还不放心。

有一天徐丽娜中暑了，迷糊恶心起不了床，实在坚持不住才让刘冠军陪天鳌去蹲坑。徐丽娜给天鳌占的坑班在铁西区，刘冠军骑着自行车带着天鳌足足骑了一个半小时才到达坑班。这回刘冠军算是领略到了坑班的盛况，足有百十来号孩子，黑压压的，背着书包向一栋两层的建筑走去。父母在外面蹲坑。那天是个大热天，气温足有三十三四度，家长们或蹲或站在树荫下，要不就是躲在建筑物的阴影中，仔细听听相互之间聊的全是坑班的事。

刘冠军的旁边站着一个看上去能有六七十岁的老人，花白的头发，满头是汗。刘冠军让出树荫，把老人让到了阴凉处。两个人便聊了起来。刘冠军得知老人是陪外孙子来蹲坑的。

刘冠军说："既然提倡普及九年制义务教育，就不应该把学生分为三六九等，这样只会让坑班大肆泛滥。"

老人说："现在都这样，都怕孩子升不上重点中学。"

刘冠军说："占坑班其实就是教育的毒瘤，国家应明令禁止，为学生的健康成长留足空间。"

正说着，一个戴眼镜的女子大步流星地走了过来，递给老人一瓶矿泉水说："爸，你回去吧。"

老人喝了一口水说："下午的班呢？"

女子说："我带萌萌去。"

老人和刘冠军挥挥手，走进了炙热的阳光中。

女子问刘冠军："你家孩子占了几个坑？"

刘冠军说："两个。"

女子说："我们家孩子也占了两个。我准备再占一个，听说师大附中办的那个也很好，成功渡江的也不少。你QQ多少，我回去加你，有什么消息好沟通。"

这时候裤兜里的手机恰巧有电话进来，刘冠军躲到一边接电话，女子才没继续和刘冠军聊下去。刘冠军想，儿子占了两个坑就有点招架不住了，这个女人还要给孩子占三个坑，岂不是要了孩子的命吗？这些坑友怎么都疯了？

好不容易挨到放学，同样黑压压的一群从门口挤出来，刘冠军等了好半天，才看见天鳌耷拉着脑袋走了出来。刘冠军忙问天鳌哪儿不舒服。天鳌有气无力地说："爸，我不想过周末……"刘冠军一下子就愣了。

刘冠军把这事跟徐丽娜说了，并且建议说："要不咱就给天鳌占一个坑吧。"

徐丽娜眉毛一挑，"你怎么不拿孩子的未来当回事呢？吃得苦中苦，方为人上人。不吃点苦能上牛校吗？"

坑班每个月都要进行一次考试，完了还要排名次。对于考试徐丽娜历来是奖罚分明。倘若名次靠前，徐丽娜会奖励天鳌一套新衣服，或者吃一顿肯德基；倘若名次靠后了，训斥加惩罚那是必不可少的。惩罚措施包括罚站、罚抄卷纸若干遍等等，天鳌背地里喊徐丽娜"虎妈"。

没办法，刘冠军只能给天鳌加强营养，每天变着花样调剂伙食。

周六，刘冠军背上鱼竿骑着自行车去了郊外。他想给天鳌钓一些野生的鲫鱼熬汤，补补身子。刘冠军跑出四五十里地，才在一些小河沟钓到了几条野生鲫鱼。连带的面包也没顾上吃，骑车又往回赶。回到家熬了一小锅鱼汤，奶白色的，尝一口，鲜得不得了。野生的就比养殖的强。

徐丽娜带着天鳌回到家，看见桌上的鱼汤，脸色立马变了，摔摔打打地说："我一天到晚陪着去蹲坑，累得跟犊子似的，你可倒好，还有心思去钓鱼！我上辈子做了什么孽了，摊上你这么个吊儿郎当的家伙！"

刘冠军只好撒谎说是在市场上买的，徐丽娜这才算熄火了。

吃完饭，徐丽娜把饭碗一推，转身进了卧室坐在了电脑前。徐丽娜几乎不怎么上网，也不让刘冠军在家上网，怕影响天鳌的学习。如今每天晚上徐丽娜都要在电脑前耗到大半夜。徐丽娜和几个坑友组成了一个聊天群，每天晚上在上面交流经验，互通有无，聊得热火朝天的，直到半夜才下线。

天鳌升到六年级后，徐丽娜对天鳌的学习抓得更严了，晚上陪读到十一点，早上不到六点就把天鳌喊醒。有时候天鳌嘴里嚼着早饭，眼睛还闭着呢。刘冠军看在眼里疼在心上，劝徐丽娜说："一个小升初弄得像高考似的，弓弦拉得太满会断的。"徐丽娜反击道："谁家孩子不是这样！"

元旦期间学校放了三天假，天鳌不但没休息，反而迎接着更严峻的考验——坑班的大考。成绩出来了，满分八十分，天鳌打了六十多一点，徐丽娜连推搡带罚站，差点把天鳌吃了。刘冠军看了看发下来的卷纸，上面有些试题连他都做不上来。

整个寒假，天鳌的日程被安排得满满的，连春节也没休息上两天。去姥姥家拜年，天鳌愤怒地向姥姥控诉虎妈徐丽娜的罪行，被进门的徐丽娜听见了，徐丽娜非但没有生气，还说她就是虎妈，以后她就是要用虎妈的教育方式严格要求天鳌，以督促他成功渡江，拿到船票上岸。

刘冠军劝了老婆几次，都被顶了回来，最后的焦点都落在刘冠军的不求上进上。冬天不能出去钓鱼，刘冠军又迷上了下象棋，闲来无事就找楼下的吴师傅杀上几盘。这又让徐丽娜找到了刘冠军不求上进的依据。刘冠军倒没觉得有什么不好，下象棋对于开发智力、修身养性都大有益处。

7

转眼到了春天。

一天晚上吃完晚饭，刘冠军收拾完毕走出小厨房，见徐丽娜坐在沙发上，老婆晚上雷打不动陪天鳌学习，今天这是怎么了？

刘冠军想去和吴师傅杀上一盘，刚往门口走，徐丽娜叫住了他，拉着他坐在了沙发上。

徐丽娜靠近刘冠军，“老公，我想买房。”

刘冠军怔怔地望着徐丽娜，老婆怎么又提起这件事来了？

徐丽娜拉着刘冠军的胳膊说：“我跟你说，这回咱可捡到便宜了。萌萌妈说一家房产中介有回迁房房源，一平只要 8000 块钱，咱买一套吧，多便宜。就是转手卖了，咱也能赚上一笔。现在最便宜的也要一万两三千一平吧？我想好了，先把定金交了，剩下的贷款。我发现了，不做房奴我这一辈子也住不上大房子！”

刘冠军皱着眉说：“咱这房子不是挺好吗？你不做房奴闹心啊？”

徐丽娜说：“你说对了，人家都住上大房子，凭什么我就住不上？我不甘心！我决定了，儿子还有几个月就要升上牛校了，完了我就去上班。拿出一个人的工资还房贷！”

刘冠军说：“便宜没好货，说不定是骗人的呢。”

徐丽娜说：“我特意到工商局网站上去查了，人家这个公司是个正规公司。萌萌妈也买了一套。”

刘冠军说：“老婆，我觉得咱买房子真的没必要，咱现在住的……”

徐丽娜打断刘冠军，“我说你怎么这么容易满足呢？前几年我说贷款买套房子，你说什么也不买，那时候市中心的房子才多少钱一平，现在你看看涨成什么样了？人家狡兔还三窟呢，你混了半辈子才混到这么鸡窝似的一窟！人家坑友要过来串门，我都不好意思往家领！你看看人家住的，再看看咱住的，你怎么不知道着急上火呢？这辈子你都辜负了天鳌他奶的遗愿！”

刘冠军望着说得脸色涨红的徐丽娜，他觉得徐丽娜真是继承了妈的衣钵，替他送礼往上升职，替天鳌占坑升牛校，住得好好的又要买房子，比起妈来真是有过之而无不及。人生一世草木一秋，干吗非要争强好胜，把自己搞得那么累。刘冠军不禁无奈地摇摇头。

第二天晚上，徐丽娜美滋滋地回来了，进屋就大声宣布她今天去看房源了，地点稍远点儿，紧邻三环亮马河，原来的住户们正在动迁。还说远点不要紧，过两年买辆车代步。然后从包里拿出一张收据，在刘冠军面前一亮，说，我已经把定金交了，七万。

刘冠军瞪着眼睛说："这事你着什么急？"

徐丽娜瞪了刘冠军一眼，"不着急？不着急就让人抢跑了。"

徐丽娜靠在沙发上畅想着，用不上两年，咱也能住进大房子喽！到时候咱好好装修装修，现在这屋里的东西一件也不要，全换新的！完了我把那些朋友同事还有那些坑友，你图书馆的同事，对了，还有天鳌牛校的新同学，统统都请到家里来，让他们开开眼！

刘冠军没想到徐丽娜办事效率这么高，本来还想劝劝徐丽娜的，可是事已至此，说什么也没有用了，反倒会换来徐丽娜的一顿奚落。徐丽娜动不动就嘟囔，每天接送天鳌，周六周日还要陪天鳌去蹲坑，最近又忙着跑房子的事，每天累死累活的，埋怨刘冠军一个大老爷们，干什么都不顶事。刘冠军怎么也搞不明白，儿子天鳌按正常程序小升初，根本没必要上什么劳什子的坑班，还有房子，够住就行了呗，非要买大房子，把自己沦为房奴，和人家比来比去，何苦呢。

天鳌上牛校的事开始紧锣密鼓地进行着。刘冠军说服不了老婆，没事就去钓钓鱼，和吴师傅下下棋，再不就是买菜做饭，调理一家人的饮食。

一天早上天还没亮，刘冠军就老婆喊醒了，“快起来快起来！”

刘冠军睁开眼睛看看窗外说：“起那么早干什么？天还没亮呢。”

徐丽娜说：“我说你那心怎么那么大呢？今天是什么日子你忘了？”

刘冠军想起来了，昨天晚上徐丽娜回家就开始嚷嚷，今天部队首长要到坑班来，也就是负责招生的牛校校长要来。

刘冠军说：“部队首长要来你也没必要这么早就把儿子喊醒，让他再多睡一会儿，这孩子这段时间累坏了。”

刘冠军真是心疼天鳌。有一天他进天鳌卧室，发现桌子上的台历翻到了九月份，在下面的记事本上，天鳌歪歪扭扭地写道：快点到吧。

徐丽娜说：“等他天亮上岸了，让他睡个三天三夜！”

刘冠军没吭声。老婆这话根本听不得，升上牛校还会有名目繁多的补习班等着天鳌呢，满足这个词绝对不会出现在老婆的字典里。

徐丽娜一边喊天鳌起床，一边嘟囔刘冠军不把儿子的事放在心上。刘冠军也不搭言，这时候搭言，老婆有一百句话等着你。

草草吃了一口饭，徐丽娜便拽着天鳌下了楼。

自从这次和部队首长见面后，徐丽娜趴在电脑前的时间更长了。

有一天晚上，徐丽娜把电脑一关，气哼哼地说：“有什么了不起！跑群里显摆来了！”

刘冠军知道老婆相互攀比的毛病又犯了。每次看见坑友在群里晒自家孩子取得了好成绩，或者拿了华杯赛、小英赛的名次，都是酸溜溜的。

徐丽娜说完去了天鳌的房间，不一会儿从天鳌的房间就传出徐丽娜训斥的高分贝声音。这就是攀比后的连锁反应。

“人家捧回来好几个奖杯，你呢？你给我捧回来什么了？你看看人家，再看看你自己，我怎么养了你这么个不争气的孩子？！”

刘冠军急忙进了卧室，见天鳌小脸涨得通红，脖子像斗架的公鸡似的伸得老长，一副极不服气的样子。

“你怎么的？说你不服气是不是？有能耐你比过他们，也给我捧回来个奖杯什么的！”

刘冠军连忙打圆场，“好了好了，跟人家比那干吗？”说着拉着徐丽娜的胳膊往门口走，被徐丽娜一把搡开，“我教育孩子的时候你能不能少唱反调儿？孩子都是跟你这个当爹的学的，不求上进！”说完一甩胳膊，气呼呼地回了卧室。

刘冠军慢慢走到天鳌面前，把天鳌按坐在椅子上。

天鳌靠在椅背上，低声说：“爸，我受不了了……”

刘冠军心疼地拍着天鳌的肩膀。

8

过了没几天的傍晚，刘冠军推着自行车刚从馆里出来，突然手机响了。刘冠军从裤兜里摸出手机，见是徐丽娜的电话，刚按下接听键，就听见徐丽娜带着哭音喊，“冠军，天鳌不见了！”

刘冠军忙问：“天鳌不是和你在坑班吗？”

徐丽娜哭着说：“我在坑班外面蹲坑，人家孩子都走光了，也不见天鳌出来……”

刘冠军慌了，把自行车扔在图书馆，打车直奔坑班所在的地方。

到了地方一看，徐丽娜已哭成了泪人。坑班老师肯定地说天鳌下午一直在坑班，只是情绪不是很高，放学时和大家一起出的教室。

刘冠军问徐丽娜："你在外面蹲坑，就没看见天鳌出来？"

徐丽娜抽抽搭搭地说："我和几个坑友在聊天，平时天鳌都是自己过来，今天却没了人影……"

刘冠军掏出手机想给天鳌姥姥家打电话，徐丽娜见状哭着说："我已经给妈打电话了，不在那儿了……"

刘冠军急吼吼地说："给你那几个坑友家打电话！"

徐丽娜哽咽着说："都打过了，不在。"

刘冠军有些懵了，都不在天鳌能去哪儿呢？他冲着徐丽娜大声吼道："还傻站着干吗？找去啊！"

徐丽娜抽泣着说："去哪儿找啊？"

刘冠军一时也不知去哪儿找。

徐丽娜抓住刘冠军的胳膊，"冠军，咱去报警吧？"

刘冠军一把甩开徐丽娜的手，"没到24小时，人家警察能受理吗？！"

刘冠军的脑袋有些木，他稍微镇静了一下，被人拐卖的可能性不大，天鳌已经大了，最大的可能是因为学习压力大离家出走了。这段时间徐丽娜给天鳌施加的压力太大了，什么孩子都受不了。一股怒火从刘冠军的心底直冲上来，他想跟徐丽娜大吵一顿，不叫你拼命打压，孩子会离家出走吗？可是这个时候你就是打她一顿又有什么用。

刘冠军想了想，说："你先回家，在家等着，天鳌一回来马上打电话通知我，我去找！"

徐丽娜捂着嘴点头。

刘冠军没头苍蝇似的奔走在城市的大街小巷，500多万的城市人口，茫茫人海，找一个人无异于大海捞针。他想起他看见天鳌同班同学差不多都有手机，也想给天鳌买一个，徐丽娜死活不同意，理由只有一个，影响学习。这件事只好作罢。假如给天鳌买了手机，这时是不是就可以找到他了。即使不开机，至少也能锁定儿子所在的位置。现在说什么也没用了。他去了火车站、客运站，不住地向过往的行人描述儿子的特征，询问见没见到这个孩子。这期间，刘冠军的手机响起来好几次，每次响起，刘冠军都满心期待一把按下接听键，得到的都是徐丽娜询问他找到天鳌没有。

夜深了，街上的行人、车辆渐渐稀少了，刘冠军垂着头，脚步像灌了铅一样沉重。

手机突然又响了起来。刘冠军像抓到救命稻草似的抓住手机，按下接听键，是吴师傅打来的电话。吴师傅让刘冠军不要着急，他和老伴在一楼守着呢，天鳌回来他会第一时间打电话给他，并说徐丽娜也出去找天鳌了。

刘冠军谢过吴师傅，合上了手机，继续向前走。他不知道儿子在什么地方，但是他不能停下来，他只有不停地走下去，才有希望找到儿子。

天边现出一抹鱼肚白。街上，早起的环卫工开始哗啦哗啦扫着路面，来往的车辆也跟着多起来。又一天来临了。

找了整整一夜也没儿子的消息，刘冠军没有停下脚步，他机械地向前迈着两条腿，活像一截没有思维、没有意识的木头桩子。

刘冠军就这样迈进了派出所。小警察仔细询问了情况，做了笔录立了案，让刘冠军回去等着，一有情况他们会第一时间通知他。刘冠军又木头桩子似的走出了派出所。

刘冠军没有停止寻找儿子的脚步。他去了电视台、电台，登了寻人启事，又打印了好几百张寻人启事传单，电线杆子上、公交站点广告牌上，到处都是寻找儿子的启事。手机二十四小时开机，一响起来，刘冠军便会饿虎扑食般扑过去。这段时间，刘冠军学会了抽烟，抽得很凶，有时每天一包都不够，成了不折不扣的烟民。

徐丽娜每天似乎只有两件事可做，一件是每天出去找天鳌，另一件是回来就待在天鳌房间，开始几天还撕扯着自己的头发，扑在地板上一遍遍哭喊着儿子的名字，哭诉着以后再也不逼他去坑班了。后来几天哭完了就趴在地板上没动静了，有时大半个晚上都悄无声息，好像那个房间根本就没人似的。

一天上午，刘冠军的手机响了。每次手机响起，刘冠军的心都会狂跳起来，都会认为是儿子有消息了。他慌慌张张地掏出手机，见是徐丽娜的电话。很长时间他都没和老婆说话了，回家来徐丽娜就无声无息地待在天鳌房间内，电话更是好久没通过了，难道是老婆找着儿子了？

刘冠军迫不及待地按下了接听键，一个急促的女声传了出来，“你是天鳌爸爸吗？”刘冠军说：“我是。”那个女声说：“我是萌萌的妈妈，你赶紧到北二路18号来一趟，这边出了点事，天鳌妈妈昏过去了！”

刘冠军赶到萌萌妈妈说的地点时，见七八个人围在一家房屋中介公司门口吵吵嚷嚷的。徐丽娜披头散发的，正在疯了似的撞着中介公司的玻璃门，嘴里喊着：“开门！你这个骗子！还我钱！”而那门上分明上着锁。

萌萌妈妈看见刘冠军赶来，走上前来说：“我们被骗了，中介公司那个经理拿着我们交的定金跑了……”

刘冠军一愣，问：“你们不是去看房源了吗？”

萌萌妈妈懊恼地说：“都是假的！小区确实存在，可是跟这个中介什么关系也没有。”

徐丽娜还在拼命而徒劳地撞着厚重的玻璃门。

刘冠军走上前，拉着徐丽娜的胳膊，使劲往回拽。

徐丽娜用力向后挣脱着，大声嚷着："放开我，我要找他算账！那是我的血汗钱啊！"

北二路距离徐丽娜娘家比较近，刘冠军费了九牛二虎之力才把徐丽娜弄回到她妈家。老两口给徐丽娜服了一片镇静药，徐丽娜才算平息下来，渐渐睡着了。

望着安睡中的徐丽娜，老丈人长叹一声，"跟她说过多少回了，就是不听，跟人比这比那，逞什么强啊！"

徐丽娜妈妈在一旁不住地抹眼泪。

刘冠军心里难受，告辞下了楼。

9

天鳌还是没有消息。警方那边案情也没什么进展。刘冠军倒是接到了几个电话，欣喜若狂地去了一看，都不是天鳌。刘冠军想，如果在这座城市再找不到天鳌，他就去别的地方找，就是找遍全中国也要找到儿子。

一天下午，刘冠军突然想到了盐滩，天鳌会不会在那里呢？他骑上自行车，直奔那里。

盐滩景物依旧，天地间似乎还回荡着天鳌的欢叫声，可是哪里有天鳌的影子。刘冠军在盐滩上坐了好一会儿，天傍黑了才往回走。

刘冠军沿着亮马河缓慢地往前骑。亮马河两岸绿化得很好，一块块的几何图形绿地，连接绿地的是新建的木制回廊，有一种曲径通幽的韵味。已经深秋了，夜风中夹杂着凉意，来这里散步的人明显不及夏天时多。

一幢幢尚未封顶的高层建筑矗立在河对岸，四周被绿色的防护网包围着，那就是即将竣工的"水岸逸居"。

刘冠军推着自行车，沿着便道往前走，从售楼中心门前经过时，看见一个身影抱着脑袋蹲在门口。两个保安走过来，其中一个对缩成一团的黑影说 :“起来起来，赶紧离开这儿，都下班了，你还赖在这里干吗？”

黑影没动弹。

另一个保安问 :“怎么回事？”

前面那个保安说 :“天天来这儿蹲着，说有她家的房子在这儿，我看是受什么刺激了，精神病！”

两个保安伸手去拉那个黑影。

黑影挣脱着，大声喊着 :“放开我，我交了定金的！这里有我的房子！儿子，我们就要住大房子了！”

喊声像定身术，猛地把刘冠军钉在了原地。